상해 임정, 최후의 날

상해 일정, 철학의 밤

이중세 장편소설

마디북

역사적 사건에 기반하여, 썼다.

장사(壯士), 한번 가면 돌아오지 않으리.

일러두기

- 이 책은 『표준국어대사전』을 기준으로 삼아 한글맞춤법을 통일하였으나, 작가의 의도와 시대적·공간적 배경에 따른 어휘, 글맛을 살리기 위해 문법과 문장 배지, 어휘 선택 등에서 최대한 원작자의 표현을 살렸습니다.
- 외국을 배경으로 하는 소설의 특성상 외국어 대사가 많이 등장합니다. 일본어의 경우 독서 편의를 위해 우리말로 기록하고 Sandoll 광화문 서체로 표현하였습니다. 중국어의 경우에도 역시 우리말로 기록하고 310 안삼열 서체로 표현하였습니다.

목 차

제1장
해어진 깃발
13

제2장
눈 속의 불
118

제3장
무너지는 벼랑
172

제4장
오직
267

작가의 말
301

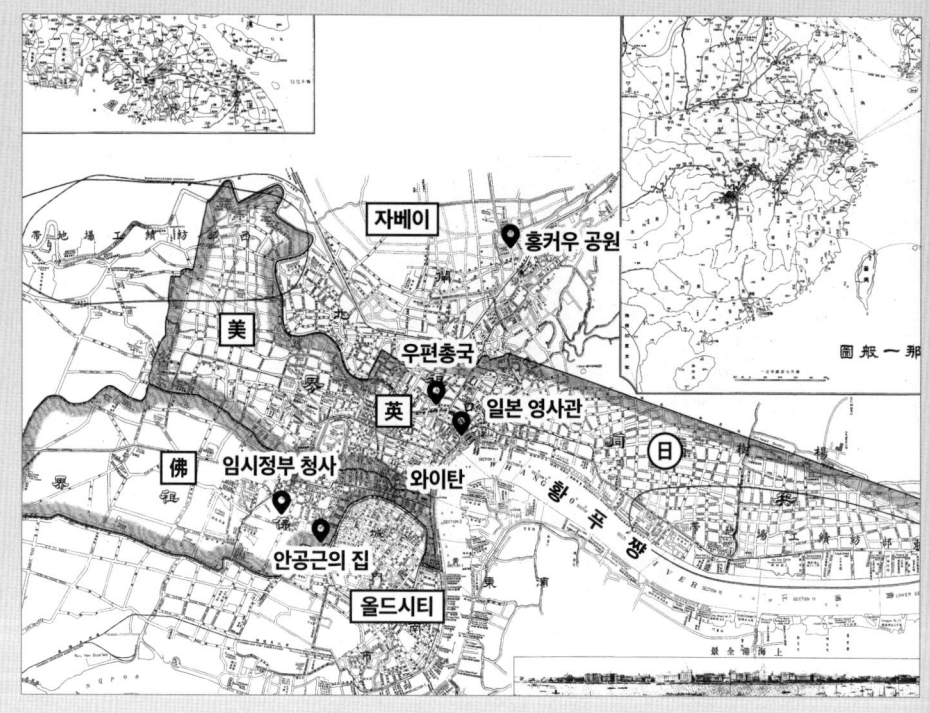

1932년도의 상해(上海)와 각국 조계지(租界地)를 표시한 지도. 맨 위에 중국 직할령 자베이[閘北]가 있고, 그 아래에 미국과 영국, 일본이 공동으로 관리하는 공공 조계지가 있다. 그 아래에는 대한민국 임시정부청사가 위치한 프랑스 조계지가 있으며, 그 아래 역시 중국 직할령인 올드시티가 둥근 모양으로 있다.

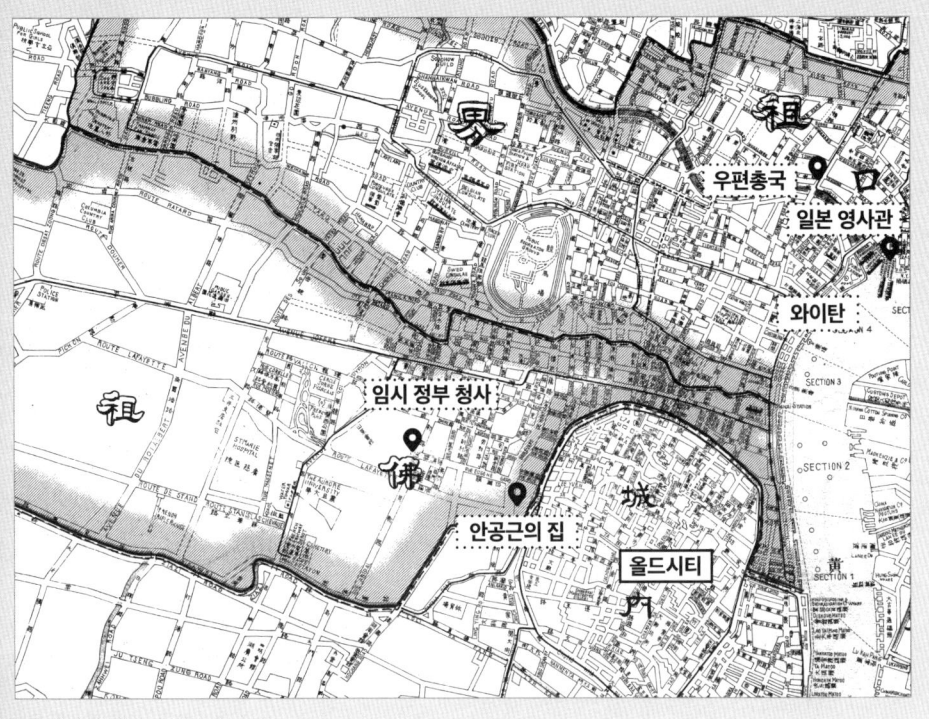

프랑스 조계지와 공공 조계지의 경계. 대한민국 임시정부청사는 일본 경찰과 군인이 함부로 영향력을 행사할 수 없는 프랑스 조계지에 자리 잡았는데, 일본 영사관과의 직선거리는 고작 3.5킬로미터 정도밖에 되지 않았다.

제1장

해어진 깃발

1

"임정을 옮겨야 합니다."

두 사람은 마주 앉아 있었다.

군인처럼 짧게 머리를 친 안공근은 넓찍한 이마에 두툼한 코와 입술을 지닌 사내였다. 젊은 시절 재주가 많고 말주변이 좋았던 그는 나이 들고는 듣는 일이 많았고, 그걸 옳게 여겼다. 22년 전, 큰형 중근이 이토 히로부미를 쏘았을 때, 안공근은 진남포 보통학교 교사였다. 안공근은 둘째 형 정근과 함께 중근의 면회를 다녔고, 큰형이 사형당하자 러시아로 망명했다. 1919년, 상해 임정에 발을 들인 안공근은 여러 직책을 맡았지만, 하는 일은 늘 같았다. 그는 임정에 들어오는 일제의 밀정을 찾아 사살하고 내통자를 골목에서 죽였다. 안공근은 대한 임정의 수호자였다.

안공근이 그 일을 홀로 감당하진 않았다. 그는 눈여겨 둔 청년들을 몇 번씩 시험한 뒤 조금씩 일을 크게 맡겨 적을 죽이는 일에 썼는데, 부리는 자가 많진 않았다. 그는 적이라도 살인이란 흉하다 여겼고, 그걸 시키지 않고 직접 해야 떳떳하다 여겼다.

안공근 맞은편에 앉은 김구는 안경을 닦는 중이었다. 김구는 키가 컸고 뼈가 굵었지만, 목소리는 외양과 달리 높고 카랑카랑했다. 김구 또한 머리를 짧게 쳤는데, 귀가 뒤로 바짝 붙은 안공근과 달리 귀가 옆으로 벌어져 있었고 이마가 둥글게 넓었다. 광대가 도드라진 김구는 야위어 뺨이 홀쭉했지만 돌아보는 눈빛은 매서웠다. 큰 입을 넓게 벌리고 환히 웃길 잘하는 김구는, 온화하지만 고집이 세 타협을 몰랐고, 결심을 굳히면 꺾는 법이 없었다. 국무령을 맡은 그는, 대한민국 임시정부의 대표였다.

안공근과 김구 모두 창샨[長衫] 차림이었다. 바지를 입고 그 위에 긴 저고리를 입는 식인데, 저고리 길이는 발목 가까이 되고 양옆이 골반까지 길게 트여 있었다. 임정 청사 2층 집무실엔 그들뿐이었고, 밖에서는 거친 바람이 간혹 우는 소리를 내었다.

그들은 평생을 봐온 사이였다. 40여 년 전, 동학 접주였던 스무 살 김구가 일본군에 쫓길 때, 안태훈이 그를 숨겨주었다. 안태훈이 조마리아와 낳은 자녀가 중근과 성녀와 정근과 공근이었다. 김구는 안중근보다 세 살이 많았고, 안공근은 중근의 열 살 아래였다.

생각을 정돈하느라 김구는 안경 닦는 손이 느렸다. 램프 유리 커버엔 그을음이 묻어 있었다. 쓰고 남은 종이를 집어 든 안공근이 벗긴 등피의 그을린 안쪽을 닦았다. 드러난 불꽃을, 김구가 나직한 눈길로 바라보았다.

결국 다 토막났단 얘기군. 남아난 선(線)이 없다는 건가?

눈을 질끈 감은 채 김구가 안경을 썼다. 그는 가냘픈 요행을 믿었고, 혹시나 하는 희망 또한 지니고 있었다. 안경알 뒤 김구의 눈동자가 불안으로 흔들렸다.

"평안도에 몇몇이 남지 않았을까?"

"있을 겁니다. 하지만 그들에게 우리가 닿을 방법이 없지요."

안공근은 두 달 내내 사람을 풀어 조선 내부와 닿았던 연락책들을 점검했다. 그러나 성과는 없었다. 독립운동 전력자들은 예외 없이 경찰과 밀고자들의 감시를 받았고, 자금 전달자들과 조력자들도 체포되거나 사라졌다. 조선에서 사라진 자들은 만주로 달아나기 마련인데, 그리 넘어간 자들과는 연락이 불가능했다.

"10년의 싸움이 끝장났군."

패배를 인정해야만 했다.

1919년 3·1운동 이후, 1920년대 내내 임정과 총독부는 조선 북부에서 싸움을 벌여왔다. 임정은 연락책을 통해 국내 자금을 끌어오려 했고, 국경과 항구를 틀어막은 총독부는 밀고자를 부려 연락책을 죽이고 돈줄을 끊어냈다. 임정이 1919년에 세워졌으니, 뚫고 막는 싸움을 12년 동안 해온 셈이었다.

"왜놈들은 막고, 우리는 뚫고."

"여기 상해에선 반대였지요."

일본은 밀정을 심으려 임정 외곽을 쑤셔댔고, 그걸 막아야 하는 안공근은 그들을 잡아내 죽였다. 하지만 치열한 투쟁에도 불구하고 임정에 들어오는 국내 자금은 확연히 줄었고, 요즘 임정은 청사 월세도 못 내 쩔쩔매는 형편이었다.

김구는 오래전 끊은 담배 생각이 부쩍 나 속이 답답했다.

"더 이상은 못 버텨."

"누가 아니랍니까."

무장투쟁을 하려 해도, 실력 양성을 하려 해도, 결국 사람과 돈이 필요했다. 남만주는 일본에게 점령된 상태였고, 북만주도 위태로웠다. 중국 군벌들이 저마다 영토를 차지하고 서로 견제하는 통에, 중국은 일본에 제대로 대응을 못하고 있었다. 장제스[蔣介石] 중심으로 중국 남부가 통합되었지만, 중국 대륙은 아직 일사불란하지 못했다.

안공근은 정보를 모으던 중 접한 여러 의견을 국무령에게 털어놓았다.

"임정을 옮기는 게 어떻냐 하던데요."

"누가?"

"누구랄 거 없이요."

의견 지닌 여러 속내가 대개 비슷했다. 그러나 김구는 생각이 달랐다.

"왜 임정이 상해에 있는지를 알아야 해."

아편 전쟁으로 상해가 개항된 이후, 여러 나라가 청나라에 협상을 가장한 협박을 가해 조계지를 불하받았다. 영국이 할양받은 것처럼 이탈리아와 미국과 일본과 프랑스가 상해에 조계지를 형성해 군대를 주둔시키고 경찰을 세워 자기 땅처럼 다스렸다.

"이 도시엔 강국들이 득실거려."

조계지에 버티고 선 열강들은 힘의 균형을 맞추려 들었고, 임정은 그 사이 어딘가에 디디고 설 자리를 만들고자 했다. 그들은 들어줄 상대가 많은 곳에서 독립을 부르짖어야 했다. 외진 곳으로 밀려나면 존재감은 사라질 게 분명했다. 상해엔 외신기자가 많았다. 각국 영사관 행사에 참여한 김구는 대한 임정을 대표해 독립의 필요를 주장했고, 이는 해외 여러 신문에 실렸다.

근래 임정 청사는 프랑스 조계지에 자리했다. 프랑스는 세계 곳곳의 식민지를 잔악하게 통치했지만, 외교 무대에서는 약소국에 온정적 태도를 취했다. 프랑스와 달리 다른 국가들의 조계지에서는 부당한 체포와 구속이 심심찮게 일어났다.

프랑스 정부는 대한민국 임시정부의 지위를 인정했다. 하지만 그게 프랑스가 조선 독립을 지지한다는 뜻은 아니었다. 그저 자신들의 이익이나 위상에 도움이 되기 때문이었고, 국제정세는 또 어떻게 바뀔지 모를 노릇이었다. 프랑스 조계지에 일본인이 못 들어오는 것도 아니었다. 다만 일본인들은 프랑스 법이 다스리는 프랑스 조계지에서 임정 사람들을 붙잡거나 해할 수 없었다.

한편으로 그들은, 프랑스 조계지에 갇힌 신세였다. 임정 사람들은 영국 조계지 북부인 중국 직할령 자베이[閘北]나 상해 성내나 다른 어떤 조계지로도 갈 수 있었지만, 그곳에선 상해 일본 헌병대의 손길을 두려워해야 했다.

김구의 강한 태도에 잠시 말을 놓쳤던 안공근이 며칠 전 들은 얘기를 꺼냈다.

"조선에 들어갔다 온 사람을 만났는데, 이번에 놀랐답니다."

"뭣 때문에?"

"집안 젊은이한테 인사를 받았는데, 스무 살이었다네요. 근데 이 젊은이가 자기는 태어나 나라가 한 번도 없었다더랍니다."

나라가 없다?

"만세운동이 일어난 게 1919년 3월이고 지금이 1931년 9월입니다. 12년도 더 됐어요."

대한제국이 멸망한 게 1910년이니, 나라 망한 지는 21년째였다. 그렇구나. 그 청년은 나라 없는 세상에서 태어나 자란 거로구나.

우리는 그 땅에 반만년 동안 터를 잡고 살아왔어. 어금니를 깨물자 김구의 관자놀이에 핏대가 섰다. 왜놈들이 빼앗은 건 우리가 지닌 태고의 권리야. 조선인으로 태어나 대한 사람이 된 모두가 마땅히 누려야 하는 권리! 되찾아야 했기에, 항거는 필연이었다. 김구는 그리 믿었다.

"어제 임정 청사로 청년 두어 명이 왔네."

상해 임정 청사 문을, 조선 청년들이 간혹 두들겼다. 안간힘을 다해 뱃삯을 모아 조선을 탈출해 이 먼 상해까지 건너온 사람들이었다. 임정 사람들은 교민단을 통해 직업을 안내해 주고 상해 내 다른 조선인들을 소개해 주었다.

"임정 청사가 상해에 존재하기에, 독립 열망을 가슴에 품은 조선인들이 이리 오는 거야."

"우리가 등대인 셈이로군요."

안공근은 아직도 램프 등피를 손에 들고 있었다. 그때 어디선가 들어온 찬 바람에 램프 불꽃이 꺼질 듯 가로누웠다. 깜짝 놀란 안공근이 커버를 되씌우자, 바람에서 벗어난 불꽃이 또렷이 섰다. 그 순간, 안공근은 등피와 달리 자신은 닦일 수 없는 사람이라는 생각을 잠깐 했다.

"임정은 이곳 상해에 있어야만 해."

임정은 조선 독립을 염원하는 모두의 희망이자 안식처여야 했다.

"그리고 말일세."

김구가 빙그레 웃으며 농담을 했다.

"이사를 할래도 돈이 드는 법이라네."

알아들은 안공근이 쓰게 웃었다. 김구가 신은 헝겊신은 앞부분이 벌어져 있었고, 거기로 엄지발가락이 보였다.

돌아가 쉬겠다는 안공근을 문가에서 배웅한 김구는 아까 자리에 도로 앉았다. 상해 임시정부 청사 2층은 집무실이었고, ㄱ자로 붙은 책상 두 개와 무릎 높이의 탁자와 몇 개의 의자로 구성되어 있었다. 김구가 심장 부근을 손바닥으로 살살 문질렀다. 창샨 가슴 아래 실로 덧대어 붙인 거기가 두툼하니 불룩했다.

내겐 아직 기회가 있지. 덧댄 그곳엔 중국 돈 1만 위안*이 들어 있었다. 잃어버릴까, 마음이 약해져 쓰진 않을까 싶은 걱정에, 김구는 그 돈을 창샨 안쪽에 꿰매어 꺼낼 수 없게 만들었다.

그건 하와이 한인들이 모아 보낸 성금이었다. 사탕수수 농장에서 하루 2달러를 안 되게 받으며 종일 낫질하는 어린애가, 공사판에서 허드렛일하는 중년 사내가, 식당에서 그릇 닦는 여인이 낸 꾸깃꾸깃한 지폐와 동전이 모여 만들어진 거금이었다.

김구에게는 오랜 뜻이 있었고, 그 뜻을 들은 하와이 동포들은 모금을 시작했다. 돈이 넘어온 건 며칠 전이었다. 피땀이 엉겨 붙은 돈을 받은 김구는 그 진한 뜻이 무겁다고 생각했다.

나쁜 꿈을 동반한 얕은 잠은 그날부터 시작되었다. 헛되게 쓰면 안 된다는 강박이 김구를 옥죄었다. 면밀히 써야 한다. 한 푼조차 허투루 쓸 수 없어. 온밤 내내 김구는 허허로이 뒤척였다.

가물가물한 선 하나 잡혀 있긴 했다. 그건 이봉창이 제시한, 실로 대담한 걸음이었다. 그러나 김구의 계산에서 그 계획은 아직 또렷하지 않았다.

그게 가능할까. 이봉창의 계획이, 정녕 이뤄질 수 있단 말인가.

생각에 붙들렸던 김구가 저도 몰래 사르륵 눈을 감았고, 잠이 그를 부둥켰다.

꿈속에서 그는 상해 거리를 걷고 있었다. 길은 울퉁불퉁하니 좁았

---

* 오늘날 우리나라 돈으로 1억 원에 달하는 금액.

다. 올려다보는 3층 건물들이 양쪽으로 다닥다닥 붙은 게, 사람들이 올드시티라 부르는 상해 성내 같았다. 갑자기 깨진 건물이 허물어지며 흙과 벽돌이 와르르 쏟아졌다. 옆으로 비켜서자 흙먼지 품은 벽돌들이 김구의 발치로 우르르 굴렀다. 김구는 빈 거리를 가득 채우는 소리가 자기 숨소리라는 걸 깨달았다. 그가 뛰자 타닥타닥 발걸음 소리가 되울렸다.

왜 뛰는지, 김구 자신도 알지 못할 일이었다.

하수도 저 아래 누군가 보였다. 무릎 꿇은 안공근은 자작자작한 더러운 물에 엎어지며 죽었는데, 그의 등엔 굵은 단도가 박혀 있었다.

골목 계단에는 김철이 앉아 있었다. 파리한 안색으로 격렬한 기침을 하던 그의 입 막은 손 밖으로 시뻘건 피 섞인 가래가 튀어나왔다.

한참을 더 뛰어가자 어둠 저 멀리 청년들이 보였다. 윤우의와 이덕주와 유상근과 최흥식과 유진만이 포승줄에 단단히 묶여 있었다. 총검 든 일본 헌병대원들이 그들을 매섭게 내모는 중이었다. 이가 부러지고 눈두덩이가 뒤덮일 지경으로 광대뼈가 부푼 청년들이 괴로운 얼굴로 국무령을 돌아보았다.

그리고 그들의 머리 위로 전투기 한 대가 날아와 저 반대편으로 쌩 지나갔다. 놀란 김구가 비행기 꽁무니를 돌아보았다. 점이 되어 사라지던 전투기가 선회해 이쪽으로 날아왔고, 김구는 반대 방향으로 뛰기 시작했다. 숨이 턱까지 찬 김구의 귓가에 소리들이 차오르기 시작했다. 저벅저벅 군인들 발소리에 일본 군가가 겹쳐왔다. 부글거리던 소리들은 결국 김구의 내면에 끓어 넘치고 말았다. 김구는 외치려 했다. 지켜야 해, 상해… 임정을……! 꿈속에서, 김구는 자신의 날카로운 웅얼거림을 들었다. 제발, 부디……!

누군가 어깨를 흔들었고, 김구는 눈을 번쩍 떴다.

"각하. 국무령 각하."

잠에서 깬 김구가 자신을 깨운 사람을 놀란 얼굴로 쳐다보았다. 노종균이 눈을 꿈뻑이며 자신을 굽어보고 있었다.

"나쁜 꿈을 꾸셨습니까?"

고개를 끄덕이는 김구는 아직 반쯤은 꿈에 몸을 둔 듯했다.

"악몽이었는데…… 내용이 기억나질 않아."

노종균이 물을 한 잔 따라 건넸고, 김구가 그걸 벌컥벌컥 들이켰다. 눈을 가늘게 뜬 김구가 꿈의 자취를 더듬어 보았지만, 불과 연기로 가득했던 악몽은 어느새 홀연히 사라져 버렸다. 김구가 머리를 흔들며 시간을 물었다. 노종균이 말했다.

"해뜨기 직전입니다."

일어선 김구가 창가로 비틀거렸다. 유리창 바깥에서 불어오는 바람이 서릿했다.

저 멀리 동쪽에서 해가 떠오르고 있었다. 잿빛 구름이 듬성듬성 널린 하늘로 활짝 펼쳐지는 태양빛을, 김구가 걱정과 분노와 서러움 섞인 얼굴로 바라보았다. 구름을 찢을 듯한 기세로 떠오르는 저 시뻘건 태양을.

2

거긴 낡은 농가 몇 채뿐이었다. 다나카 류키치[田中隆吉] 소좌가 기억하기로는 그랬다. 한산하고도 평범한 만주의 시골 벌판을 일본이 깔아놓은 철길이 가로질렀고, 그리로 만주 특급열차가 내달렸다.

폭발은 22시 20분에 일어났다. 가을이 완연해지는 9월 18일이었다. 놀란 닭들은 그날 알 낳기를 그쳤고, 자다 깬 소들은 종일 눈을 휘둥그레 떴다.

철길은 뤼순[旅順]과 펑톈[奉天]과 창춘[長春]을 연결했고, 폭발 순간엔 만주 특급열차가 달리는 중이었다. 폭발을 일으킨 자들은 흙먼지나 요란하게 일길 바랐고, 따라서 폭약을 신중하게 골랐다. 큰 소란이 일었지만, 열차는 파괴되거나 탈선하지 않은 채 계속 내달렸다.

아무 손실도 일지 않았다. 그러나 관동군의 생각은 달랐다. 만주 내의 일본 자산이, 대일본 제국의 위신이 공격받았다는 게 그들의 주장이었다. 펑톈에 주둔한 일본군 특무기관과 제2대대 본부가 보고를 올렸고, 관동군 사령부는 만주철도 폭파 사건의 배후로 북만주를 장악한 중국 군벌 장쉐량[張學良]을 지목했다.

장쉐량이 만주철도를 공격할 이유도 명분도 없다는 건 누구도 거론하지 않았다.

관동군 사령관은 혼조 시게루[本庄繁]였다. 하지만 일을 꾸민 건 관동군 참모부였고, 핵심은 이타가키 세이시로[板垣征四郎] 대좌였다. 펑톈의 특무기관 시설에서 완전무장 차림으로 대기하던 이타가키 대좌는 관동군 사령관의 명의를 끌어다 제멋대로 명령을 내렸다.

제2사단 제29연대는 즉시 펑톈 성을 공격하라.

독립수비대 제2대대와 제5대대는 펑톈 외곽의 동북군 제7여단을 덮쳐라.

그렇게 시작된 만주 전쟁은 서너 달 이어졌지만, 승패는 9월 19일 새벽에 결정난 것이나 다름없었다. 만주 전쟁을 치르며 다나카 류키치는 종종 생각했다.

전쟁은 명분으로 일어난다. 하지만 명분이 올바를 필요는 없다.

그럴듯하게 명분을 꾸며라. 전쟁 따윈 이기면 그만이다.

중국 동북군은 20만 명에 달했고, 일본 관동군은 3만 명에 불과했다. 장쉐량은 관동군이 진짜 전쟁을 벌일 거라고는 생각지 않았다. 일을 크게 만들지 않을 작정으로, 장쉐량은 무대응을 명령했다. 덤벼오는 적은 실제했고, 명령은 허허로워서, 장쉐량의 부하들은 움직일 갈피를 잡지 못했다. 펑톈 외곽을 수비하던 동북군 제7여단 1만 명을 공격한 일본군은 500명이었다. 무대응을 명령받았던 제7여단은 하릴없이 물러났고, 펑톈 성내에 주둔하던 사령부도 철수했다. 일본 관동군은 펑톈 시내 곳곳에 일장기를 꽂았다. 그걸 펄럭이게 만든 건 만주 특유의 메마른 바람이었다. 연기 같은 명령을 받았던 장쉐량의 부하들은 중심이 없었기에 계통 없이 흩어지고 말았다. 하얼빈만을 남긴 채, 개전 넉 달 만에 일본은 북만주 대부분을 집어삼켰다.

북만주의 장쉐량은 중국 남부를 석권한 장제스와 즉시 협의했다. 중국은 군벌들의 난립으로 인한 내부 문제가 매우 심각했고, 마오쩌

둥[毛澤東]을 비롯한 공산주의자들이 시골을 중심으로 암약했으며, 장제스 파 내부에도 역모를 꾀하는 자가 많았다. 시끄러운 내부를 지닌 그들은 밖에 적을 만들고 싶지 않았다. 만주를 넘겨주더라도 일본과 전면전을 해선 안 된다. 판단은 누런 빛으로 탁했고 역겹도록 누추했다. 내부 단속이 급급했던 장제스는 그렇게 일본에 만주를 넘겨주었다.

한편으론 얄팍한 계산도 자리했다.

36년 전, 청일전쟁에서 승리한 일본은 시모노세키 조약으로 타이완[臺灣]과 펑후[澎湖]섬과 랴오둥[遼東]반도를 넘겨받았다. 중국 남부에 교두보를 마련하고, 대륙 북부를 집어삼키는 놀라운 위업이었다. 하지만 만주를 노렸던 러시아가 가만있질 않았다. 독일과 프랑스를 끌어들인 러시아는 일본이 랴오둥반도를 반환하게끔 압력을 행사했고, 결국 일본이 발을 빼게 만들었다.

장제스는 국제사회에 일본의 만주 점령이 불법이라고 주장할 작정이었다. 패권국들은 어느 한 나라가 중국에서 이득 보는 걸 원치 않았다. 약삭빠른 강대국들이 균형을 잡아주리라. 장제스는 만주 수복이 어려울 거라 여기지 않았다. 관동군은 거우 3만이지 않은가. 갈아 넣으면 그만이다. 장제스는 수(數)의 힘을 믿었고, 대륙의 싸움은 본디 쌓인 시신을 밟고 적의 성벽을 넘는 법이었다.

만주의 바람은 상상 이상이로구나. 11월 중순, 벌판에 홀로 서 있던 다나카 류키치는 그런 생각을 하고 있었다. 마구 내달리는 바람에 살갗이 베는 듯 아팠다. 전쟁은 소강상태에 접어들었고, 만주를 집어삼킨 장군과 참모들은 훈장과 계급장을 힐끔거리며 본국 훈령을 기다리는 중이었다. 얼굴이 둥글고 체구가 크고 우락부락한 인상을 지닌 다나카는 사내답게 생겼다는 얘기를 자주 들었고, 아귀힘이 무척 세었으며, 가슴팍이 두꺼워 옹골차다는 인상을 주었다. 그러나 그는 직접 힘 쓰는 걸 싫어했고, 생김새와 달리 책상에 머물길 좋아했다.

진지 근처에서 다나카는 누군가 찾아왔다는 얘기를 들었다. 관동군 참모부의 핵심 이타가키 대좌의 부관이 막사 안에서 그를 기다리고 있었다. 다나카에게 경례를 올린 그가 쪽지를 건네며 명령을 전달했다.

"대좌께서 다나카 소좌를 찾으십니다."

쪽지엔 식당 이름과 날짜와 시각이 적혀 있었다. 부대 밖에서 한 끼 거하게 먹겠지. 복잡해지는 생각을 누르려고, 다나카 류키치는 상황을 일부러 가볍게 여기려 들었다.

파견장은 다음 날 날아왔다. 상해 일본 영사관 무관으로 발령한다는 명령이었다. 영사관 무관이면 상해 주재 특무기관의 한 축이긴 한데. 영사야 문관이자 외교관이고, 병력은 상해 주둔 헌병대장과 해병대장 소속이지, 아마. 근데 왜 하필 상해일까. 넓게 펼친 상해 지도를 들여다보며 다나카는 그런 생각을 했다.

베이핑꽌[北平觀]은 펑톈 시내 중심에 있는 고급 식당이었다. 비 내린 다음 날이었고 바람이 많이 불어 기온이 부쩍 떨어져 있었다. 문가로 다가가자, 밖에 서 있던 중국인 사환이 문을 당겨 열어주었다. 가까이 갈 때까지만 해도 들리지 않던 중국 악기 연주와 사람들 웃음소리가 문 너머로 시끌벅적했다. 홀은 커다란 무대와 사람들이 둘러앉은 수십 개의 둥근 테이블로 이뤄져 있었다. 홀 전체가 노란 불빛으로 환했고, 갈색 기둥에는 붉은 밧줄을 엮어 만든 복(福) 자가 거꾸로 매달려 있었다.

문가에 서 있던 이타가키 대좌의 부관이 다나카를 알아보고는 고개를 끄덕였다. 쪽지를 받으며 전달받은 대로, 다나카는 양복 차림이었고 부관도 그러했다. 하지만 테이블에 둘러앉은 중국인들은 두 일본 장교의 정체를 곧장 알아보았고, 돌아보는 시선이 험악했다. 중국인들은 침략자들을 혐오했고, 어리석은 장쉐량과 무능한 그의 군대를 증오했다.

부관을 따라 통로로 걸어가던 다나카는 어둠에 익숙해지려고 눈을 살짝 감았다 떴다. 통로는 좁고 음악 소리는 높았는데, 발이 쳐진 통로 양쪽 방에서 남녀의 웃음소리가 간혹 터져나왔다. 홀과 달리, 통로 양쪽의 발이 쳐진 방들은 흘러나오는 불빛이 은은했다. 앞서 걷던 부관이 팔을 들어 한쪽 방을 가리켰고, 다나카는 양손으로 발을 헤치며 들어갔다. 넥타이 없이 값비싼 드레스셔츠 차림으로 앉은 이타가키 대좌에게 다나카가 90도로 몸을 구부렸다. 나무 구슬이 꿰어진 발들이 저희끼리 부딪치며 찰랑거렸다.

요리가 들어오기까지, 이타가키 대좌는 본론에 들어가지 않았다. 자기 분량을 그릇에 직접 뜬 이타가키 대좌가 원판을 밀어 다나카에게 요리 접시를 건넸다. 다나카는 음식을 조금만 떴다.

한참 먹기만 하던 이타가키 대좌가 불쑥 말을 꺼냈다.

"9월 18일에 시작한 전쟁은 사실상 당일에 끝난 거야. 내 걱정이 뭔지 아나?"

다나카가 젓가락을 내려놓았다.

"일청전쟁 때 우리는 뤼순, 다롄[大连], 랴오둥반도, 타이완을 점령했습니다. 한데 러시아와 독일과 프랑스가 점령지를 토해내게 만들었죠."

제대로 들어맞혔다는 의미로, 이타가키 대좌가 손가락을 하나 세워 들었다.

"중국은 이번에도 국제연맹을 개입시키려 해. 만주를 뱉게 하려고."

"서구 강대국들은 일본 내각에, 일본 내각은 우리 관동군에 브레이크를 거는 셈이네요."

"뭐든 힘겨루기라네, 다나카 군. 어릴 적 나무칼로 점령하려던 뒷동산 그대로가 이 세상인 거야. 내각 놈들은 우리 군인들이 힘 갖는 걸 두려워해. 강대국들은 일본이 힘 갖는 걸 무서워하고."

그렇기에 힘을 지녀야 하는 것이었다.

"제가 뭘 해야 합니까?"

이타가키 대좌가 옆에 세워진 가죽 가방을 들어 탁자 원판에 쿵 올렸다. 허락을 기다리는 다나카에게, 이타가키 대좌가 고개를 끄덕였다. 다나카가 가죽 가방을 가까이 당겨 열었다. 거기엔 중국 위안화와 일본 엔화 다발이 꽉 들어차 있었다. 가죽 가방을 닫은 다나카가 이타가키를 돌아보았다.

"자네를 관동군에서 빼 상해 영사관으로 파견가게 만든 사람이 나야."

"짐작했습니다."

이타카키 대좌가 돈가방을 가리키며 말했다.

"2만 엔일세."

공장 노동자 월급이 50엔이었으니, 막대한 돈이었다.

"그 돈을 가져가게. 사고 한번 크게 쳐주게."

"상해에서요?"

"상해에서."

3

점심을 지나 깊은 오후로 접어들 즈음이었고, 전날 맑았던 날씨는 구름 끼고 습했다. 공원을 왼쪽으로 두고, 김구는 경사로를 걸어 내려갔다.

드넓은 도로 한가운데는 검정 시트로엥들이 오가는 곳이었다. 자동차 도로 양옆은 인력거와 삼륜차와 자전거의 몫이었으며, 행인은 길 가장자리를 걸었다. 그렇게 행로가 구분되어 있었건만, 도로는 몹시 혼잡했다. 수천 년을 걸어 다녔던 수천 명의 중국인과, 최침단의 문물인 자동차와, 그 사이의 뭔가가 도로라는 한 공간에 뒤섞여 있었다.

그 혼잡한 뒤섞임이 상해 그 자체라고, 김구는 생각했다.

황푸쨩[黃浦江]에는 커다란 굴뚝 지닌 서양 배와 누런 돛을 부채처럼 편 중국 정크선이 함께 오갔다. 영국인들이 모던풍으로 세운 서양풍 건물 수십 채가 줄줄이 늘어 선 와이탄[外灘] 건너편은 기우뚱하게 지어진 3층짜리 중국풍 건물들이 너절하게 늘어서 있었다. 프랑스 공원 인근엔 8층짜리 아파트가 우뚝했고, 맞은편엔 중국인 잡상인들이 그날 떼온 물건을 대충 만든 평상에 늘어놓고 흥정했다. 검은 사제복에 큰 십자가를 목에 건 서양 신부들이 묵묵한 얼굴로 검은 사륜마차에 오를 때, 바로 옆에서는 중국인 인력거꾼이 전차 1등석에서 내린 양장 차림의 중국인 사업가에게 호객을 해댔다. 밤이 되면 난징루[南京路]의 건물 외관에 설치된 네온사인이 붉고 푸르게 번뜩거렸고, 영화관은 서양인과 동양인이 뒤섞여 미어졌으며, 건너편 골목에선 단돈 1전에 펄펄 끓인 국수를 팔았다.

김구는 벤치에 앉아 깊이 심호흡했다. 그리웠던 담배 한 모금이 차츰 잊혔다.

중국인들은 상해를 화양잡처(華洋雜處)라고, 중국과 서양이 뒤섞인 곳이라 불렀다. 그러나 서양인들은 자신들의 랜드마크들을 자랑스레 여기면서도 이곳을 여전히 중국으로 여겼다. 외국인 거주자는 7만 명이었으나, 조계에 사는 중국인만 150만 명이었고, 조계 밖에는 그만큼이 더 살았다. 서양인들은 상해를 결코 자기네 도시로 여길 수 없었다. 그들은 1848년부터 은행과 서구식 거리와 가스등과 전기와 전화와 상수도와 자동차와 전차를 들여, 그들이 떠나온 파리와 런던과 베를린과 로마와 상트페테르부르크와 뉴욕 이상의 도시를 만들었지만, 상해는 한편으로 여전히 상해였다. 상해엔 옛것과 새것이, 중국과 서양이 섞였으면서도, 또렷하게 대립했다. 거기엔 서양의 모던함과 중국의 여전함이 자리하고 있었다. 양옥에 사는 중국인들은 전등 아래 식사를 하고 소파에 앉아 선풍기 바람을 쐬며 따끈하게 우린 찻물을 마셨다. 파리산(產) 플란넬 수트를 입은 러시아인은 스위스제 성냥을 썼고 일본제 축음기로 탱고와 재즈를 들었다. 영국인들은 중국제 다기에 흠뻑 빠졌고, 중국인들은 룰렛에 그 이상으로 열광했다. 프랑스인들은 치파오[旗袍]가 몸을 드러내는 방식에 기이한 충격을 받았고, 정확하기 이를 데 없던 독일인들은 상해에서 규격을 잊었다.

조계지는 각국의 통치 아래 있었지만, 그 세계가 곧 그 나라인 건 아니었다. 중국인 지역과 조계지 사이에는 다리가 있었고, 전찻길과 도로가 놓였으며 사람과 물자가 끊임없이 오고 또 갔다. 조계 경계선에는 돌비석이 세워져 있었다. 그러나 이 하찮은 이정표들은 미로 같은 상해의 뒷골목에서 존중받지 못했다. 중국인들처럼, 서양인들도 경계석이 아니라 랜드마크로 각 조계지를 어림짐작했다. 은행과 교회와 호텔과 클럽과 영화관과 커피하우스와 식당과 경마장으로 그들은 상해의 곳곳을 인지했고 세세한 위치를 따지지 않았다.

상해에선 모든 게 뒤섞여 각자의 색이 묽어졌다.

그런 곳에서 독립 의지를 굳건히 지닌 채 꼿꼿이 살아가기란, 쉽지 않았다. 무릎을 짚은 김구가 천천히 몸을 일으켰다.

그는 항구로 걸어가는 중이었다. 오랜만에 거길 가야겠다는 생각을 했는데, 거기에 가면 자신이 상해에 웅크린 게 아니라 세계를 향해 열려 있다는 전환이 들기 때문이었다. 항구 인근에는 화물 트럭이 많이 오갔고, 노동자들의 움직임엔 활력이 넘쳤다. 갈색 중절모를 깊이 눌러쓴 김구는 방파제를 향해 걸어갔다.

상해 남쪽에 흐르는 강은 황푸쨩이었고, 예부터 중국인들은 북쪽 기슭을 바깥[外]으로, 남쪽 기슭을 안[內]으로 불렀다. 와이탄은 황푸쨩의 바깥 뻘밭이라는 뜻이었다. 서양인들은 그 발음이 마음에 들었는지, 콘크리트와 시멘트로 덮은 거기에 철 기둥과 대리석으로 치장한 아름다운 건물을 잔뜩 세우고도 여전히 와이탄이라 불렀다.

와이탄은 세 겹으로 이뤄져 있었다.

가장 바깥은 바다였고, 항구이자 중국을 탐하는 식민세력이 들어서는 창구였다. 거대한 굴뚝들을 지닌 증기선들이 우렁찬 뱃고동을 울리며 황푸쨩을 거슬러 올라왔고, 그 커다란 몸을 반듯하게 끌려고 예인선들이 바짝 연결되어 있었으며, 부채 모양 돛을 지닌 정크선들이 갈색 물굽이 사이를 무규칙하게 드나들었다.

영국인들이 황푸쨩 옆에 콘크리트를 부어 단단히 만들어 세운 제방은 하나의 거대한 도로이기도 했다. 시트로엥 자동차와 소형 마차와 인력거와 자전거와 삼륜차와 외발 수레와 이륜 수레와 행인으로 복작거리는 제방이자 도로가 와이탄의 가운데 겹이었다.

마지막이 와이탄의 가장 빛나는 겹이었다. 아시아빌딩, 상하이총회빌딩, 유니온빌딩, 중국통상은행, 홍콩상하이은행, 교통은행, 화이도생은행, 멕쿼리은행, 펠리스호텔, 중국은행, 요코하마쇼킨은행, 인도치나은행, 영국 영사관, 브로드웨이맨션, 리처드호텔 등 수십 개의 서양식 건물이 즐비하게 늘어서 있었다. 회색과 흰색의 웅장한 외관에 네 귀퉁이 끄트머리나 옥상 한가운데를 첨탑 모양으로 꾸민 이 외국 건축물들은 6층에서 10층에 달했다.

김구는 안전을 위해 프랑스 조계지 내에 머물러야 했고, 그런 그에게 와이탄은 저 먼 바깥이었다. 지위가 오를수록 책무는 커졌고, 움직이려면 결심이 필요했다. 김구가 서 있는 방파제에서는 와이탄이 보이지 않았다. 가벼웠던 시절 간혹 보았던 그 화려한 풍경을 떠올리자, 김구의 입가에 미소가 절로 피어올랐다.

영국인들이 와이탄을 개발하며 주목한 곳은 난징루였다. 영국인들은 1865년부터 거기에 돈을 쏟아붓기 시작했다. 와이탄에 금융을 집결시킨 그들은, 난징루를 상업지구로 만들려 했다. 신시아[先流]와 순순[新新]과 윙온[永安] 등의 백화점이 세워졌고, 그 주변에 엄청나게 많은 가게가 들어섰다. 없는 게 없는 백화점에는 흥정 또한 없어서 중국인은 깜짝 놀라고 말았다. 모든 물건엔 가격이 붙어 있었고, 그랬기에 그 돈은 별말 없이 지불되곤 했다. 백화점 내부엔 댄스홀과 스카이 라운지와 커피하우스와 호텔과 식당과 공연장이 자리했고, 고객들은 엘리베이터로 이 층과 저 층을 오갔다. 외국 자본이 세웠지만, 외국인들만 사용할 순 없었다. 상류 중국인들은 환대받았고, 그들은 해외 자본이 깔아놓은 자본주의의 단물을 흡족하게 향유했으며, 외국 자본가들은 더 많은 지불을 끌어내려고 가격을 낮췄다. 상해는 돈이 축적된 거대한 식민지였고, 중국이라는 바탕에 해외 문물이 혼탁하게 꽃피운 잡종 도시였다.

백화점으로는 그 많은 수요를 감당할 수 없었고, 인근에는 커피하우스와 식당과 공연장과 도박장이 추가로 개설되기 시작했다. 1908년 최초의 전차 노선이 난징루에 깔리자, 사람들의 유입은 더욱 많아졌다. 전차는 와이탄까지 확장되었고, 사람들은 그제야 상해가 동양의 진주라는 사실을 깨달았다.

돌아보니, 하늘이 탁한 구름으로 꽉 차 있었다. 방파제를 등진 김구가 임정 청사 방향으로 한참을 걸어갔다. 어디선가 새 우는 소리가 들렸다. 바람이 부쩍 차가워졌다는 생각을 하던 김구는 새 소리를 새봄까지 못 듣는 게 아닌가 생각했다.

이른 오후였고, 잡화점 골목은 오가는 사람이 많지 않았다. 표구점 여닫이문은 부드럽게 열리지 않았다. 드르륵거릴 때마다 거기 걸린 유리들이 차르륵 소리를 내며 몸을 떨었다. 사방 벽에 그림과 글자 적힌 족자가 가득했다. 김구를 알아본 중국인 주인이 매대 뒤에서 미소를 보였다. 김구가 중국어로 물었다.

"제 그림이 좀 팔렸습니까?"

"보고 가긴 하는데, 사지는 않네요."

가게에 내걸린 김구의 그림은 두 점이었다. 그걸 바라보며 김구는 겸연쩍다는 생각을 했는데, 그게 안 팔려서인지 임정 국무령이 그림을 팔아 끼니를 잇는다는 사실 때문인지는 스스로도 분명치 않았다.

여닫이문을 닫고 나간 김구는 시장기를 느꼈다. 그제 낮부터 물 말고는 먹은 게 없었다. 곁으로 지나가는 여인은 옆구리에 붉은 칠을 한 쟁빈을 끼고 있었다. 거기엔 삶은 국수가 집어 들기 좋게 나누어져 층층이 담겼는데, 어느 국수 가게에서 오후 내내 쓰일 것처럼 보였다. 시장기가 돈 지는 한참이었고, 배고픔 때문에 다른 생각이 안 들 지경이었다. 프랑스 조계지 내 조선인들이 사는 방향으로 김구는 터덜터

덜 걸어갔다. 짚 끈으로 동여맨 헝겊신이 자꾸 벌어져 발가락이 차갑게 드러났다.

신세 질 만한 이가 누가 남았을지, 김구는 한참 헤아려 보았다.

고종 황제 시절에 법무대신을 역임한 김가진은 독립운동을 하겠다며 상해로 건너왔다가 1922년에 죽었다. 김의한의 아내이자 김가진의 며느리인 정정화는 독립자금 확보를 위해 조선에 몇 차례나 다녀온 대단한 여성이었다. 문을 연 정정화는 김구를 보고 깜짝 놀랐다. 김구가 소곤소곤 물었다.

"후동 어머니, 나 밥 좀 줄라우?"

"저녁때가 다 되어가는데, 여즉 안 드셨어요?"

정정화가 묻는 건, 당일 점심이나 아침이 아니었다. 그녀는 김구가 며칠 굶지 않고서야 남의 집에 걸음할 리 없다는 걸 잘 알았다.

"들어와 앉으셔요."

낡은 중절모를 벗은 김구가 거실 탁자에 그걸 올려두었다. 부지깽이로 화로 불을 돋운 정정화가 뒷박을 뒤주에 넣어 쌀을 펐다. 김구는 솥에 쌀 차오르는 소리가 풍성하면서도 가련하다는 생각을 했다. 상해엔 쌀이 흔했고, 채소도 싸게 구할 수 있었다. 극빈자라도 야채 절임이나 무장아찌에 밥 한 그릇 정도는 사 먹을 수 있었다. 대한 임정 국무령이라는 나는 그 한 끼조차 해결 못 하는구나. 꾀죄죄하고 남루한 김구의 얼굴에 처참한 괴로움이 얼핏 지나갔다.

큰길엔 사람이 없었다. 삼륜차꾼이 다리 사이에 설치된 브레이크를 당겨 잡았다. 자리에서 내려온 김홍일이 삯을 치르고는 두툼한 감색 보따리를 옆구리에 바짝 꼈다. 삼륜차가 큰길 저리로 사라진 다음에야 김홍일은 길을 건넜다.

상해의 중심은 난징루와 와이탄이었지만, 프랑스인들은 조계지를 나름의 방식으로 꾸밀 뿐 그런 사실에 초연했다. 그들은 제1차세계대전 때 서부전선 총사령관을 지낸 조제프 조프르(Joseph Joffre)를 기리고자 조계지 한 구역을 조프르 거리라 명명했는데, 중국인들은 그 발음을 따서 샤페이루[霞飛路]라 불렀고, 그 뜻이 노을이 지는 길이라는 걸 안 프랑스인들은 그 서정성에 흡족해했다. 샤페이루의 양측엔 플라타너스가 자랐으며, 우아한 전원주택과 8층짜리 아파트가 자리했다. 프랑스 공무국은 주택지구와 상업지구와 공업지구를 철저하게 구분했다. 그런 까닭에 샤페이루 인근은 교회와 묘지와 학교와 프랑스식 공원과 영화관과 커피하우스와 카페로 아늑했다. 샤페이루는 와이탄과 난징루를 거쳐 온 사람들에게 묘한 정적을 머금게 만들었다. 하늘에 닿을 법한 빌딩도, 널리 이름난 건축물도 없는 프랑스 조계엔 고요한 우아함이 자리했다.

그럼에도 불구하고, 상해는 중국인의 땅이었다. 대부분의 조계지 내 거주자는 중국인이었고, 그들은 프랑스인들이 만든 공용 수도 근처에서 빨래하고 물 길어 밥과 차를 끓였으며, 작은 뒤뜰을 지닌 3층짜리 집에서 복작거리며 와글와글 살았다. 집주인과 세입자와 세입자에게 또 공간을 빌린 쪽방살이들이 전화기를 함께 썼고, 화로에 넣을 숯을 서로 나눴으며 밥 타는 냄새와 담배 연기가 매캐해도 탓하지 않았다. 치파오 입은 여인들은 매니큐어로 발톱을 붉게 칠했고, 형편이 괜찮은 집에서는 축음기 소리가 흘러나오게 마련이었다. 중국인들은 그런 리룽[里弄]*에서, 혼잡하게 보이지만 그들만의 규칙과 방식을 지닌 채 살아갔다.

임정 청사는 그런 골목을 뒤로 둔 큰길에 자리하고 있었다.

자꾸 빠지려 드는 보따리를 김홍일은 옆구리에 다시 단단히 끼웠다. 서양식 2층 건물인 푸칭리[普慶里] 4호엔 깃대가 있었지만, 태극기가 걸려 있진 않았다. 안전을 빙계로 프랑스 공무국은 국기 게양을 금지했다. 오렌지빛 가로등 불빛이 엷어, 한적한 거리는 어둑해 보였다.

청사 현관 돌계단에는 푸른 제복을 입은 사람이 서 있었다. 유상근이었다. 그가 올린 경례에, 김홍일이 미소 지어 답례를 보였다.

훤칠해서 제복이 잘 어울리는 유상근은 좁은 눈매에 불거진 광대뼈를 지녔고 이마가 드넓고 입매가 단단한 사내였다. 제복 차림엔 표정 없이 엄정했지만, 창샨 차림으로 청년들과 어울릴 땐 순박한 미소를 잘 보이는 사람이 유상근이었다. 김홍일을 위해 그가 청사 문을 열어주었다.

임시정부 청사는 1층에 강당과 주방을, 2층에는 업무 공간이 마련된 양식 건물이었다. 청사 입구에서 곧장 보이는 강당은 불이 꺼져 컴컴했다. 주방은 강당 안쪽 구석에 자리했다. 김홍일에게 주방에서 흘

---

* 몇 개의 골목이 얽힌 장소.

러나오는 은은한 불빛을 가리킨 유상근이, 현관문을 조용히 닫았다. 불빛을 향해 김홍일이 천천히 걸어갔다.

석유램프 켠 부엌 탁자에 앉아 있던 이화림이 벌떡 일어나 김홍일에게 꾸벅 인사했다. 뭔가 꿰매는 중인지 그녀 앞으로 실과 바늘과 천 쪼가리가 흩어져 있었다. 이화림 맞은편에 앉은 김철이 난감한 표정으로 쩔쩔매다 김홍일을 보고 싱긋 웃었다. 도로 앉은 이화림이 흰색 속옷을 덧대어 꿰매며 짜증을 냈다. 김철 뒤에 서 있던 이봉창이 김홍일을 보고는 문가로 쏙 나왔다. 이를 악문 이화림이 김철을 흘겨보았다.

"제가 진짜 조국 독립을 위한 염원으루다가……."

"알지. 내 잘 알지. 이게 보통 애국심으로다간 절대 안 되는……."

김철이 눈치를 보며 슬쩍 일어났다. 김홍일을 붙들어 강당으로 함께 나오며 김철은 검지를 세워 자기 입술에 댔다. 어둑한 강당 중간까지 김홍일을 끌고 온 김철이 주방 쪽 이화림을 슬쩍 넘겨다보았다.

"딱 맞게 왔군! 돌아가신 어머니를 뵙더라도 이보다 더 반가울까 싶어."

"왜 저리 성질이 났답니까?"

"자네 아니었음 밤새 화림이 짜증을 받을 뻔했어."

"국무령을 뵈어야 하는데요."

"국무령? 국무령! 어어, 뵈어야지. 가세, 공근의 집으로 가."

표정이 밝아진 김철이 김홍일을 잡아끌었고, 이봉창이 어떻게 해야 하나는 얼굴로 멀거니 서 있는데, 부엌에서 이화림이 꽥 소리를 질렀다.

"이거 가져가셔야죠!"

김철과 김홍일을 두어 걸음 따라 나오던 이봉창이 주방으로 잽싸게 돌아가 뭔가를 집어 들고 나왔다. 아까 이화림이 들고 있던 흰색 비단 옷가지였다.

뭔데, 표정으로 김홍일이 물었다. 이봉창이 겸연쩍은 얼굴로, 이화림이 실로 깁던 흰 비단 속옷을 바지 위에 대 보였다.

"내 훈도시[ふんどし]요."

김철과 김홍일과 이봉창은 걸어서 베이러루[貝勒路] 신톈샹리[新天祥里] 20호로 갔다. 거기 2층을 안공근은 빌려 쓰고 있었다. 인근은 프랑스 조계지 내 중국인 밀집 거주지였고, 중국풍으로 지은 2층집이 다닥다닥 붙어 있었다. 폐업한 1층 사진관은 닫혀 있었고, 2층 거주자들은 건물 옆에 붙은 계단으로 드나들게 되어 있었다. 계단 아래에는 낯선 청년 하나가 서 있었다. 김철이 그를 가까이 불러 김홍일에게 인사시켰다.

"윤우의라고…… 충남 덕산에서 왔다 했지?"

김홍일이 왼손을 뻗어 청년 윤우의가 내민 양손을 잡아주었다. 독립운동을 하겠다며 이역만리 상해까지 달려온 조선인 청년을 보면 늘 짠한 마음이 들었다. 계단을 오르며 김홍일은 윤우의를 돌아보았다. 옆구리에 감색 보따리를 끼고 있느라 윤우의의 어깨를 두드려 주지 못한 게 마음에 걸렸다.

현관문을 열기 직전 김철이 손가락 마디로 독특한 노크를 했다. 똑, 또도독, 똑. 문이 열리기까지의 짧은 시간이 겸연쩍은 듯 김철이 이봉창과 닫힌 문을 번갈아 보았다. 마침내 문이 살짝 열렸고, 허리 높이로 들린 총구멍이 그 사이로 비쭉 보였다. 좁게 연 문틈으로 세 사람을 확인한 안공근이 뒤로 물러났다. 이봉창과 김홍일을 문 안으로 먼저 들이민 김철이 안공근에게 툴툴댔다.

"뜸 들이기는. 상투까지 얼릴 작정인가!"

"잘라 내던진 지 언젠데 상투 타령입니까."

안공근이 웃으며 타박했고, 색이 바랜 푸른 납작모자를 벗으며 김철이 몸을 부르르 떨었다. 문 안쪽에 서 있던 노종균도 칼을 쥐고 있던 모양이었다. 품속에서 손을 뺀 그가 집 깊은 곳을 가리켰다.

김구는 카메라 앞에 서 있는 중이었다. 카메라 커버를 뒤집어쓰고 조리개를 만지던 안공근의 둘째 아들 안낙생이 허리를 펴며 얼굴을 드러냈다.

"국무령 각하. 이제 나오셔도 됩니다."

카메라 앞에 섰던 김구가 자신의 위치를 기억하려고 발 주변을 두리번거렸다. 이따 여기 서면 되겠구먼. 물러나던 김구가 사람들 들어서는 소리에 고개를 그리로 돌렸다. 김구를 본 김철이 앓는 소리를 했다.

"국무령 각하. 화림이가 화가 많이 났습니다."

김구가 둥그런 얼굴에 푸짐한 주름을 만들며 껄껄 웃었다.

"노처녀한테 일본 영감 속옷 바느질을 시켰으니 화가 날 밖에."

김구는 김홍일이 옆구리에 단단히 들고 있는 감색 보따리를 곧장 알아보았다. 김구가 이봉창에게 자신이 섰던 자리를 가리켰다.

"거기 서게. 위치가 딱이야."

이봉창을 카메라와 벽 사이에 남겨둔 김구가 저쪽 구석으로 걸어 갔다. 월세 15위안짜리인 이 집은 1층과 통하는 내부 계단을 두지 않았고, 당연히 계단 옆 쪽방 또한 없었다. 출입문이 붙은 공간은 바깥 방이었고, 안쪽 문을 지나면 가운데 방이 자리했다. 식구가 많은 안공근은 병풍과 발로 공간을 구분했고, 가운데 방을 서너 개로 쪼개 썼지만, 지금처럼 임정 사람들을 들이는 날엔 미리 친척들에게 보내 집을 비워두었다. 가운데 방 왼쪽엔 창이 나 있었고, 그 앞으론 작은 아궁이와 물항아리와 배수구와 주방이 자리했다. 그 옆에 마련된 침상 공간은 발로 구분되어 있었다. 저 구석에서 차탁을 당긴 김구가 침상에 앉았고, 김철이 자기 앉을 의자를 발 안으로 들여왔다. 좁은 차탁에 감색 보따리를 놓은 김홍일이 매듭을 끌러 보자기를 풀었다. 싸개 속에 딱딱한 외곽을 만들려고 넣었던 책 두 권 사이에 신문지가 성기게 뭉쳐져 있었다.

잿빛 종이를 벌리자 폭탄 두 개가 드러났다.

"무리를 하라시기에, 뇌물을 썼습니다."

김홍일의 말에 깜짝 놀란 김철이 김구를 돌아보았다. 뇌물을 써 폭탄을 구했다는 사실보다, 임정이 뇌물 쓸 돈을 지녔다는 게 그에겐 더욱 놀라웠다.

"참외만 한데, 살상력은 얼마나 되는가?"

"가로와 세로에 홈이 파져 있는데, 홈에 둘러싸인 부분이 각기 하나의 파편이 되어 날아가 사람을 해치는 겁니다. 여섯에서 일곱 간(間)* 내엔 다 죽을 겁니다."

김철이 폭탄 하나를 눈높이로 들어 자세히 보았다. 차탁 위 신문지에 폭탄을 조심스레 내려놓은 김철이 어깨를 후드득 떨었다. 김홍일이 설명을 이어갔다.

"안전핀을 빼고 던지면 됩니다. 폭탄머리가 더 무거워서 높이 던지면 자연히 머리로 떨어집니다. 머리에 강하게 부딪쳐야 터지기 때문에 되도록 높게 던져야 합니다."

"던져봐야 감이 잡힐 텐데."

김구가 넌지시 말하자, 김홍일이 난감한 표정을 지었다.

"이 두 개도 간신히 빼돌린 겁니다."

김구가 폭탄을 집어 들었다. 보기와 달리 꽤 무거웠다. 김철은 아까 이화림이 꿰맨 이봉창의 훈도시를 떠올렸다. 허벅지 사이 깊은 곳에 이걸 두 개나 숨길 수 있으려나. 김구가 침상에서 일어나면서 김홍일에게 손을 저었다.

"아직 보자기에 싸지 말게."

이봉창은 아까 김구가 섰던 자리에서 쭈뼛거리는 중이었다. 카메라 커버에 머리를 묻은 안낙생이 오른손으로 이봉창의 위치를 조정해 주고 있었다. 발을 젖혀 밖으로 나간 김구가 그 광경을 한동안 바라보

---

* 11~13미터.

왔다. 재킷 단추를 잠근 이봉창이 벽을 쳐다보았다. 거기엔 대형 태극기가 걸려 있었다. 이봉창이 카메라를 돌아보았다.

"호그시 내가 태그끼르 가리진 않았스므니까?"

안낙생이 아니라는 뜻으로 손을 흔들어 보였다. 플래시를 구해올 순 없었는지 주변이 어두침침했다. 안낙생이 높이 든 오른손을 펼쳐 숫자를 점점 떨어뜨렸다. 카메라 앞에서 뒷짐 진 이봉창은 태극기를 쳐다보고 있었다. 김홍일이 카메라 인근 상황을 지켜보려 발을 들췄다. 이봉창이 담담하게 미소 지었고, 그러자 겸연쩍음과 함께 의기가 드러났다. 안낙생이 카메라 원판을 갈아끼는 동안, 김구가 이봉창에게 손짓했다.

"우선 이걸 목에 걸고, 양손엔 이걸 쥐게."

목에 선언문이 적힌 패를 건 이봉창이 발 안으로 들어와 폭탄을 거머쥐었다. 이번엔 태극기를 반쯤 가린 자세였다. 안낙생 뒤에 선 김철이 이런저런 잔소리로 이봉창의 자세를 고쳐주려 들었고, 안낙생이 손을 뻗어 카메라 조리개를 매만졌다. 김구가 김홍일에게 되돌아왔다.

"폭탄 쉽게 구한 건가? 중국군이 협조저이던가?"

왕샹[王雄]이라는 이름으로 중국에 귀화한 김홍일은 현직 중국 군인이자 상해병공창 병기주임이었다. 그는 일부러 자기 정체를 숨겼고, 가까운 중국인들도 그가 조선 사람인지 몰랐다.

"창고 담당 주임을 불러다가 아가리가 터지게 뇌물 먹여 겨우 얻은 두 알입니다. 임정이 쓸 거라 했음 다 뱉고 돌아섰을 겁니다. 중국 놈들, 우리를 벌레 보듯 해요."

그건 일본이 퍼뜨린 악의에 찬 소문 때문이었다. 일제의 수탈을 피해 많은 조선인이 만주로 옮겨갔고, 그곳 중국인들과 어쩔 수 없는 마찰을 빚었다. 일본 특무부서 요원들은 공작을 벌여 자잘한 실랑이를 큰 다툼으로 부풀려댔다. 석 달 전 벌어진 일본 관동군의 만주 공격 때 조선인이 길잡이 노릇을 했다는 소문과, 만주 중국인 학살에 조선인이 앞장섰다는 헛소리에, 상해 내 중국인들의 조선인 혐오는 극에 달했다. 그건 김구의 여러 걱정 중 하나였다.

"저도 갑갑할 때가 한두 번이 아닙니다. 그나저나 저걸 어디 쓰려 하셔요?"

김구는 한동안 대답하지 않았다. 그러다가 전혀 다른 사안을 되물었다.

"내가 제일 걱정하는 게 뭔지 아나?"

김홍일은 잠자코 김구의 말을 기다렸다.

"내 진짜 걱정은 이런 거라네. 3월 1일에 펄럭이던 태극기들이 잊히는 거. 안중근 의사의 총소리가 잊히는 거. 상해 임시정부의 존재가 잊히는 거."

김홍일은 숨이 막히는 기분이었다.

"지난달에 함경도 연락망이 통째 검거된 사실도 은폐되었다면서요."

"총독부 놈들은 그런 일이 아예 없었다는 것처럼 굴지. 조선 독립을 위해 죽을힘을 다하는 사람들이 조선과 만주와 상해와 미국에 존재

한다는 걸 아예 부정한다네."

김구의 목소리가 분노로 떨렸다.

"왜놈들이 조선 사람들의 눈과 귀를 막고 있어. 시간이 갈수록 차별에 익숙해지고, 지배와 굴종을 당연히 여기게 되겠지. 그래 왔으니까, 늘 그래왔기에, 독립해야 한다는 생각 자체가 사라지게 되는 거야."

김홍일을 돌아보는 김구의 눈동자가 섬뜩하게 번뜩였다.

"난 그게 너무나 걱정된다네. 독립해야 한다는 생각 자체가 사라지는 게, 두려워!"

현상한 사진과 폭탄은 김구가 이봉창에게 직접 들고가기로 했다. 훈도시에 폭탄이 딱 맞게 들어가는지는 그때 살펴볼 예정이었다. 이봉창은 숙소가 있는 우쑹루[吳淞路]로 가겠다며 머리를 숙이곤 걸어가 버렸다. 안공근의 집을 나온 김홍일과 김철은 가는 방향이 같았다. 김구는 그들과 헤어져 청사로 돌아왔고, 그 길을 노종균이 호위했다. 청사에 홀로 누운 김구는 그 밤도 깊은 잠을 이루지 못했다.

얇게 잠든 김구의 눈꺼풀 아래, 좌우로 눈이 굴렀다. 날카로워지는 바람 소리에, 닫아둔 유리창은 나지막하게 달그락거리는 소리를 냈다. 꿈은 심란했고, 깬 뒤의 김구는 그걸 기억 못 했다.

이봉창과 김구가 만난 건 이틀 뒤였다. 안공근의 집인 신텐샹리 20호로 와서 김구를 찾은 이봉창을, 노종균은 식당으로 안내했다. 물 한 잔을 채워 이봉창 앞에 내민 김구가 의자에 올려두었던 폭탄을 식탁에 올렸다. 김구는 김홍일에게 들었던 설명을 이봉창에게 그대로 들려주었다. 그러고는 그날 오전에 마련한 150엔을 이봉창에게 주었다.

그건 김구가 하와이 동포들에게 받은 성금 1,000달러의 일부였다. 김구가 김홍일에게 폭탄 구할 뇌물로 쓰라며 준 돈은 200달러가 넘었다. 이봉창을 도쿄까지 보내려면 더 많은 금액을 써야 하리라.

150엔은 보통 사람의 석 달 치 월급에 해당했다. 김구는 그걸 이봉창이 떠나기 전에 회포를 풀 돈으로 주었고, 그만큼의 돈을 도쿄로 갈 여비로 줄 작정이었다. 그들은 안공근의 집을 나서서 중흥여관으로 갔다. 방을 하나 잡은 그들은, 그 밤 내내 계획을 논의하다가 새벽녘에야 잤다.

이봉창은 상해 일본 조계지에 자리한 축음기 가게에서 일했다. 도쿄로 돌아간다며 일을 그만둔 이봉창은 그간 알고 지냈던 일본인들과 회포를 풀면서도 늦은 밤에는 꼭 김구를 만났다. 조선말에 서툰 이봉창은 일본인과 구별 안 될 정도로 일본어엔 능통했다. 여러 차례 식사하고 잠들기 전까지 대화하며 김구와 이봉창은 계획을 가다듬었다. 김구는 평생 일본에 가본 적이 없었고, 젊어서부터 도쿄와 오사카에 살아 행동과 말까지 일본인 같아 임정 사람들이 '일본 영감'이라 불렀던 이봉창은 그곳 지리와 상황에 밝았다. 김구는 세부 계획을 이봉창에게 일임했다. 이봉창은 혼자 일본으로 가, 자기 판단으로 계획을 성공시켜야 했다.

긴 무명 띠로 복대를 하고 이화림이 훈도시에 달아준 주머니에 폭탄 두 개를 낀 이봉창이 바지를 입었다. 김구가 이봉창의 앞과 뒤에서 겉모양을 확인했다. 걷는 게 부자연스러웠지만, 여행용 트렁크를 들면 괜찮을 것 같았다.

김구는 프랑스 조계지에 머물러야 했고, 이봉창은 짐을 맡겨둔 축음기 가게를 들러야 했다. 그들은 프랑스 조계지에서 작별했다. 이봉창의 손목엔 김구가 며칠 전 사준 시계가 채워져 있었다. 김구는 자신의 뜻을 거기 그렇게 붙들어 두고 싶었다. 혼자 가는 게 아니라, 김구의 뜻 또한 이봉창과 함께 간다고 얘기하고 싶었다.

김구는 이봉창을 택시에 태워 보냈다. 택시 유리창을 내린 이봉창이 상체를 내밀어 뒤돌아보았다. 그러고는 김구가 멀어져 보이지 않을 때까지 내민 몸을 들이지 않았다.

갈림길 저 너머로 달려나간 택시는 혼잡한 도로로 사라져 버렸다. 거리에 못 박힌 듯 선 김구는, 자신이 프랑스 조계지에 유폐된 어리석고 늙은 죄인이라는 생각을 했다.

4

다나카 류키치 소좌는 상해 포구에 서 있는 중이었다. 이타가키 세이시로 대좌와 식사를 한 지 한 달이 지난, 1931년 12월 19일이었다.

이타가키 대좌가 걱정했던 사태는 열흘 전쯤 일어났다. 국제연맹은 12월 10일, 영국의 리턴(Lytton) 백작을 중심으로 한 리턴 조사단의 만주 파견을 결정했다. 리턴 조사단은 내년 2월 건너와 일본의 만주 점령 정당성을 살필 예정이었다. 상부의 지시 없이 제멋대로 전쟁을 일으킨 관동군도, 만주라는 공짜 선물을 받은 일본 정부도, 리턴 조사단의 결정에 따를 이유는 없었다. 하지만 조사단의 결정은 외교적 압박으로 작용했다. 암, 일본이 편안히 만주를 삼키게끔 그들이 내버려 둘 리 없지.

이타가키 대좌가 말한 사고의 의미를, 다나카는 잘 알았다. 그는 열강들의 눈길을 다른 곳으로 돌려야 했다.

동쪽으로 흘러가는 황푸쨩에는 중국과 서양의 배들이 오가고 있었다. 포구 주변에 눌어붙은 중국 노역부들의 차림새는 너저분했고, 이쪽을 바라보는 시선들은 빈궁해 보였다. 소매에 줄 두 개가 그어진 푸른 제복을 입은 운전사들은 검은 챙에 각진 흰 모자를 겨드랑이에 끼곤 서로의 담배에 불을 붙여주고 있었다. 여자들은 동서양 가릴 것 없이 서양식 모자를 썼고, 스타킹에 굽 높은 구두를 신었으며, 외투 허리를 바짝 조인 차림이었다. 손님의 손짓을 기다리며, 고개 쭉 뺀 인력거꾼들은 제방 옆 긴 벽 앞에 늘어서 있었다.

검은색 트렁크 두 개를 포구에 세워놓은 다나카는 누런 군복에 갈색 장화 차림이었다. 두꺼운 상반신은 비대했으나 다리는 가늘었고, 사방을 돌아보는 눈초리가 몹시 매서웠다.

다나카는 영사관 직원을 기다리는 중이었다. 출항 직전 받은 연락문에는 도착 시간에 맞춰 영사관 직원을 보내겠다고 적혀 있었다. 항구는 제방이 높은 탓에, 그 너머 즐비하게 늘어선 높다란 서양식 건물들이 위쪽 절반 정도만 보였다. 사람들이 격찬하던 와이탄의 서양 건물에, 다나카는 별다른 감흥이 없었다. 그리스식을 모던하게 받아들인 저 하얀 건물들이 저리 서 있는 것보다 깨지고 검게 그슬린 풍경이 낫겠다는 생각을 하며 다나카는 심드렁한 얼굴로 서 있었다.

검은 트렁크에 부딪친 사람은 젊은 여성이었다. 앳된 얼굴이었는데, 전체적인 느낌이 원숙했다. 뒤쪽의 깃이 높아지는 아름다운 녹색 모자에 따뜻한 담비 코트를 입은 여자는, 풍족해 보였다.

"죄송합니다."

"괜찮습니다."

난처한 표정을 지었던 젊은 여성이 몸을 돌리는 순간, 다나카가 그녀의 손목을 확 붙들었다.

"그런데 제 지갑은 두고 가시지요."

붙든 손목에 자기 지갑이 쥐어져 있을 거라 여겼던 다나카는 깜짝 놀랐다. 다나카의 가죽 지갑은 벌써 여자의 가방에 쑤셔 박힌 상태였다.

"상해 일본 영사관에 파견된 다나카 류키치 소좌요."

상해 항구에서 여자 손목을 붙든 채, 디니카는 영사관 직원을 맞이했다. 다나카보다 열 살은 많아 보이는 외교관은 뜻밖의 상황에 황당해했다.

"만주에서 충고하기를 상해엔 도둑이 많다던데, 사실이었군요."

중년 외교관이 고개를 숙이며 자신을 소개했다.

"오무라 마사미치 서기관입니다."

다나카의 트렁크들을 양손으로 번쩍 든 오무라가 큰 도로를 돌아보았다. 길 건너편에 정차한 택시에서 운전사가 고개를 길게 뺐고, 트렁크를 내려놓은 오무라가 그리로 손을 흔들었다.

다나카는 여전히 여자 소매치기의 팔을 붙든 채였다. 현행범으로 붙들린 젊은 여자는 굴욕으로 얼굴이 벌겠다.

"내 손목을 잡고 싶다면 프로포즈를 하실 일이죠."

"그건 일본 헌병대 지하 심문실에서 하도록 하지. 일본 여잔가?"

"시끄러워요. 칙칙한 군복이나 걸친 주제에."

"정숙한 일본 여성이 이런 짓을 할 리가 없는데. 이봐 '주우고 엔 고주쯔 센(십오 엔 오십 전)' 해봐."

"'츄고 엔 고죠 세엔(칩오 엔 오십 저언).' 됐니?"

"비꼬기까지. 이거 보통 여자가 아니군."

다나카가 물은 '십오 엔 오십 전'은 일본인들이 외국인을 구분할 때 쓰는 질문이었다. 주우고 엔 고주쯔 센[十伍円伍十錢, じゅうごえんごじっせん]의 발음은 일본인이 아니면 발음하기 어려웠는데, 10년 전 관동대지진 때 조선인을 알아보는 데 쓰였다. 구별된 조선인은 몽둥이로 구타당하고 죽창과 일본도에 찔려 구덩이에 매장되었는데, 조선인뿐 아니라 중국인과, 류큐인과, 아마미 제도 출신 사람들과, 돈 벌러 온 도호쿠와 고신에쓰와 홋카이도 출신의 일본인들과, 미국과 영국 국적을 지닌 동양계 기자들까지 살해당했다. 주우고 엔 고주쯔 센과 비슷하게, 채소인 무를 뜻하는 다이콘[大根]과 연기 못하는 배우를 의미하는 다이콩[だいこん]을 발음하게 시키기도 했다.

오무라가 트렁크를 택시 뒷좌석에 밀어 넣었고, 다나카는 소매치기 여자와 바짝 붙어 앉았다. 문을 닫아준 오무라가 잰걸음으로 조수석에 바삐 탔다. 다나카는 소매치기에게 집중하느라, 자기가 서 있던 장소 인근을 누군가 쩔쩔매며 두리번거리는 걸 미처 보지 못했다. 여자가 잡아 빼려 팔을 흔들었지만, 다나카는 붙든 손목을 놔줄 생각이 없었다. 택시 운전사는 이 실랑이가 흥미로운 모양인지 중국어로 말했다.

"나으리들. 보통이 아닌 여잔데요."

다나카가 힐끗 보니 오무라는 운전사의 중국말을 못 알아들은 것 같았다. 다나카가 여자 가방에서 자기 지갑을 빼냈고, 보조석에서 돌아보던 오무라가 이게 무슨 일이냐는 표정을 다시 지었다. 운전하는 틈틈이 여자 얼굴을 돌아보던 운전사가 미심쩍은 표정을 지으며 중국어로 말했다.

"너 일본 여자지? 중국인 망신시키지 말고, 얼른 대답해! 어르신들께 죄를 얼른 빌라구!"

"이봐, 조용히 가지."

다나카가 중국어로 얘기하자, 택시 운전사가 놀랍다는 표정을 지었다.

"성조가 애매한 걸 빼면 훌륭한데요? 어디, 만주에라도 계셨습니까?"

운전사를 힐끗 쳐다본 다나카는 질문에 대답하지 않고, 여자를 향해 몸을 돌렸다.

"신분증은 어디 있나?"

"내 가슴 사이에 있어요. 직접 뒤져볼래요?"

"이따 충분히 하도록 하지. 아무도 오가지 않는 침침한 지하에서."

항구에서 일본 영사관까지는 그리 멀지 않았다. 사거리 중앙 단에 올라간 신호수가 몸을 돌려 이쪽에 손짓했고, 택시는 건너편으로 나아갔다. 우회전을 하던 택시 운전사가 표지석을 가리켰고, 오무라는 다나카에게 그게 영국 조계지와 일본 조계지의 경계를 표시한다고 알려주었다.

"내부로 들어갈수록 많아지지요."

일본식 건물들이 얼마나 되냐는 다나카의 질문에, 오무라는 그리 대답했다. 난간이나 계단 그리고 무엇보다도 돌담과 정원의 모양새가 이곳이 일본의 통치를 받는다는 걸 보여주었다.

펄럭이는 일장기가 저 멀리 보였다.

깃대는 30미터는 족히 되어 보였고, 건물 높이는 그보다 낮은 듯했다. 깃대 바로 앞은 황푸쟝이었고, 넘실대는 강물 위로 흔들리는 배를 중국인들이 묶는 중이었다. 깃대와 영사관 사이에는 너른 잔디밭이 자리했고, 주변에는 사람 키 높이의 담장이 둘러져 있었다. 붉은 벽돌과 하얀 바깥 장식을 쓴 상해 일본 영사관은 3층이었고, 네모진 모습이 몹시 우람했으며, 유럽식 타워형 창문이 건물 외관에 빽빽이 자리했다. 가까이 다가선 뒤에야, 다나카는 타원들이 창문이 아닌 건물의 외곽 장식이라는 걸 알았다. 좁은 정문의 밑단을 이룬 계단과 머리 장식은 흰색이었고, 붉은 나무로 틀을 만든 문의 바깥은 엷은 갈색이었다. 붉은 벽돌 바깥을 지지하는 흰 기둥머리 부분에는 물결과 별 문양이 풍성한 열매 장식 아래 새겨져 있었다.

택시는 영사관 입구에 그들을 내려놓았다. 트렁크를 꺼낸 오무라가 양복 상의를 뒤적여 서류를 꺼내 헌병대원들에게 내보였다. 재미있다는 표정으로 세 사람을 보던 중국인 운전사가 택시를 몰고 떠나갔다. 여자를 꽉 붙든 채, 다나카는 영사관 건물을 올려다보았다. 건물은 그를 폭압적으로 내려다보지 않았다. 오히려 일본 영사관은, 그 무엇도 상관하지 않는 것 같았다. 황푸쨩의 북쪽 기슭에 자리한 일본 영사관은 거기 웅장하게 버티고 서서 천하를 꼿꼿하게 노려보는 것 같았다. 주변과 전혀 어우러지지 않는 이 우람한 건축물은 세상 무엇에도 아랑곳하지 않는 존재처럼 보였다. 다나카는 그렇기에 더욱 멋지다는 생각을 했다.

다나카가 여자를 앞세웠고, 트렁크 두 개를 붙든 오무라가 낑낑 뒤따랐다.

"헌병을 불러주게."

"안에 들어가서 절차를 밟으시지요."

오무라가 눈짓을 주자 다나카가 그제야 여자의 손목을 놓았다. 어찌나 우악스레 잡았던지, 손목엔 시퍼런 멍이 들어 있었다. 어처구니가 없는지 자기 손목에 둘러진 퍼런 띠를 여자가 입 벌리고 쳐다보았다.

"우선 영사님부터 만나보셔야 않겠습니까."

복도 저쪽을 가리킨 오무라가 초병을 불러 여자를 인계했다.

"수갑 채워서 자네가 데리고 있게."

초병에게 고개 숙여 뭔가를 덧붙인 오무라가 복도 저리로 쿵쿵 걸어가는 다나카를 따라 다급히 뛰었다. 문 앞에 선 다나카가 어깨 너머로 오무라를 돌아보았다. 손가락 마디를 세운 오무라가 문을 두드리자, 안에서 목소리가 들렸다.

그 순간, 다나카는 자신이 속았다는 사실을 퍼뜩 깨달았다.

영사실 큰 책상에는 셔츠와 넥타이에 버튼 세 개짜리 수트를 갖춰 입은 체구 작은 사람이 앉아 있었다. 살짝 긴 머리를 포마드를 발라 뒤로 넘겼는데, 뼈대가 작아 남자치곤 어여뻤고 여자치곤 소년 같아 보였다. 다나카가 문 뒤에서 알아들은 목소리는 그녀, 가와시마 요시코의 것이었다.

낭패감으로 찌그러진 다나카의 둥근 얼굴을 본 가와시마가 깔깔 웃었다.

"아니죠, 화난 거?"

문고리를 붙들고 있던 다나카가 문을 도로 닫아 문패를 확인했다. 눈높이엔 영사실이라는 글자가 새겨진 금박 명패가 붙어 있었다.

"영사께선 아마 회의 중이겠군?"

"맞아요. 그 사이에 잠깐 와서 앉았죠. 당신을 속이려고."

다나카가 우람한 몸을 돌려 문 옆에 선 오무라를 돌아보았다. 오무라가 빙글빙글 웃어 보였다.

"택시 탈 때 보니 영사관 직원이 항구에서 헤매고 있던데요."

그때 노크 소리가 들렸고, 수갑 찬 여자를 앞세운 낯선 헌병이 들어왔다. 소매치기 여자가 모자 옆에 찔러둔 핀을 빼내 열쇠 구멍을 쑤시더니, 풀린 수갑을 바닥에 휘리릭 던졌다. 여전히 얼굴이 벌겠지만, 이번엔 굴욕감이 아니라 노여움 때문이었다.

"원망할 거 없어. 네 소매치기 기술이 좋았으면 없었을 일이잖아."

오무라가 핀잔을 주자, 다나카 맞은편에 다리를 꼬고 앉은 여자가 쏘아붙였다.

"입 찢어버리기 전에 그만 다물어요."

여자 뒤에 섰던 헌병이 누군지를 깨달은 다나카가 헛웃음을 내었다.

"제 운전 솜씨가 어땠습니까?"

"그보단 중국어 성조가 더 낫더군."

다나카의 톡 쏘는 한 마디에 헌병으로 순식간에 위장했던 아까의 중국인 택시 운전사와 오무라, 가와시마까지 깔깔 웃어댔다. 가와시마가 영사 책상에서 일어나 다나카의 의자 팔걸이에 앉았다. 그러고는 다나카를 속이려 동원한 사람을 하나하나 소개했다.

곧 쉰을 바라보는 오무라 마사미치는 성공한 가부키 배우였지만, 도박을 끊지 못해 늘 생활고에 쩔쩔맸다. 그에게 손을 뻗친 사람이 바로 가와시마였다. 운전사와 헌병 역할을 했던 마치다 료타는 33세로 코흘리개 시절부터 중국과 일본에 순회공연을 다녔던 연극 극단의 막내였다. 그 또한 출중한 언변과 탁월한 수완 덕에 가와시마의 눈에 띄었다. 다나카의 지갑을 훔쳐내겠다고 호언장담했다가 손목에 퍼런 띠를 두르게 된 아오이 다에코는 올해 28세였고, 가와시마와 일한 지는 그중 가장 오래되었다. 매력적인 숙녀로 늙은 고관대작들을 홀리길 잘하는 아오이는 타고난 거짓말쟁이에 끊을 수 없는 사치벽을 지닌 너저분한 여자였다.

그리고 그 세 사람의 뒤에 가와시마 요시코가 있었다.

올해 26세가 된 그녀는 청나라 황족 숙친왕의 14번째 딸로 만주 이름은 아이신기오로셴위[愛新覺羅顯玗], 중국 이름은 진비후이[金璧輝]였다. 청나라 부활을 위해선 일본의 도움이 필요하다고 판단한 숙친왕은, 일본 최고 교육을 받는 조건으로 그녀를 일본인 가와시마 나니와에게 입양 보냈다.

가와시마 요시코의 가장 큰 특징은 남장이었다. 그녀는 어느 자리든 정장을 빼입었고, 코트에 구두에 중절모까지 챙겼다. 스스로를 어떻게 인지하는지, 그녀는 분명히 밝히길 꺼렸다. 그녀는 만주의 딸로, 중국의 여자로, 일본의 수양딸로 살지 않았고, 그 사이의 누군가로 자신을 생각했다. 진비후이였던 가와시마 요시코는 즉흥적인 사람이었고, 파티에 심취한 여자였으며, 다나카 같은 자가 베푸는 모략과 유흥의 장에 끼어들길 기뻐하는 사람이었다.

사고를 치라는 비밀 지령을 받자마자 다나카는 가와시마 요시코를 떠올렸다. 다나카는 조선총독부 파티장에서 그녀를 알게 되었고, 이후 만주에서 이런저런 특무작전을 할 때 여러 중국군 고위층에 그녀를 보내 정보를 가져오거나 역정보를 흘리게 만들었다.

"사고를 쳐야 한다면서요."

"쳐야지, 사고."

저들이 내 팀인 셈이로군. 가와시마 요시코와 그녀의 동료들을 살펴본 다나카가 둥근 머리를 한쪽으로 기울였다. 저 말들을 판에 어떻게 두어야 이 승부를 이기려나. 커다란 가죽 가방에 가득 들었던 지폐 다발을 떠올리며 다나카가 일어섰다.

"이길 만한 판인지 한번 둘러볼까, 상해를."

5

상해에 입항한 사람이 다나카만은 아니었다.

와타나베 신조 소위는 임관 신고를 방금 끝낸 상황이었다. 복도에서 대기하라는 말을 들은 그는 거기 멀뚱히 서 있는 중이었다.

와타나베 신조를 만난 사람 중 열에 아홉은 차분한 인상을 얘기했다. 누런 군복에 붉은빛 도는 갈색 장화 대신 흰 셔츠에 검정 구두 차림이라면, 다들 젊은 교수로 여겼을 법한 얼굴이었다. 살집이 적은 와타나베의 뺨은 매끈하니 홀쭉했고, 안경 쇠테에 걸린 알은 잘 닦여 반짝거렸다. 29세인 그는 어느 순간에니 표정을 드리내었는데, 그건 자기 본심을 숨기려는 의도 때문에 꾸며진 습성이었다. 와타나베는 그 방법을 평양에 마련된 특무기관에서 6개월 훈련받으며 익혔다. 기후현에서 태어나 자란 와타나베는 다섯 형제 중 장남이었고, 성공 의지가 컸으며, 평양 특무기관에 차출된 동기 중 한 손에 꼽혔던 엘리트였다. 와타나베는 대단히 명석하진 않지만 상황 대처 능력이 좋다는 평을 받았고, 질문을 받으면 질문 속에서 답 찾길 잘했다.

층고가 높은 복도는 넓었고 오가는 사람은 적었다. 군모를 옆구리에 낀 와타나베는 군낭을 들고 복도 저쪽으로 걸어갔다. 복도 바닥엔 암갈색 마루가 깔려 있었고, 단단한 군화로 길을 걸으면 찧는 소리가 높은 천장으로 둔탁하게 울렸다. 벽에 일정한 간격으로 설치된 전등에서는 노란 불빛이 나와 복도를 밝혔다. 복도 왼쪽엔 일정한 간격을 두고 커다란 창문이 자리했다. 창문 맞은편에는 적갈색 문이 있어 서로를 마주 보았는데, 전등은 문과 문 사이에 배치되어 있었다. 그 균형감이, 와타나베는 아름답다고 생각했다. 문은 붉은빛 도는 갈색이었고, 벽과 천장은 암갈색 바닥 마루와 묘한 엇갈림을 이루는 흰색이었다. 와타나베는 창밖을 건너다보았다. 8미터 정도 되는 잔디 깔린 뜰이 보였고 그 바깥으로 돌담이 설치되어 있었다. 6년 전 조선인 폭도 이성구 등이 던진 폭탄에 창고가 날아가고 경찰 2명이 중상을 입었다는데, 그 뒤에 세운 돌담인가 싶었다.

복도 중앙 벽엔 뭔가가 걸려 있었다. 폭이 3미터에 높이가 1미터는 족히 되어 보이는 그림이었다.

그건 상해 지도였다. 상해 남쪽으로 흐르는 황푸쟝은 하늘색이었고, 땅은 엷은 갈색이었다. 상해 동쪽 분홍색 L자 모양을 띤 땅에 일(日)이, 중앙과 서쪽 전체의 북부를 노란색의 영(英)과 녹색의 미(米)가, 그 아래에 딱 붙은 남부에 파랗게 칠해진 영토엔 불(佛)이, 갈색으로 칠해진 북서쪽 귀퉁이엔 이탈리아를 뜻하는 이(伊)가 쓰여 있었다. 상해에 조계지를 차지한 열강들이 거기 그리 상세히 표시되어 있었다. 중국 영토는 올드시티라는 동그란 상해 성내와 그 반대편 북부의 자베이였는데, 그 둘은 영국과 미국의 조계지로 인해 완전히 분리되어 있었다.

지도를 보던 와타나베는 누군가 옆에 선 걸 알아차리곤 깜짝 놀랐다. 낯선 이가, 와타나베 곁에서 지도를 올려다보고 있었다. 눈웃음을 지은 와타나베가 사교성을 드러내며 말을 붙였다.

"세계 열강이 한데 모인 도시라더니, 정말 그렇네요."

"중국 전체를 집어삼킬 식탁이니까."

심드렁한 표정을 지은 그는 중년 공무원처럼 보였다. 흰 셔츠에 폭이 좁은 타이를 길게 매었는데, 배는 낡은 가죽 혁대 위로 튀어나와 있었고, 근시 안경을 쓴 허연 얼굴은 부기가 들어 푸석해 보였다. 멍한 말투로 사내가 말했다.

"항구가 굉장하지."

"전 세계 배가 다 모인 것 같더군요. 해안선을 따라 신식 건물이 잔뜩 늘어섰구요."

"와이탄엔 해외 자본이 엄청나게 투입되었으니까. 하지만 올드시티엔 폭삭 주저앉은 중국 건물이 수두룩하지."

사내를 향해 몸을 돌린 와타나베가 가볍게 목례했다.

"와타나베 신조 소위입니다. 이곳에서 일하십니까?"

"임관지가 상해라니. 운수가 어떤 걸까."

좋다는 뜻인지, 나쁘다는 의미인지, 와타나베는 가늠할 수 없었다.

"지내기에 나쁜가 봅니다?"

"상해 각국 조계지는 각국 영토라오. 중국 경찰은 중국인만 다룰 뿐, 일 처리는 각국 경찰과 군대와 영사관이 하니까. 상해는 세계 열강이 엉덩이를 맞대고 앉은 화약고요."

안경을 콧등에 밀어올린 와타나베가 지도를 가리켰다.

"색이 칠해지지 않은 곳이……."

"북부 자베이와 남부 성내. 거기는 중국 정부가 관할하지. 길은 좁고 갖가지 수레와 마차에 자동차에 지게꾼까지 복작거리는 난장판이랄까."

아직 조계지 접경지에 가보지 않은 와타나베가 미간을 찌푸렸다.

"접경지 도로마다 바리케이드가 쳐진 겁니까?"

"표지석으로 표시만 해둔 정도지. 하지만 일이 터지면 조계지 경찰들이 득달같이 달려든다오. 드나들 순 있지만, 드러내놓고 뭘 하긴 어렵달까."

중년 사내가 와타나베를 쳐다보았다. 안경은 코 중간까지 흘러내린 상태였고, 와타나베를 향한 시선은, 여전히 뚱했다.

"여기에서 뭘 기대하고 있소?"

그런 질문을 받을 거라고는 생각지 않았기에, 와타나베는 꽤 오래 자기 속을 더듬어야 했다.

그는 군인이었고, 자신은 명령을 수행하는 사람이라 여겼다. 그뿐이지 않은가. 명령은 저 높은 곳에서 쏟아져 내리게 마련이었고, 아래에 자리한 자들은 명이 잘 받들어지게끔 그 뜻을 헤아려야만 했다.

"명령을 엄격히 이행하는 것만이 제 관심사입니다."

"그래서? 고대할 게 없다?"

와타나베는 평양에서 특무활동 훈련을 받았고, 관동군으로 발령받아 북만주 전투 막바지에 참여했었다. 그가 전장에 도착했을 땐 모든 게 결정된 상황이었고, 와타나베는 전투 훈련을 지켜본 기분이었다.

그가 지도로 길게 손 뻗었다. 색이 칠해진 곳을 향해 애매하게 손짓할 때, 와타나베의 머릿속엔 뭔가가 어른거리고 있었다. 그게 욕망이란 걸, 와타나베는 알지 못했다. 상해 항구에서 영국 조계지를 지나 여기 영사관에 오기까지, 그는 길게 늘어선 높은 건물들을 보았다. 그건 절벽 같기도 했고, 침공할 수 없는 성벽 같기도 했다. 밤에는 붉고 푸른 네온사인이 저 주변을 번들거리게 만드리라. 이곳 상해엔 영국과 이탈리아와 미국과 프랑스와 일본이라는 세계가 그야말로 한데 집결해 있었다. 거대한 대륙으로 뻗을 화려한 도약대가 바로 상해였다.

그제야 와타나베는 자기 욕망을 깨달았다. 나는 여기에서 내가 배운 특무활동을 제대로 펼쳐 보이고 싶어 하는구나.

그러나 명령이 우선이어야 했다. 대일본 제국은 수천만 개의 부품으로 이뤄져 있고, 각 지점은 자기 노릇을 감당해야 할 책무를 지녔다. 그 생각을 하자, 와타나베의 머릿속은 명쾌해졌다.

"그저 주어진 명을 받들 뿐입니다"

입을 다문 채, 두 사람은 상해 지도를 바라보았다. 고요한 가운데, 복도 여기저기로 발걸음 소리가 드문드문 들렸다.

와타나베는 아까 들은 다른 말을 곰곰 생각하는 중이었다.

"드러내놓고 뭘 하긴 어렵다고 하셨죠?"

"그랬지."

"드러내놓고 못 한다면, 물밑에서 복작거리는 겁니까?"

"대부분의 큰일이 그렇지."

뒤에서 부르는 소리에, 와타나베가 몸을 돌렸다. 사무실 문을 열고 몸을 반쯤 내민 사무원이 그를 부르고 있었다. 서류 절차가 끝난 모양이었다. 와타나베가 목례라도 하려고 돌아보았지만, 중년 사내는 지도만 뚫어지게 바라볼 뿐이었다. 나른하니 졸려 보이는 얼굴로 사내가 웅얼거렸다.

"그렇지. 언제나 물밑에서지."

군모를 다시 쓴 와타나베가 사무원에게 다가갔다. 사무원은 서류 접수가 끝났다며, 와타나베 신조 소위는 이제 상해 일본 영사관 헌병대 소속이라고 말해주었다.

"면접은 잘 보셨습니까?"

와타나베는 사무원의 말을 알아듣지 못했다. 사무원이 통로 저쪽을 가리켰다. 그제야 와타나베는 자신과 대화를 나눈 사람이 누구인지를 깨달았다.

야자와 게이스케 소좌는 달려온 와타나베의 경례를 받는 둥 마는 둥 했다. 그가 앞장서자, 와타나베가 뒤따랐다.

"자네가 살펴봐야 할 문서들이 있네."

복도 끝으로 일본풍 문살이 도드라진 간유리 여닫이문이 보였다. 여닫이문 옆에는 시멘트를 굳혀 만든 계단이 있었고, 붉게 칠해진 계단 난간은 돋을새김을 몸에 두른 뻘건 기둥과 연결되어 있었다. 계단참에 설치된 네모난 창문은 햇빛으로 환했다. 2층에 올라간 야자와가 복도 중간 어느 방 문고리를 잡았다.

높은 천장과 광활하게 뚫린 공간에 비해 창문은 너무 작고 멀었기에 내부는 어두웠다. 하중을 버틸 검고 굵은 기둥 여섯 개가 세워진 방 안 천장은 하얀색이었다. 대일본 제국의 여느 건물과 마찬가지로, 이곳 또한 살풍경했고 고압적이어서 와타나베는 자기 속이 오그라드는 걸 느꼈다.

창에 가득한 빛이 안쪽에 다다르지 못하는 걸 보며, 와타나베는 일부러 그리 지은 게 아닌가 생각했다. 문고리를 잡은 야자와가 저쪽 구석 책상을 가리켰다. 그리 다가간 와타나베의 상반신이 멀건 빛 속에 부옇게 떠올랐다. 책상엔 책들이 쌓여 있었다.

"메모를 하진 말게. 기밀 사항이니까."

야자와가 문을 닫았고, 저리로 발걸음 소리가 멀어졌다. 이른 오후 와타나베를 영사관 어느 빈방에 남겨둔 그는 저녁이 될 때까지, 코빼기도 비치지 않았다.

야자와 소좌가 쌓아두고 간 책자는 모두 다섯 권이었다. 상해의 세세한 지형이 적힌 지도책 한 권, 영국과 미국과 프랑스와 이탈리아의 외교관과 무관의 이름과 성향이 적힌 2급 기밀서류가 두 권이었다. 거기에 지금까지의 상해 역사와 정치 상황에 대한 책자가 한 권, 상해 일본 영사관의 공식 비공식 당면 목표와 이를 위한 상세한 지침서가 마지막 한 권이었다.

책자들은 상해 일본 헌병대 특무부서 전임자들이 작성한 것 같았다. 와타나베의 관심을 끄는 부분은 상해 일본 헌병대의 비공식 당면 목표였다. 일본 제국의 이익에 이바지한다거나, 열강 및 중국 정부에 대한 정보를 취합하라는 항목은 으레 그런가 했지만, 여기가 상해여서 붙었나 보다 싶은 특이 조항이 하나 있었다.

조선가정부(朝鮮假政府)*의 동태 파악과, 주요 인사 체포를 위한 특무공작을 지속적으로 행할 것.

궁금증이 생긴 와타나베는 조선가정부의 위치를 파악하려고 지도책을 뒤적였다. 와타나베가 저도 모르게 눈썹을 치켜올렸다. 일본 영사관에서 조선가정부 청사까지 이 정도로 가깝다고?

지침서 뒤쪽에는 보고서 수십 개가 끼워져 있었다. 발신인이 없는, 첩보 보고서였다.

그중 조선가정부 상황에 대한 보고서가 있었다. 와타나베는 평양에서 본 조선인들을 떠올리며 조선가정부에 대한 보고서를 읽었다. 설립된 1919년의 장한 모습은 간데없이, 조선가정부의 형편은 딱할 지경이었다. 상해에 모인 독립분자들은 노선 차이와 재정 궁핍을 견디지 못해 뿔뿔이 흩어졌고, 남은 건 몇 되지 않았다. 조선가정부의 여러 직책을 거친 이동녕과 김철과 김구 정도가 거의 전부였다. 독립분자들은 몹시 궁핍했는데, 올해 63세인 이동녕은 프랑스 공무부에서 근무하는 엄항섭이라는 자의 집에 얹혀살았고, 김철은 고향에서 형이 보내주는 돈과 산파로 일하는 아내가 번 푼돈으로 겨우 생활하는 모양이었다. 가장 딱한 자는 조선가정부 국무령 김구였는데, 한겨울

• 대한민국 임시정부를 가짜 정부라고 비하하며 일본이 쓴 멸칭.

에도 외투 없이 창샨에 구멍 난 헝겊신을 신고 다닌다 했고, 조선인들 집을 돌아다니며 밥을 얻어먹는 모양이었다.

얼치기 거렁뱅이 수준인데.

첩보들은 조선가정부의 활동이 극도로 위축되어 있으며, 청사 월세도 내지 못할 정도라고 입을 모았다. 와타나베가 코웃음을 쳤다. 형편이 이러하니 독립운동이 제대로 될 리 없었다.

와타나베는 조선가정부가 프랑스 조계지에 웅크리고 있다는 점을 흥미로워했다. 이탈리아와 미국과 영국과 일본은 조계지를 툭 터서 공동조계지로 삼았다. 인적 물적 교류를 늘리기 위해 취해진 이 조치를 프랑스는 거부했는데, 조선인들은 그걸 우산 삼는 모양이었다. 와타나베는 일본 헌병대가 지척에 자리한 조선가정부를 왜 내버려두는지 깨달았다. 프랑스 정부와의 외교 마찰을 걱정해 프랑스 조계지로 무리해서 들어가지 않는 거로군.

"절반은 틀려."

돌아온 야자와가 책과 서류를 가리켰다. 밖은 이미 어두웠다. 책과 서류를 양손에 가득 안은 와타나베가 야자와를 따라 복도를 걸었다. 야지외의 손엔 인조기죽으로 만든 서류 가방이 들려 있었다. 아래쪽 계단을 내려가기 직전에, 야자와는 창밖 담을 슬쩍 가리켰다.

"예전에 조선 놈 셋이 여기 폭탄을 던졌지."

"두 명이 다쳤다고 들었습니다."

"왜 그랬는지는 모르지? 조선 놈들은 우리가 여기에서 고문을 가했다고 믿었어. 조선가정부 놈들을 마구 잡아들여서 지독한 짓을 벌였다고 말이야."

야자와가 피식 웃었다.

"사실이었지. 실제로 그랬거든."

지하에서는 서늘한 기운이 올라왔고, 조명 밝기가 낮아서 음산한 느낌마저 들었다. 지하 복도 한쪽에 마련된 기밀문서실은 신원이 확인된 뒤에야 그 쪽문이 열렸다.

야자와는 첩보문서에 대한 와타나베의 의견을 궁금해했다. 얘기를 듣던 야자와가 아까 했던 말을 보충했다.

"절반은 자네 말이 맞아. 하지만 나머지 절반은……. 프랑스 정부와 문제를 만들 필요가 없어. 조선 독립주의자 놈들 잡는 거야 일도 아닌 걸."

야자와는 무리할 필요가 없다고 강조했다. 와타나베는 아까 읽은 지침서를 떠올렸다. 조선가정부의 동태 파악과, 주요 인사 체포를 위한 특무공작을 지속적으로 행할 것.

와타나베가 내려놓은 서류와 책들을 담당관이 확인해 문서고 번호와 대조하며 원래 장소에 되돌려 놓았다. 기밀문서실을 나온 와타나베가 야자와를 따라 복도를 걸었다.

"조선가정부 동태 파악은 이해했습니다만, 특무작전은 어떤……."

"그건……."

야자와는 어디까지 얘기할지를 고민하는 것 같았다. 솔직히 털어놓는다는 투로 그가 말을 이었다.

"상해에서 이뤄지는 특무작전은 영사관과 헌병대가 나눠 맡는다네."

영사관은 정보수집 위주였고, 헌병대는 실제 작전을 이행했다. 궁금한 얼굴로 돌아보는 와타나베에게 야자와가 물었다.

"방첩이 뭐지?"

"적의 첩보 활동을 막는 겁니다."

"좋아. 우리는 그걸 한다. 다만, 공격적으로."

야자와가 가는 방향은 지하 복도 저 안쪽이었다. 아, 난 더 깊은 곳으로 가는군. 그런 생각을 하며, 와타나베는 야자와를 뒤따랐다.

안으로 들어갈수록 노란 불빛은 어둑해졌고, 복도는 한층 서늘하게 느껴졌다. 복도 양쪽에는 번호가 쓰인 쇠문들이 쭉 늘어서 있었다. 두 사람을 본 헌병이 다급히 뛰어나왔고 텅 빈 복도에 소리가 텅텅 울렸다. 쇠문이 두꺼워, 복도로 어떤 소리도 흘러나올 것 같지 않았다. 야자와는 6번 방을 가리켰고, 헌병이 허리춤에서 열쇠 다발을 꺼냈다.

6번 방에 앉아 있던 사내가 벌떡 일어나 야자와를 향해 허리를 숙였다. 그는 얼굴 폭이 좁고 눈썹이 짙으며 메마른 몸을 지닌 남자였다. 서른 중반 정도 되었을까. 포마드를 발라 숱 많은 검은 머리를 뒤로 넘긴 그를 보며, 와타나베는 조잡한 셈속이 빤히 보이는 작자라고 생각했다. 쇠문 안은 넓지 않았다. 나무로 민든 탁자에 의자 두 개가 있었고, 천장에는 갓등이 길게 매달려 있었다. 야자와가 와타나베와 황병립을 서로에게 소개했다.

"여기 천융쿠와는 큰 낚시를 준비 중이지."

야자와가 손짓해 황병립을 의자에 도로 앉혔다. 그러고는 서류 가방에서 문서철을 하나 꺼내 와타나베에게 주곤 저쪽 벽을 가리켰다.

어둑했지만, 글씨를 못 읽을 정도는 아니었다. 거기 기댄 와타나베가 안경을 매만지고는 문서철을 펴 보았다. 황병립에 대한 서류였다.

조선 평안도 출신인 황병립은 장사를 한답시고 광둥과 상해를 오가다 헌병대에게 포섭되고 훈련되었다. 이후 천융쿠라는 이름으로 중국에 귀화한 황병립은 영국 조계지에서 작은 구두상회를 운영하는 한편, 임정 청사를 들락거리며 조선 독립분자들과 교류를 가졌다.

문서철을 조심스레 덮은 와타나베가 벽에 기댄 채 황병립을 바라보았다. 탁자 인근만 비추는 갓등의 조명 아래에서, 야자와와 황병립은 대화를 나누고 있었다.

"며칠 전 임정에서 사람이 찾아왔습니다."

황병립의 구두상회를 찾는 조선인은 허드렛일로 하루 먹고사는 청년이 대부분이었다. 그들은 가죽 공장에서 생가죽에 화학용품을 붓고 세척하는 일을 하거나, 부둣가에서 등짐을 나르거나, 도매로 떼온 물건을 봇짐에 넣어 팔고 다니거나, 중국말을 할 줄 알면 중국인 회사 외판원을 하며, 좁디좁은 팅쯔젠[亭子間]에서 함께 자고 일어났다.

보통 상해의 집 건물은 한 층에 바깥방과 가운데 방을 지녔고, 내부 복도 계단에는 쪽방이 붙어 있었는데, 그걸 팅쯔젠이라 불렀다. 건물주에게 층을 빌린 사람은 가운데 방에서 살고, 바깥방 혹은 팅쯔젠을 남에게 다시 세 놓았는데, 10미터 너비에 여름엔 덥고 겨울엔 추운 팅쯔젠에서 극빈자들은 4위안을 내고 한 달을 살았다. 상해 중국인들은 50위안 정도의 월급을 받았다. 4위안의 집세를 내고 10미터 너비의 방에 서넛이 사는 건, 그나마의 벌이조차 어렵기 때문이었다. 태국과 필리핀과 조선에서 온 자들은 중국인이 하지 않는 허드렛일로 자기 입을 먹였고 팅쯔젠에서 뒤엉켜 살았다.

황병립은 어제 자신을 찾아온 청년이 스물넷 먹은 최흥식이라고 했다. 허름한 창산 차림의 최흥식은 체구가 작고 야위었지만, 눈초리가 조심스러웠고 몸짓이 기민했다. 부둣가에서 등짐을 지며 입에 풀칠하는 최흥식은 일을 마치고 곧장 찾아오는 길이라 했다. 꾀죄죄한 차림으로 구두상회 문을 두드린 최흥식은 야자와가 기다리던 제안을 갖고 있었다.

"광저우[廣州]에서 돈이 들어왔다 이거지?"

오호, 일이 돌아가는 형편을 알아챈 와타나베가 귀를 쫑긋 세웠다.

상해에서 돈을 수령하는 방법은 두 가지였다. 하나는 통장을 개설해 송금 여부를 전보와 전화로 확인받고 이쪽 지점에서 돈을 인출받는 것이었다. 다른 하나는 우편총국에 가서 우편물에 동봉된 우편환을 제출하고 돈으로 바꿔오는 방법이었다. 두 방법 모두 조선 독립분자들은 쓸 수 없었다. 1910년 이후 일본은 조선인을 일본인으로 편입시키지 않고 있었다. 조선인은 일본 총독의 지배를 받는 자들일 뿐이었고, 일본 정부나 조선총독부 모두 해외 조신인의 법적 지위를 증빙하거나 보장해 주지 않았다. 따라서 타국에 장기 체류 중인 조선인들은 신분을 인증할 수 없기에 계좌를 개설하거나 우편환을 찾아올 수 없었다. 어쩔 수 없이 조선가정부는 중국인을 수신인으로 해서 그에게 보내진 우편환을 찾아오게 시키는 방법을 썼다. 하지만 돈을 찾고는 그대로 달아나는 중국인이 많았고, 프랑스 조계지에 갇히다시

피 한 조선 독립분자들은 도망간 그들을 붙들어 올 방법이 없었다. 1920년 이후 상해 우편총국에는 일본 헌병대가 상주하다시피 했다. 그들은 조선에서 온 모든 우편물에 접근해 국내 송금책과 연락책을 체포했고, 우편환을 현금으로 찾아가는 자들을 잡아들여 조선가정부의 손발을 끊어냈다.

황병립은 일본 헌병대가 조선가정부에 몰래 들여놓은 밀정이로구나. 와타나베가 머릿속으로 계산기를 두드리기 시작했다. 야자와는 천융쿠라는 이름을 쓰는 황병립을 통해 누구를 붙들려는 걸까. 걱정이 되는지 황병립이 와타나베를 슬쩍 보았고, 야자와가 슬쩍 손을 들어 안심시켰다. 알아들은 황병립이 설명을 이어가기 시작했다.

"최흥식이라는 놈, 누구 보증을 받았는지 말을 안 하기에, 제가 좀 추궁을 했습니다."

극적인 효과를 주려는지, 황병립이 결정적인 순간에 뜸을 들였다.

"최흥식은 안공근의 지시를 받아 저를 찾아왔다고 했습니다."

안공근? 안경알 뒤 와타나베의 두 눈이 휘둥그레 커졌다.

메이지 시대 최고의 별은 이토 히로부미였다. 근대 독일을 일본의 가야 할 길로 삼은 그는 45세에 일본 초대 총리가 되어 제도 개혁을 추진했고, 조선통감부 첫 통감으로 조선을 식민지 삼는 일에 앞장섰다. 만주 시찰에 나섰던 그는 하얼빈에서 저격범 안중근의 총에 죽었다. 이토는 69세였고, 안중근은 31세였다.

안공근은 안중근의 친동생이었다. 아까 어디에서 그의 이름을 읽었는데……. 와타나베는 안공근이 조선가정부 안에서 통신 연락과 특무활동을 전담한다는 사실을 기억해 냈다.

야자와와 황병립은 다른 내용을 다루고 있었다.

"돈은 얼마나 된다던가?"

"700달러가 올 거고, 위안화로 환전해달라고 하던데요."

일본의 총리 격인 국무령 김구가 끼니를 거르고 청사 월세를 밀릴 정도라니, 700달러라면 무리를 해서라도 찾아오려 할 것이었다.

"수취인은 누구라 하던가?"

"그건 실행일인 모레 알려준다 했습니다."

야자와는 뚱한 표정 그대로였다. 뭔가를 곰곰 생각하는 것 같기도 했고, 일부러 뜸을 들이는 것처럼도 보였다.

"모레 그들과 접선하면 시간을 바꾸자고 하게."

"언제로요?"

"닷새 뒤 2시로."

황병립이 고개를 끄덕였다. 사흘로는 이쪽의 준비가 부족할 것 같아 그러는 걸까. 와타나베는 뚱한 표정을 짓는 야자와의 속내가 좀처럼 짐작되지 않았다.

"시간을 바꾸고 나면 내게 곧장 연락을 취해."

황병립은 걱정이 드는 모양이었다.

"고서점은 발각되기가 쉬워서."

"함부로 변경하다간 부정 타. 그대로 간다."

황병립은 별 대꾸하지 않았다.

야자와는 황병립과의 접선에 고서점 이샤오띠에[一角店]를 활용했다. 최홍식과 헤어지자마자, 황병립은 이샤오삐에로 가, 고서점 주인에게 책을 요청했다. 그들 사이에 늘 정해져 있는 그 책 홍로우멩[紅樓夢] 제3권은 고서점 주인이 선 매대 뒤에 끼워져 있었다. 책을 빼준 주인이 고개를 돌리면 황병립은 암호화한 전언(傳言)을 거기 끼워 넣었다. 매일 10시와 17시엔 홍로우멩 제3권을 찾는 일본인 사업가가 있었다. 야자와의 헌병 중 하나가 사업가 차림을 하고 하루 두 번 고서점에 들러 황병립을 비롯한 첩자들이 넣었을지 모를 보고를 찾아보았다.

야자와가 황병립의 암호화된 전언을 받은 건 너댓 시간 전이었다. 그는 황병립의 집으로 중국인 밀정을 보냈고, 전기수리기사를 위장한 중국인은 황병립에게 영사관 출입 시간을 통보해 주었다. 시간 맞춰 움직인 황병립은 뒷문으로 나가 택시를 타고 초소를 거쳐 이곳에서 한 시간 넘게 대기한 것이다.

야자와가 와타나베를 힐끗 살폈다. 별도의 설명 없이 와타나베는 알아들은 모양이었고, 빠른 눈치는 야자와가 높이 사는 덕목이었다. 손톱을 세운 야자와가 꺼끌꺼끌 수염 돋은 턱을 긁었다.

"안공근이 직접 올까?"

자기가 낸 질문을 스스로 휘저어 내쫓으려는 듯, 눈을 질끈 감은 야자와가 손을 내저었다. 그런 정보를 최홍식이라는 조선 놈이 말했을 리가 없지. 눈 감은 그대로 야자와는 곰곰 궁리하는 것 같기도, 뭔가를 기다리는 눈치 같기도 했다. 반면에 와타나베는 매우 명확했다. 최홍식은 아무것도 아니었다. 그를 황병립에게 보냈다는 안공근이 제대로 된 사냥감이었다. 반드시 온다고 와타나베는 생각했다. 놈들은 돈에 굶주려 있었다.

대기 중인 헌병을 부른 야자와가, 황병립을 영사관 바깥으로 안내해 주라 일렀다. 헤어지기 전 야자와는 미리 준비한 봉투를 건넸고, 몸을 90도로 구부린 황병립은 양손으로 그걸 받았다. 얄팍한 봉투는 가벼웠다.

"평소보다 좀 적어. 마무리되면 충분히 보상하도록 하지."

황병립이 물러갔고, 와타나베는 그제야 벽에서 몸을 떼었다. 쇠문이 닫히자 야자와가 의자에 도로 앉았고 와타나베에게 맞은편을, 황병립이 앉았던 곳을 가리켰다.

"참 꾸준히 먹어대는 입이야. 저 황병립이란 놈."

"그렇습니까."

"돼지를 저리 길렀으면 살이라도 얻었을 것을."

와타나베는 다른 부분이 궁금했다.

"프랑스 조계지에서는 출입을 검사합니까?"

"프랑스 조계지에 못 들어가진 않아."

하지만 프랑스 경찰의 눈에 안 띄게 움직이기가 어려웠다. 영사를 비롯한 상해 헌병대장의 입장은 늘 같았다. 국익을 위해 뭐든 해도 좋다. 하지만 외교 마찰을 일으켜선 곤란하다. 그들은 업무를 섬세히 다뤄야 했다.

"하지만 무리해도 되는 몇몇 케이스가 있지."

"가령 안공근이요?"

와타나베의 말에 야자와가 눈을 가늘게 뜨며 웃었다.
"하나 더. 상해 조선가정부 국무령 김구."

그들은 6번 방을 나섰고, 헌병의 경례를 받았다. 와타나베가 몸을 오소소 떨었다. 그다지 추위를 느끼는 편이 아니었건만, 습하고 차가운 이곳은 공기마저 냉랭했다. 계단을 올라가나 싶던 야자와는 복도 깊숙이 들어갔다. 14번이라고 쓰인 방문 앞에 서기도 전에, 헌병이 허리춤 열쇠를 쩔렁이며 뛰어가 쇠문에 찔러넣었다.

14번 방에 앉아 있던 남자는 창샨 차림에 문양이 들어간 두꺼운 가죽신을 신고 있었다. 드문드문 희끗희끗한 머리에 둥근 배와 두툼한 몸을 지녀 풍채 좋다는 소리를 듣게 생긴 작자였다.

책상에 툭 내려놓은 서류 가방에서 문서철을 꺼낸 야자와가, 와타나베에게 그걸 내밀었다. 남자는 표정 변화 없이 와타나베를 향해 고요히 목례를 올렸다. 진저리가 나는 모양이로군. 그런 짐작을 하며 와타나베는 야자와가 건넨 문서철을 펴보았다.

마흔 중반인 추원창은 북쪽 중국 영토인 자베이에서 큰 약재상 고신약회를 운영하는 재중 조선인이었다. 황병립과 달리 중국에 귀화하진 않은 그는 야자와의 밀정 중 하나였다. 오랫동안 임정 청사를 오가며 조선 독립분자들과 안면을 터놓은, 그리고 꽤 많은 자금을 광복을 위한 군자금이라며 내놓은, 추원창은 야자와가 지닌 굵은 정보원 중 하나였다.

추원창에게, 야자와는 오랫동안 공을 들여왔다. 타이완에 머물던 시절, 만주로 도망 나온 독립분자들을 선별하던 야자와는 추원창을 주목했다. 야자와가 발견한 건, 낙담하고 좌절한 사내였다. 젊은이는 금세 뜨거워지지만, 도로 빨리 식어버리지. 그건 젊은이의 잘못이 아니라, 그게 젊음의 특징이기 때문이었다.

대륙으로 건너간 야자와는 추원창을 석 달 넘게 미행하며 장점과 약점을 정리한 두꺼운 서류철을 만들었다. 만주에서 추원창은 무척 곤궁한 상태였다. 막막한 그의 삶에 빛을 드리운 이가 나이든 중국인 약재상 저우였다. 호의로 가득 찬 저우 밑에서 추원창은 질 좋은 약재를 알아볼 안목과 수지 타산을 높이는 협상의 기술을 배웠다. 몇 년 뒤 추원창은 분점을 맡아달라는 저우의 제안을 수락하고 밤낮없이 일해 두 해 만에 흑자를 거두는 수완을 보여주었다.

야자와 게이스케 당시 중위의 방문을 받았을 때, 추원창은 고민 중이었다. 돈을 꽤나 축적한 그는 독립할 기반이 충분했고 자신도 있었지만, 그게 지금인지는 확신하지 못했다. 그런 추원창에게, 야자와는 그의 세계가 자신이 만들어 준 것이었음을 알려주었다. 허허로운 만주에서 추원창이 만났던 기이한 인연과, 그를 돕고 격려해 준 이와, 깊어진 인연 모두는, 야자와가 공작금을 풀어 세운 설계였다. 추원창은 달아날 수 없었다. 그러기엔 자신이 일군 성과가 너무도 거대했다. 추원창은 성공한 조선인 약재상이었고, 야자와는 그 성공이 헌병대 자금에서 나왔다는 사실을 만주에 거주하는 조선인들에게 당장이라도 알릴 수 있었다.

야자와의 협박과 강요에 내몰린 추원창은 상해로 갔고, 자베이에서 약재상 고신약회를 열었다. 부자가 아니었건만, 대부분 가난했던 조선인들 사이에서, 약재상 주인인 그는 큰 사업가로 여겨졌다. 하지만 추원창은 결국 야자와의 수하이자 일본 헌병대의 장기말일 뿐이었다. 추원창은 자기 신분이 폭로되면 조선인들 사이에서만이 아니라 중국 사회에서 매장을 당하리란 걸 잘 알았다. 야자와의 지령에 따라 추원창은 청사를 들락거렸고, 상해 거주 조선인을 위한 모금회에 참석했으며, 가끔 찾아오는 조선인 청년들에게 임정을 위한 자금을 건넸다.

야자와가 추원창에게 준 역할은 이런 것이었다. 조선가정부 청사를 들락거리면서 사람들을 익힐 것. 내부에 돌아가는 사정을 보고할 것, 포섭할 만한 자들을 은밀히 조성해 명단을 적어 올릴 것.

그런 일들을 추원창은 지난 3년 동안 꾸준히 해오는 중이었다.

서류철을 덮은 와타나베가 야자와를 쳐다보았다. 잠시간의 오해와 달리, 그의 상관 야자와는 유능한 특무공작관이었다.

고요한 장막 뒤에 머물길 좋아하는 야자와는 홀로 일을 벌여왔는데, 그게 가볍기도 했고 보안에도 좋기 때문이었다. 조슈번 출신인 그는 굶느니 가보자며 입대했고, 거기에서 명석한 머리를 인정받아 특무공작을 훈련받았다. 타이완 파견군 헌병대 소속으로 중국을 익힌 야자와 게이스케는 본국 헌병대장을 비롯한 내각 일부를 위해 3급 기밀문서를 비밀리에 작성해 본국으로 송신해 왔다.

야자와에게 상해는 천국이었다. 세계 각국의 물자와 사람이 몰려 있는 상해는, 화려하기 짝이 없는 세계적인 대도시였으며, 물밑으로 온갖 비열한 협잡질이 벌어지는 난장판이었다. 야자와는 유럽풍 건물들이 늘어선 와이탄을 비롯해 일본풍 사찰과 영국식 정원과 미국의 커다란 매점들 사이로 누추하고 지저분한 거리들이 다닥다닥 붙은 상해라는 도시를 열렬히 사랑했다. 그는 각국이 벌이는 특무공작들을 훼방 놓고, 비밀리에 그들의 의도를 파괴하고, 드러내놓고 상대 국가의 스파이를 죽이는 일을 늘 초조한 기쁨 속에서 은밀히 행했다. 그의 진정한 가치를 아는 자들은 상해가 아닌, 본국의 수뇌부였다. 야자와는 밀정들 사이에 벽을 쌓아두는 사람이었고, 그의 밀정들은 야자와만 알 뿐 서로를 전혀 몰랐다.

"별다른 건 없나 보군."

추원창은 대답하지 않았다. 그는 야자와를 꾸준히 싫어했고, 그건 자기 세계의 이면, 자신이 거둔 성공의 진실을 보았던 그 밤부터 시작된, 깊은 우울에서 비롯된 행동이었다.

"근래에 청년들이 청사에 들락거린다고 합니다."

야자와도 다른 경로로 들어 아는 내용이었다. 하지만 그는 일부러 솔깃하다는 표정을 지었고, 곰곰 생각하는 듯 눈을 깜빡이기까지 했다.

"그런가? 좀 알아보게. 기존에 있던 자들은 누구였지?"

"동해라는 가명을 쓰는 이화림과 동우라 불리는 노종균이 주축입니다. 이덕주, 유상근 정도는 보고서에 있을 거고, 다른 두엇은 모릅니다."

와타나베는 아까 읽었던 동우와 동해라는 명칭을 기억해 냈다. 보고서엔 상해 헌병대가 몇 해에 걸쳐 들이민 끄나풀 수십 명을 그들이 죽였을 거라는 추측이 있었다. 동우와 동해라. 안공근과 그들은 어떻게 연결되는 거지.

"약재상은 잘되어 가나?"

추원창은 고개를 끄덕거리기만 했다. 상해 헌병대 지하 취조실에 들어올 때마다 추원창에겐 조선 경성에서 헌병대에게 고문받았던 기억이 떠올랐다. 되새겨지는 고통과 수치스러움에 추원창은 고요히 몸을 떨었다. 변절자이자 더러운 민족반역자였던 그 또한 예전엔 독립의 꿈으로 뜨거웠었다.

추원창은 보고할 뭔가가 많지 않았고, 대화는 점차 토막나기 시작했다. 고개를 끄덕인 야자와가 쇠문을 주먹으로 두들겼고, 헌병이 문을 열어주었다. 추원창은 봉투를 받지 않았다. 둘에게 목례를 올린 그가 몸을 홱 돌려 밖으로 나갔다.

"아까 복도에서 말이야. 자네는 나를 누구라고 생각했나?"

야자와의 질문에 와타나베가 안경을 고쳐 썼다. 영사에서 일하는 사무관이라 생각했을까. 아니면 영사관에 볼 일을 지닌 제국 신민이라 여겼을까. 야자와가 직속 상관일지 모른다는 짐작은, 와타나베의 머릿속에 아예 없었다.

"편견 때문이지."

야자와는 더 나쁜 게 의심하지 않는 마음이라고 덧붙였다.

"편견은 왜곡을 만들지. 하지만 의심하지 않는 건 아예 인식 자체를 없게 만들어."

야자와는 인과 관계를 만드는 게 특무공작의 핵심이라고 설명했다. 동떨어진 어떤 사실들에, 어떤 사람들 사이에, 어떤 사건들에 인과를 만들어 주는 일에 대해 떠드는 야자와의 눈빛엔 생기가 가득했다.

헌병대 건물 뒷문으로 나온 야자와를 따라 와타나베는 길 건너 골목으로 갔다. 가로등 불빛이 비치지 않은 골목에서 야자와는 와타나베에게 손을 흔들었다. 그러면서 그 자신도 왜 그리 말했는지 모를 말을 불쑥 내뱉었다.

"곧 바람이 날카로워지겠어."

야자와는 하나 마나 한 얘기는 입 밖에 내지 않는 성격이었다. 어쩌면 그건 저도 모르게 감각해 낸 예측이었을지도 몰랐다. 며칠 뒤의 일이, 몇 날 뒤의 세계가 어떻게 뒤집어질지, 전혀 가늠 못 한 채 야자와는 그런 말을 냈다.

그리고 그 말처럼 날카로워질 바람이 골목을 내달려, 가랑잎 몇 개를 바들거리게 만들다가 종적 없이 사라져 버렸다.

다나카 류키치 소좌가 야자와 게이스케 소좌를 부른 건, 나흘 뒤였다. 그들은 다나카의 사무실로 배정된 일본 영사관 2층 끝방에서 마주 앉았다. 다나카의 둥그런 얼굴은 푸석푸석했다. 관련된 기밀지료를 닥치는 대로 읽고, 상해 곳곳을 직접 돌아봤으며, 동선과 경로를 알아두려 밤늦도록 지도에 바짝 깎인 머리를 기울인 열정의 결과였다.

야자와는 상해 일본 영사관 무관으로 온 자가 관동군 특무기관 소속이었다는 말만 듣고도 얼굴을 찌푸렸었다. 짚이는 게 있던 그는, 그어놓을 적당한 선을 고심한 뒤 다나카의 무관실에 노크했다.

"본론부터 말씀드리겠소."

야자와가 고개 끄덕일 틈도 주지 않고, 다나카가 제 속셈을 끼얹듯 쏟아놓았다.

"사실, 상해 헌병대 여러분은 편히 앉아 재미를 본 셈 아니오?"

팔꿈치를 무릎 위에 붙인 다나카는 몹시 우람해 보였다.

"상해 우편총국을 통해 조선 안쪽의 돈줄과 연락선을 잡고, 돈을 찾아오는 중국인과 조선 독립분자를 붙드는 손쉬운 일이지."

"뜻 모를 말씀을 하시네요."

"참 편하게 근무했다 싶어요. 상해 우편총국 근처에 그물만 쳐두면 그만 아니겠소."

딱히 틀린 얘긴 아니었다. 1919년 이후 상해 특무공작의 대부분은 우편총국을 중심으로 벌어졌고, 대부분은 우편환을 돈으로 바꾸려다 덜미가 붙들렸다. 첫 대면에 이리 치고 들어오다니 여간 아닌걸. 야자와는 다나카를 대번에 파악했고, 야자와는 불리한 전장에서 싸움을 감행할 위인이 아니었다.

야자와를 보던 다나카가 슬쩍 미소 지었다. 그가 전혀 다른 지점을 가리켰다.

"내 관심사는 조선 독립분자에게 있지 않소."

야자와는 심드렁한 얼굴로 정수리를 득득 긁을 뿐, 별다른 표정 변화가 없었다.

"그건 그대가 재미 보시오. 하던 대로."

다나카가 바라는 건, 상해 일본 헌병대가 쥔 밀정들에 대한 접근권이었다. 상해 일본 영사관 무관에게 그럴 권한은 없었다. 하지만 다나카 뒤에 관동군 참모들이 있다는 건 야자와도 짐작하는 바였다.

"무엇 때문에 그러십니까?"

야자와를 골똘히 바라보던 다나카가 대답했다.

"상해 어디에 성냥불이 떨어지면 큰불이 될지를, 난 알아야 합니다."

순간 야자와의 눈동자에서 빛이 번쩍였다. 그러나 착각이었나 싶을 정도로, 솟았던 빛은 순식간에 사라지고 말았다. 몸을 오그르뜨린 야자와가 고개를 천천히 끄덕였다.

"좋습니다. 협력하도록 하지요."

6

황푸쨩 왼편 기슭에서 강물은 동쪽으로 흘러간다. 그 북쪽 강변은 와이탄이라 불렸다. 거기엔 서양의 각국의 은행들이 자기네 나라의 건물 양식으로 지은 건물들이 쭉 늘어서 있었다. 황푸쨩을 거슬러 올라가는 증기선에서는, 영국 조계지에 늘어선 그 건물들을 향한 탄성이 터져나왔다가 바람결 따라 누런 강물 저리로 퍼져나갔다.

커다란 굴뚝을 지닌 증기선은 수십 척이었다. 상해 외항을 거쳐 일본 조계지의 포구와 프랑스 조계지의 와이탄 남쪽 포구로 향하는 그 배들을 피해, 잘린 부채 모양의 돛을 단 중국 배들은 기슭으로 물길을 잡았다. 거대한 증기선에 실린 건 사람만이 아니었다. 수많은 우편물과 수하물이 거기 쌓여 우편총국을 통해 거류민들에게 풀려나갔고, 상해 사는 사람들의 편지와 소포가 먼 바다로 나가는 증기선에 실려 다른 세계로 갔다.

상해 성내는 길이 좁고 사람이 많고 건물들이 낡았다. 자베이가 위로 트여 있어 밀집도가 낮았다면, 올드시티라 불리는 성내는 성곽과 황푸쨩과 주변을 둘러싼 조계지로 인해 터져나가기 직전이었다. 좁은 땅에 사람이 복작거리니 쾌적하고 편안키 어려웠다. 퇴락하고 너저분한 올드시티는 일본 조계지의 화려함과 프랑스 조계지의 고혹스러운 아름다움에, 혹독하게 대조되었다.

상해 성내 서쪽 성문 인근에는 반도제분이라는 공장이 있었다. 그곳 사장은 한정우라는 조선인으로 조선에서 계몽운동을 벌이다 도망나온 사람이었다. 사업 수완이 뛰어난 그는 독일 회사들과 거래하며 자본을 쌓았고 조선인으론 드물게 반도제분이라는 밀가루 공장을 세우기까지 했다.

그리고 이 공장에서, 임정 요인들이 군자금을 받아갔다.

한정우를 전담하는 임정 사람이 따로 있진 않았고, 접근 시간도 일정하지 않았다. 안공근이 선별해 보내는 자들은 한밤과 새벽과 정오에 올드시티로 넘어왔고, 한정우가 내어주는 들쭉날쭉한 봉투를 감사히 받아갔다.

머리를 짧게 깎은 한정우는 굵은 목에 살이 적당히 오른 중년 사내였다. 둥근 배를 지닌 그는 공장 상황을 살필 땐 뒷짐을 졌고, 사장실로 돌아갈 땐 고개를 수그리며 보속을 빨리했다. 수놓은 비단으로 지은 값비싼 창산 차림에 수염 없이 얼굴을 매끈하게 유지하길 좋아하는 한정우는 표정 변화가 많지 않았고 축 처진 눈끝으로 견주는 셈속이 빨랐다.

오늘 그를 찾아온 사람은 유상근이었다. 공장 직원들이 퇴근하기 직전이었고, 사장실에 앉은 한정우는 전표 내용을 장부에 기입하는 중이었다.

유상근은 작년까지 영국인이 운영하는 전차 회사에서 검표원으로 일했었다. 교류단장인 김구는 조선인 청년들을 그 전차 회사에 자주 소개했다. 표 단속에 간단한 영어와 중국어만 할 줄 알아도 채용되었기 때문이다. 전차 검표를 마친 유상근은 프랑스 조계지로 넘어와 의경대원으로 임정 청사를 지켰다. 그런 그를 안공근은 청사 강당으로 불렀다. 그 곁에는 유진만과 이덕주가 서 있었다.

"성내로 가 한정우 사장을 만나고 오게."

"셋이 반도제분을요?"

고개를 끄덕인 안공근이 할 일을 일러주었고, 유상근은 푸른 의경대 제복을 벗고 자기 창샨을 두로 입었다.

반도제분 현관을 열기 직전, 키가 큰 유상근이 길 건너편을 돌아보았다. 반도제분 맞은편 견직물 공장으로 올라가는 층계참 창문으로 유진만과 이덕주가 힐끗 보였다. 유상근이 얼굴을 찌푸리자 좁은 눈매에 깊은 주름이 지어졌다. 그가 반도제분 2층 사장실로 곧장 올라갔다.

"오랜만이군."

한정우가 알아보자, 유상근이 고개를 깊이 숙였다. 반년 전, 임정 청사를 방문하고 반도제분으로 돌아오던 한정우는 누군가의 미행을 느끼고는 뒤를 돌아보았었다. 골목 그림자에서 모습을 드러낸 사람은 안공근이었다.

"한 사장, 안녕하시오."

얘기만 듣던 안공근을, 한정우는 그때 처음 보았다.

"날 아시겠소?"

"그대 형님이랑 비슷하시구려."

조선인 중 안중근의 얼굴을 모르는 사람은 없었다. 하지만 31세의 안중근이 죽은 지는 21년이 지나 있었고, 안공근은 43세의 중년 사내였다.

한정우의 말을 들은 안공근은 빙그레 웃었다.

"내 형님 그림자가 20년도 넘게 내 삶에 드리워져 있다오."

간혹 한정우는 갸웃거리곤 했다. 그때 만난 안공근이 진짜 안중근의 동생일까. 하지만 누가 감히 안공근이란 존재를 사칭한단 말인가. 반년 전 그 밤, 한정우 본인이 그 사실을 가장 먼저 알아차렸다. 저 사람은 진짜 안공근이다. 그의 주변 공기엔 잘 갈린 쇠의 비릿한 냄새가, 납탄에 담긴 흉흉한 기색이 짙게 묻어 있었다.

그날 밤, 안공근은 세 명의 청년을 데려왔다. 이름은 알려주지 않은 채, 안공근은 가로등 불 아래 그들 셋을 한정우에게 잠시 보이기만 했다. 그 셋이 바로 유상근과 유진만과 이덕주였다.

"잘 계시지?"

한정우가 안공근을 가리키고 있다는 걸, 유상근은 바로 알아차렸다. 긴장한 유상근은 표정이 얼어 있었다.

"저도 간혹 뵙는 분이어서."

한정우가 고개를 끄덕이고는 책상 서랍에서 지폐 다발을 꺼냈다. 여러 색깔 지폐가 뒤섞인 현찰을 타닥타닥 정리해 봉투에 넣은 한정우가 소파로 다가와 그걸 건넸다.

유상근이 공손하게 그걸 받았다.

"여기가 중국 영토라지만, 프랑스 조계지만큼 안전하진 않아."

유상근은 말귀가 똑발랐다.

"오가는 일에 더욱 주의하겠습니다."

"그리고 말일세."

한정우가 몸을 유상근에게로 기울였고, 놀라운 소식을 들은 유상근이 눈을 휘둥그레 떴다. 기울인 몸을 세운 한정우가 책상으로 가 다른 서랍에서 뭔가를 꺼냈다. 두 번 거듭 접은 종이였다. 한정우의 손가락 사이에 집힌 그것을, 유상근이 천천히 집어 들었다.

허리 숙여 인사한 유상근이 사장실 밖으로 나갔고, 저 아래로 발걸음이 멀어져갔다. 한정우는 자기 자리에 가서 앉았다. 그러고는 남은 장부 기입을 마칠 때까지 한 번도 쉬지 않고 전표와 장부 사이에 구성된 숫자들을 헤아렸다. 그는 자신을 바라보는 눈길이 있을 거란 걸 잘 알았다. 어디 헌병대뿐이겠는가. 돈을 지닌 유상근을 호위하러 함께 걸을 청년 하나와, 혹시 모를 한정우 사장의 특이한 행동을 감시하러

2층 층계참에 홀로 남았을지 모를 다른 청년을 한정우는 떠올렸다. 헌병대 끄나풀들의 미행을 따돌리려, 그들은 리룽과 가게 뒷문들을 복잡하게 거쳐가리라. 그건 짐작이었지만, 사실과 거의 맞아떨어지는 헤아림이었다.

밖은 해가 진 지 한참이었다. 장부 정리는 한참 전에 끝나 있었다. 그는 램프를 끄지 않은 채 발걸음 소리 죽여 사장실 밖으로 나갔다. 숙직을 서는 반도제분 직원이 공장으로 들어오는 모든 문을 잠갔을 시간이었다. 사장실로 되돌아온 한정우가 커튼 뒤에 서서 건너편 건물을 살펴보았다. 2층 층계참에는 한참 동안 사람 흔적이 없었다. 램프를 켜둔 채 사장실을 나온 한정우가 익숙한 어둠을 걸어 건물 계단으로 올라갔다. 짤랑거리는 소리에, 한정우가 허리춤에 찬 열쇠 다발을 움켜쥐었다.

반도제분 건물은 3층짜리였고, 인근 건물들도 비슷했다. 옥상으로 나온 한정우가 철제문을 닫고는 열쇠로 잠갔다. 바짝 붙은 옆 건물까지는 한 걸음 너비였다. 주변과 아래를 살핀 한정우가 건너편 건물로 휙 넘어갔다.

거기 옥상문은 밖에서 잠겨 있었다. 한정우가 매만지던 열쇠 다발 중 하나를 자물쇠에 찔러넣었다.

옥상 바로 밑 3층 공간은 어둠에 잠겨 있었다. 문고리를 잡기 전에, 한정우가 노크를 했다. 기척 없이 문을 열면 총알이 날아들 터였다.

방은 서재처럼 꾸며져 있었다. 커다란 마호가니 책상이 문 맞은편 벽 앞에 놓여 있었고, 왼쪽으론 책이 가득 꽂힌 책꽂이들이 쭉 늘어서 있었다. 맞은편 벽엔 하얀 보가 덮인 마작 테이블이 놓여 있었다. 상아로 만들었지만 하도 자주 만져 적당히 바래진 마작 패들은 문드러진 사람 뼈처럼 보였다. 방 한가운데 놓인 난로의 장작불이 유일한 조명이었다. 방에 들어선 한정우가 문을 닫고 허리를 90도로 숙였다. 마작 테이블 근처에 삐뚤빼뚤 놓였던 의자 중 하나를 당겨 앉았던 야자와 게이스케 소좌가 그제야 브라우닝 권총을 집어넣었다.

야자와가 맞은 편을 가리키자, 한정우가 의자 하나를 빼 거기 놓고 앉았다.

"어떤가, 상황이?"

"안공근이 청년들을 통해 자금을 받아갔습니다."

"별다른 얘긴 없고?"

"그냥 찾아옵니다. 그러면 현금을 줍니다. 그날 매상에 맞춰서요."

뚱한 표정을 지은 야자와는 한정우를 아예 쳐다보지도 않고 있었다. 난로로 뻗은 양손이 불기로 발갰다.

"내가 했던 얘긴 전해두었나?"

보름 전 찾아온 야자와는 임정에 정보 하나를 흘리라고 말해두었다.

"황병립이라는 자가 헌병대 끄나풀이라는 사실을 말해줬습니다."

야자와는 듣고도 별 반응이 없었다. 한정우는 임정 사람들에게 왜 황병립을 팔아넘겨야 하는지 궁금했지만 묻지 않았다. 대답은 뻔했다. 손이 머리의 의도를 알아야 할까. 손은 시키는 일을 하면 그만이야.

그게 야속하진 않았다. 야자와 또한 누군가의 손이고, 그를 부리는 머리는 더 높은 곳의 손이니까. 대일본 제국이라는 전쟁 기계는 그렇게 구성되어 있었다.

"그래. 그럼 이제 안공근이 움직이겠군."

야자와는 다나카 류키치 소좌를 생각하는 중이었다. 모사꾼으로서, 그는 다나카가 상해에 지르겠다는 큰불이 궁금했다. 그 목적과 그걸 만들어 낼 방안을 기술자로서 알고 싶었던 것이다. 야자와는 자기가 아는 밀정과 끄나풀에 대한 문서철 대부분을 다나카에게 넘겼다. 유일하게 남은 건, 한정우뿐이었다.

야자와가 한정우를 통해 붙들려는 자는 따로 있었다. 안공근으로 만족할 수 없던 그는, 그 너머로 나아가고 싶었다.

안공근이 순순히 붙들릴 리 없지. 야자와는 그리 믿었다. 10년 전 종로 경찰서에 폭탄을 던지고 1,000명의 순사와 3시간 넘게 총격전을 벌이다 죽은 김상옥처럼, 안공근은 끝까지 총질하다가 마지막 한 발을 제 머리에 대고 당길 놈이었다. 야자와는 안공근 모르게 뒤를 밟아 은신처를 순식간에 덮칠 계획이었다. 그러려면 안공근이 은신처로 불러들일 정도로 밀정의 신임도를 높여야 했다. 야자와는 황병립을 버리려 했다. 광저우의 끄나풀을 시켜 야자와는 임정에 우편환을 보냈고 그걸 찾게끔 일을 꾸몄지만, 금액은 700달러가 아닌 6달러에 불과했다.

그걸로 충분할까. 한정우가 황병립을 팔아넘기게끔 꾸미면 안공근의 신뢰를 얻어 더 깊이 들어갈 수 있을까. 반도제분에 헌병대 공급이 더 투입되어야 할지도 몰랐지만, 안공근을 잡으려면, 그 너머 김구를 붙들려면, 그 정도 지출은 상관없었다.

야자와가 몸을 일으켰다.

"달라는 대로 돈을 줘. 중간에 한두 번은 돈이 없다고 거절도 하고."

"황병립에 대해 제가 흘린 내용을 다시 물으러 올 수도 있습니다."

야자와는 다나카를 떠올렸다. 하지만 중단할 순 없었다. 그건 다나카 이전부터 진행되던 계획이었다.

"안공근이 직접 올 거야."

한정우는 갸웃거렸지만, 야자와는 확신했다.

야자와는 안공근을 붙들 생각은 전혀 없었다. 얼빠진 신출내기에게 그 일을 맡겨야지. 야자와는 와타나베에게 그 일을 떠넘기려 했고, 안공근은 헌병대의 손아귀에서 유유히 빠져나갈 거라 생각했다. 상관없었다. 야자와는 한정우의 정보가 정확했다는 안공근의 판단을 얻는 게 가장 중요했다.

고개를 끄덕인 야자와가 무릎을 짚으며 일어섰다.

책상 위 벽에는 상해 지도가 걸려 있었다. 와타나베와 보았던 일본 영사관 것보다 작았지만, 꽤 큰 세밀한 지도였다. 한동안 그걸 바라보던 야자와가 몸을 돌렸다. 한정우가 배웅을 위해 현관까지 나왔고, 야자와가 문가에 세워두었던 지팡이를 집어들었다. 고개 끄덕인 그들이 악수 없이 작별했다. 복도 계단으로 나온 야자와의 등 뒤로 문 잠기는 소리가 났다.

야자와는 어두운 골목길을 복잡하게 지나 북동 방향으로 걸어갔다. 어둑한 올드시티와 달리, 저만치 일본 조계지는 가로등 불로 훤했다. 황푸쟝에 정박 중인 큰 배들은 몇 개의 불빛으로 구분되었다. 따닥따닥, 지팡이로 바닥을 찧으며 야자와가 걸었고, 그의 머릿속이 계산으로 부글거렸다.

안공근은 들은 걸 믿을 수 없어 했다.
"한정우 사장이 뭐라 했다고?"
유상근이 물어온 정보는 놀라웠다. 황병립이라고?
"한 사장이 그 얘길 어디서 들었다던가?"
"반도제분에 납품하는 쌀 도매상에게 들었답니다. 일본 도매상 놈은 헌병대랑 가깝구요."
"그 정도 소문만으론 못 움직여."
탐탁지 않은 보고를 잇는 유상근의 얼굴은 청매실을 깨문 것처럼 구겨져 있었다.
"한 사장님이 일본 놈에게 허튼소리 말라 했답니다. 그런데 며칠 뒤에 이걸 내놓더랍니다."
유상근이 아까 한정우에게 받았던 종이를 펴 안공근에게 주었다.
그건 기묘한 종이 쪼가리였다. 절반쯤 비스듬히 찢긴 메모였는데, 거기 내용이 희한했다. 종이가 사선으로 찢어졌기에 일부 내용은 유추할 수밖에 없었는데, 거기엔 특정되지 않은 장소에 모인 사람들의 이름과 특징이 일본어로 쓰여 있었다.
식당에는 젊은이들이 서넛 앉았는데, 동해라 부르는 평안도 말투를 지닌 젊은 여……. 주요 목표는 보이지 않았고, 전반적으로 우울하고 경계심이 강한……. 공작금을 통해 교류의 폭을 넓히…… 신임 얻으면 목…….

종이에서 눈을 뗀 안공근의 표정은 싸늘해져 있었다. 황병립을 만나고 온 최홍식에게 우편환에 대해 보고받은 게 어제였다. 천융쿠라는 이름으로 중국에 귀화한 황병립은 우편환을 환전해 달라는 부탁을 흔쾌히 수락했었다.

그런 그가 밀정이었다고?

그렇다면 왜 우편환을 환전해 주겠다고 한 걸까.

"헌병대가 흘린 걸 수도 있어. 우리끼리 죽고 죽이라고."

안공근이 불쑥 내뱉었다. 그는 한정우가 건넸다는 이 종이 쪼가리가 못 미더웠다. 이게 어떻게 흘러나왔지. 안공근은 일제가 문서를 얼마나 철저히 다루고 보관하며 몇몇에게만 열람시키는지, 들어 알고 있었다. 유상근이 반박했다.

"한 사장님 말로는, 언쟁을 하다가 내기까지 갔답니다. 황병립에 대한 평판을 서로 말하다가 말싸움이 붙었다는 거예요. 그러고 며칠 뒤에 그걸 갖다 주더랍니다."

안공근은 황병립의 필체를 알고 있었다. 끝을 독특하게 구부리는 서체가, 틀림없었다.

안공근이 사선으로 찢어진 선을 찬찬히 살펴보았다. 한정우가 이걸 찢어서 주었을 리 없었다. 한정우가 받았을 때부터 그리 받았다는 뜻이었다. 그걸 한정우에게 건네준 자가 입수할 당시, 그리 찢을 수밖에 없었다는 의미일까. 어쩌면 찢어 내버린 걸 주웠던 걸까.

묘했다. 종이가 사선으로 찢기지 않고 온전했다면, 안공근은 차라리 불신했을 것이다. 찢겨 있으니 더 진짜 같았다. 그 왜놈 쌀 도매상이 그걸 헌병대에게 어찌 입수했는지는 모를 일이었다. 하지만 헌병대가 쓰는 종이를 가져다가 정교하게 위조하는 수도 있지 않을까.

"내기에 이기려고, 그걸 위조해서 한 사장에게 주었다구요?"

유상근과 안공근의 대화를 듣던 이덕주가 고개를 설설 저었다. 안공근이 다시 종이를 앞뒤로 살폈다. 어디서든 구할 수 있는 흔한 종이였다.

김구에게 보고하려 종이를 원래대로 접던 안공근이 그걸 다시 들여다보았다. 이게 계략이라면, 너무나 어설펐다. 한데 그 어설픔이, 안공근으로 하여금 적절한 대응을 생각 못 하게 만들었다. 이게 아무것도 아니라는 판단이 내려지질 않았다. 헌병대 입장에서 황병립을 팔아넘겨 뭘 얻겠는가.

"몇몇이 더 필요해."

유진만과 이덕주와 유상근을 가까이 부른 안공근이, 윤우의와 최흥식에게 연락하라 일렀다. 그들은 지난 몇 달 동안 안공근의 다양한 시험을 거치며 충성심이 확인된 청년들이었다. 안공근은 그런 자들만 가까이 두었고, 대한 임정을 위한 비밀스러운 일에 몰래 부렸다.

"이번 일의 책임자는 동우다. 가서 내용을 보고하고 황병립을 미행하라 일러."

"실행은요?"

"우선 미행만 해."

종이 쪼가리만으론 안 되었다. 그는 민족반역자를 척결하는 일을 설렁설렁하지 않았다.

노종균에게 세세한 지침을 줄 필요는 없었다. 안공근은 걱정하지 않았다. 노종균은 그가 일러준 대로, 그가 안공근에게 배웠던 방식 그대로 일을 진행시킬 것이었다.

안공근은 이덕주와 유상근은 임무에서 제외시켰다. 청사를 교대로 지킬 사람을 남겨놓아야 했다. 나머지 세 청년이 노종균을 찾으러 밖으로 나갔고, 안공근은 곰곰이 생각에 잠겼다. 이건 그림자 전쟁이야, 안공근은 그리 생각했다. 심연에 잠긴 그들은 어른거리는 그림자들 사이에서 살아남으려 칼을 갈고 총을 장전해 왔다. 밀정들은 동포를 들먹이며 접근했다. 경찰들이 뽑아 들이고, 헌병대가 훈련시키며, 총독부가 파견한 민족배반자들은 끊임없이 임정 청사 내부로, 임정 사람들 사이로, 그들의 마음으로, 들어서려 했다.

임정 사람들끼리의 의심과 분열과 시기는 저들이 퍼뜨린 독을 통해 번졌다. 임시정부가 세워진 뒤로 그리 사분오열했던 건, 프랑스 조계지 밖의 일본 헌병대가 돈과 모략을 풀어 동포 사이에 분열을 뿌렸기 때문이었다. 상해에 넘어와 임정 수뇌부의 결정으로 경무국장이 된 김구는 스무 명 가량의 청년을 수하에 두고 적의 밀정들을 처단해 왔다. 그 일에 함께한 사람 중 하나가 안공근이었다. 김구가 임정 내 다른 직위를 맡게 되자, 책임은 안공근에게 넘어왔다. 그날 이후 안공근은 참과 거짓 사이에서 진실을 가리는 까다롭고 괴로운 일을 감당해야 했다.

 그 과정에서 잘못된 사람이 죽기도 했다. 털어놓도록 만드는 과정에서, 그들은 때론 악독한 수단과 비열한 협박을 동원해야만 했다. 조국 독립을 위한 깃발이 꽂힌 임정 청사에 독을 풀려고 들어온 자들은, 두꺼운 가면과 현란한 말솜씨로 위장한 채 접근했다. 혐의를 벗으려 그들이 내놓은 거짓말들은 얼마나 그럴싸했던가! 누군가는 피를 뒤집어써야만 했다. 그게 안공근 자신인들 어떠한가. 그러지 않았다면 우리 중 하나가 상했으리라. 그들의 속삭임에 누군가가 현혹당했으리라. 우리의 간절한 독립사업이 처참히 무너졌으리라. 그리 둘 순 없었다. 안공근에게 독립운동이란 형으로부터 시작된 집안의 염원이었고, 죽어서도 이뤄내야 할 소명이었다.

 이 일을 시작했을 때, 안공근은 점차 나아질 거라고 생각했다. 하지만 나아지는 건 아무것도 없었다. 밀정들의 위장은 나날이 발전했고, 그들의 방식과 수단을 짐작하는 일은 조금도 쉬워지지 않았다.

 안공근은 자신이 비참하게 죽을 거라고 생각했다. 이 길고 긴 그림자 전쟁이 동반하는 우울이 만든 생각은 아니었다. 살인을 통해 임정을 떠받쳐 온 그는 어릴 적부터 성경을 통해 세상 이치를 배워 익혔기에 주는 대로 받는다는 원리를 익히 알았다. 내 손은 피에 절어 있어. 그건 어떤 물로도 지울 수 없는 흔적이었다.

 노종균이 할 것이다. 안공근은 노종균이 자기 이상으로 잘해나갈 사람임을 알았다. 그런데 황병립이 정말 스파이일까? 오해로 인해 빚어진 그릇된 갈등의 희생자일까. 세계는 잿빛이었고, 백색과 흑색을 나누는 건 너무도 어려웠다. 하지만 그 불가능을, 그와 노종균은 감당해야만 했다.

안공근은 자기 과업이 무겁다고 생각했다. 그러나 처음 든 생각도 아니고 앞으로도 내내 들 회의임을, 안공근은 잘 알고 있었다.

그날부터 노종균은 최홍식, 유진만, 윤우의를 데리고 황병립을 미행했다.

최홍식과 다시 접선한 황병립은 이틀 뒤 2시로 시간을 미뤘다. 보고를 들은 안공근은 어쩌면 한정우가 옳을지도 모르겠다는 생각을 했다.

노종균은 황병립과 서로 아는 최홍식을 제외하고, 유진만과 윤우의에게 각각 임무를 맡겼다. 유진만과 윤우의는 황병립을 미행하고 그의 동선을 파악했다. 유진만은 구두약 상자를 들고 천융쿠 구두상회 인근을 돌아다녔고, 윤우의는 엿과 사탕을 늘어놓은 가로대를 가슴 높이로 받쳐놓고 황병립의 집 주변을 걸어다녔다. 노종균은 황병립과 임정 청사에서 인사를 나눈 적이 있었다. 그런 까닭에 노종균은 천융쿠 구두상회가 보이는 뒷골목에 최홍식과 머물러야 했다.

잠복은 지루한 일이었다. 찬 바람이 불었지만, 볕이 좋아 그리 춥게 느껴지지 않는 건조한 날이었다. 구두약 상자를 든 유진만이 노종균과 최홍식 곁을 지나며 미소 지었고, 그들은 아까 했던 이야기가 뭐였지 싶어 잠시 말을 멈추었다.

"맞아, 돈 좀 벌면 뭘 할까를 얘기했었지."

"저는 구두 한 켤레 사고 싶네요. 10위안쯤 하려나."

"그걸로 되나. 모던보이처럼 쭉 빼입어야지."

노종균의 말속에는 비아냥이 담겨 있었다. 그 핀잔은 이봉창을 향한 것이었다. 이봉창은 작년부터 임정 청사에 들락거렸고, 가난한 그들은 이봉창을 곱게 보지 않았다. 조선어보다 왜말이 익숙한 이봉창은 감색 양복에 구두 커버까지 두르고 다니는 멋쟁이였고, 말투에 왜말 억양이 강해 김구를 제외한 임정 사람 모두가 거리를 두었다. 노종균의 코웃음을 알아들은 최홍식이 빙긋 웃으며 말을 이었다.

"그게 아니라, 국무령 각하께 드리고 싶어서요."

김구의 헝겊신은 하도 기워서 이젠 이어붙일 곳이 없을 정도로 낡아 있었다. 최홍식은 국무령에게 반들거리는 감색 가죽 구두를 선물하고 싶다고 생각했다. 노종균이 푹 한숨을 쉬었다.

"내 신발이라도 벗어드리고 싶은 심정이야."

"형님들. 사탕 하나 사시죠."

그들 뒤로 쓱 다가온 윤우의가 불쑥 일본어로 말했고, 골목에 기대어 천융쿠 구두상회를 건너보던 두 사람은 깜짝 놀라고 말았다.

"염병할 사탕, 누가 먹는다고."

"안 사요, 잡상인 선생."

둘을 놀래키곤 씩 웃던 윤우의가 골목 밖으로 나가다가 우뚝 멈췄다.

"나왔다. 나왔어."

노종균이 체구가 작은 최홍식을 뒤로 끌어당겼고, 모퉁이로 눈 내밀던 그들은 멀찌감치에서 황병립의 뒤를 밟았다.

거리는 복작거리지 않았고, 미행하기엔 몹시 나빴다. 고서점 이샤오띠에 양옆엔 먹과 붓을 파는 문구방과 서양 물감 및 도구를 파는 가게가 있었고, 건너편은 옷 수선집이었다. 아주 멀리서 뒤를 밟은 조선 청년들이 황병립이 들어간 고서점을 보곤 눈을 껌뻑였다.

이샤오띠에에 들어간 황병립은 매대에서 주인과 이야기를 나누고 있었는데, 윤우의는 그 모습에 이질감을 느꼈다. 생김새나 행동거지로나 황병립은 고서점에 들르는 사람과 거리가 멀었다. 구두약 상자를 들고 이샤오띠에를 지난 유진만은 황병립이 서점 주인에게 책을 돌려주는 광경을 설핏 보았다.

이샤오띠에를 나선 황병립은 택시를 타고 어디론가 떠나버렸다.

유진만과 윤우의가 구두약 상자와 엿판을 들고 택시를 탈 순 없었다. 최홍식을 잡아끈 노종균이 손 흔들어 택시를 세웠다. 일본인 택시 기사는 멀리 운행하기를 거절했고, 그들의 미행은 거기에서 끊어졌다.

유진만이 자기가 본 걸 털어놓자, 그들은 고서점을 지켜보기로 결정했다. 그리고 저녁이 다 되어갈 무렵 누군가가 고서점에 들어갔고, 황병립이 한 것처럼 책을 살펴 뭔가를 빼내었다. 다들 유진만을 돌아보았다.

"아까 황병립 선생이 받아들었던 그 책이에요."

택시를 탄 황병립이 어디를 갔는지는 뜻하지 않게 풀렸다. 그날 저녁 한정우가 임정 청사로 온 것이었다. 이화림은 막 청사 불을 끄고

집에 가려던 참이었다.

"안공근 선생을 만날 수 있겠나?"

요청한다고 곧장 만날 수 있는 사람이 아니란 건, 한정우도 잘 알았다. 난감한 얼굴로 이화림이 대답했다.

"아시지 않습니까. 저도 그분이 어디 계신지 모르는걸요."

"그럼 쪽지를 전해주겠나?"

"짧게 쓰시고, 겉을 풀로 봉해주세요."

이화림은 아까부터 식당에 앉아 있던 이덕주를 시켜 그걸 안공근에게 보낼 생각이었다.

안공근의 위치는 이덕주 또한 몰랐다. 어디 있을지를 짐작해 근방을 뒤지는 게 그들의 방법이었다. 이화림에게 쪽지를 건네받은 이덕주가 나가려는 참에 노종균과 청년들이 우르르 도착했다. 보고를 위해 안공근을 찾으러 나선 노종균에게 이덕주가 들러붙었다.

안공근은 다른 일을 위해 이동하는 중이었다. 안공근은 자신을 찾아온 청년 무리를 중국인 밀집 구역으로 이끌었다. 밤새 돼지내장죽을 파는 가게에 청년들을 앉힌 안공근이 그들을 먹였다. 청년들은 황병립을 미행하며 알게 된 상황을 말하고 싶어 입이 근질거렸다.

대강 대패질해 행주를 다 뜯어먹는 형편없는 식탁에 앉아, 이덕주는 안공근에게 봉인된 메모를 전했다.

"한 사장이?"

안공근이 봉한 쪽지를 찢었다. 거기엔 문장 한 줄이 적혀 있었다.

오늘 오후 황병립이 찾아와 본인을 회유하고 감.

김구와 이봉창은 요 며칠 종일 붙어 지내며 논의를 거듭하는 중이었다. 김구가 주로 질문했고, 이봉창이 자기 생각을 밝히는 식이었다. 구체화하려고 김구는 자꾸 물었으나, 물을수록 계획은 막연해지고 아련해지는 기분이었다. 김구는 이봉창을 아지랑이 너머로 보내는 느낌을 받았고, 그를 통해 이루려는 대업이 또렷해지는 실패로 귀결되는 것 같아 불안했다.

똑, 또도독, 똑. 안공근이 예의 그 약속했던 방식으로 노크하자, 김구가 안에서 문을 열었다. 문틈으로 안공근을 본 이봉창이 웃으며 목례를 올렸다.

여관방에 이봉창을 잠시 남겨둔 김구가 밖으로 나왔다. 김구는 담담함을 유지하려 애썼다. 황병립이 첫 민족반역자도 아니었고, 마지막도 아닐 것이었다.

"척결하려 합니다."

김구는 묵묵히 고개를 끄덕였다.

"일임하겠네."

그는 이봉창과 함께 있어야 했다.

"한정우 사장이 황병립을 밀고한 셈 아닌가. 그런데 이 상황에서 황병립이 한정우 사장에게 접근했다니……."

미심쩍은 얼굴로 김구가 고개를 갸웃거렸다.

"고서점에서 황병립의 메모를 찾아간 자의 뒤를 윤우의가 밟았답니다."

일본인 사업가로 보이는 그 자를 태운 삼륜차는, 일본 영사관에 들어갔다.

김구가 생각에 잠겼다. 황병립이 밀정이라는 증거가 너무 거푸 들어와, 도리어 수상쩍었다. 혹시 한정우가 이이제이(以夷制夷)를 꾸미는 게 아닐까.

"한 사장은 그간 적지 않은 군자금을 임정에게 주어왔습니다."

안공근은 한정우를 애국자라 여겼다. 김구가 고개를 끄덕였다.

"지금은 이봉창에게 집중해야 해."

황병립이 요란하게 제거되어선 곤란했다. 알아들은 안공근이 작게 한숨을 쉬었다.

김구와 작별한 안공근이 밖에서 기다리던 노종균에게 고개를 끄덕였다. 알아들은 노종균이 골목길 사이로 사라져 갔다. 담배를 문 안공근이 성냥을 집어 엄지손톱을 때렸다. 황병립이 우편환 환전을 하겠다는 날이 내일이었다. 우편총국이라. 손실을 입지 않으려면, 준비할 게 많았다. 잠깐 눈 붙일 시간이 허락될까. 담배 연기를 훅 내뿜는 안공근의 머릿속으로 민족배반자를 척결할 계획이 촘촘해졌다.

바람이 적고 겨울치곤 햇살이 쨍한 날이었다. 겨울 창산 차림을 한 중국인과, 양모 외투를 걸치고 중절모를 쓴 서양인과, 검게 윤기 나는 시트로엥과, 엔진 소리 둔중한 트럭들이 경적을 울리며 지나가는 대로변에, 상해 우편총국은 자리했다.

그것은 갈색의 돌과 기둥을 써서 만든 직사각형의 건물이었고, 가장 도드라진 부분은 한쪽 꼭짓점에 우뚝 세워진 종루였다. 정수리 부분이 진한 청금석 색깔로 장식된 우편총국 건물은 2층 높이였는데, 기둥의 안쪽 창문들도 같은 청금색으로 칠해 고전적이면서도 모던한 느낌을 동시에 주었다. 긴 면에는 갈색 기둥이 12개였고 짧은 면에는 6개였으며, 종루의 높이와 건물의 드넓음이 보는 이를 압도했다. 우편총국 바로 앞엔 우쏭쨩[嗚淞江]이 흐르고 있었는데, 이 건물을 처음 본 사람들은 그제야 청금석 색깔이 강의 빛깔을 본떴음을 알게 되었다.

야자와 소좌와 와타나베 소위는 건너편 건물 옥상에 앉아 오가는 사람들을 망원경으로 살피는 중이었다. 사복 차림의 헌병 32명이 우편총국 인근에 흩어져 있었다. 야자와는 인원을 4명씩 8조로 나누고는 다섯 조를 주변 건물에 뿌려 주변을 살피게 했고, 우편총국 바로 앞 흰색 다리 인근과 건너편에 나머지 인원을 배치했다. 그러고는 우편총국이 한눈에 보이는 반대편 건물 옥상에 올라갔다. 야자와는 사제 권총 소지를 금지시켰다. 그는 이 일을 고요히 처리하길 바랐다.

상해 우편총국 정문에 홀로 선 황병립은 초조해 보였다. 고동색 납작모자를 쓴 황병립은 짙은 남색 창산에 검은 가죽구두 차림이었다. 녹색 제복을 입은 우체부들이 지나가며 불안해하는 황병립을 쳐다보았다.

종루 바로 밑에 박힌 커다란 시계는 2시 42분을 가리키고 있었다. 조선 독립분자들은 2시에 접선하겠다고 했었다. 흰 다리를 통과한 녹색 전차가 우편총국 건너편에서 승객을 내리고는 종소리를 땡땡 울리며 다시 나아갔다.

3시 2분이 되자, 와타나베는 철수를 고민했다. 야자와는 망원경으로 황병림을 쳐다보고만 있었다. 안경에 그 끝이 닿지 않도록, 와타나베가 조심스레 망원경을 가까이 댔다. 열 걸음 걸어 나와 종루 밑 커다란 시계를 올려다본 황병림이 짜증스런 얼굴로 사방을 돌아보았다. 얼굴을 찌푸리던 황병림이 휜 다리 건너편으로 걸어가 버렸다. 3시 7분이었고, 황병림은 우편총국을 떠나려는 것 같았다.

다리 중간에서, 어떤 중국 아이가 황병림을 붙들었다. 망원경에서 눈을 뗀 야자와가 와타나베를 돌아보았다.

"당장 저 중국 꼬마를 붙들어!"

와타나베와 평상복 차림의 헌병 하나가 4층 건물 옥상에서 아래로 헐레벌떡 뛰어 내려갔다. 현관문을 민 와타나베가 팔을 들어 눈 주위를 가렸다. 어두컴컴한 복도에 비해 바깥의 겨울 햇살은 너무 쨍했다. 와타나베가 눈을 가늘게 떴다.

말을 전하고 동전을 받은 중국 아이는 저리로 타닥타닥 뛰는 중이었다. 황병림은 휜 다리를 건너가고 있었다. 혹시나 자신을 지켜보는 이가 있을까 걱정되는지, 야자와가 머무는 건물 옥상을 일부러 쳐다보지 않으려는 것 같았다. 와타나베와 헌병이 아이를 향해 뛰었다.

와타나베는 아이를 일부러 우편총국을 한참 지나서야 붙들었다. 조선 독립분자들이 주변에 머물 거라 여긴 그는 주의 깊게 행동하려 들었다. 어깨를 꽉 잡힌 아이는 울음을 터뜨리기 직전이었다. 겁먹어 늘어지는 중국말을 헌병이 다급히 번역했다.

"돈 받고 심부름했답니다."

"뭘 전했니? 그 사람에게 뭐라 전했어?"

"편지를 전달할 테니, 우쑤앤러우[五軒樓]로 오라 했답니다."

영문을 몰라 하는 와타나베에게, 헌병은 프랑스와 영국 조계지 접경에 자리한 요릿집이라고 일러주었다. 잡내 없이 맛깔나게 졸여내는 족발 요리와 수십여 종의 백주가 유명했지만, 가장 큰 손님은 1층 전체에 가득한 도박쟁이들이었다.

사방을 힐끗거리지 않으려 애쓰며 와타나베는 야자와에게로 돌아왔다. 망원경을 넘겨준 야자와가 저쪽을 가리켰다. 와타나베가 망원경으로 거기를 보았다. 삼륜차와 인력거꾼이 오가는 사이로, 황병립이 막 정차한 택시를 타고 있었다.

"황병립이 우쑤앤러우에 가는 거라고?"

야자와가 갸우뚱거렸고, 알쏭달쏭하기는 와타나베도 마찬가지였다. 그는 황병립의 움직임이 이해되지 않았다. 조선 독립분자들은 황병립에게 그 요릿집에서 우편환을 건네주려는 걸까. 돈을 찾으려면 우편총국에 다시 와야 했다.

"우쑤앤러우로 가시지요!"

"뭐 하러? 그놈들은 결국 이리 올 텐데."

와타나베는 생각이 달랐다. 그는 조선 독립분자들이 황병립을 속여 우쑤앤러우로 불러들였다고 추측했다. 한정우가 조선 독립분자들에게 황병립을 고발했다는 걸 전혀 몰랐지만, 와타나베는 거기까지 흐릿하게 가늠하는 중이었다.

"황병림을 의심하는 겁니다. 조선 놈들이 그를 죽이려 하고 있어요."

야자와는 뚱한 표정 그대로였지만, 아예 틀린 말로 여기진 않은 듯했다.

"병력을 끌고 우쑤앤러우로 가게."

야자와는 우편총국을 지키고 있을 작정이었다. 와타나베가 수신호를 보냈고, 흩어져 대기하던 사복 차림 헌병들이 우편총국 앞으로 우르르 쏟아져 내려왔다. 우쑤앤러우로 행선지를 들은 그들은 나뉘어 택시를 잡았고, 삼륜차와 인력거를 손짓해 불렀으며, 그렇기에 이동은 순조롭지 않았다. 와타나베 옆에는 아까의 그 헌병이 붙어 있었다. 그와 함께 택시로 한참 가는데, 저 멀리 화려한 건물이 보였다.

붉은 빛깔을 띤 나무와 노란 벽돌로 지어진 우쑤앤러우는 3층짜리 아름다운 누각이었고 기둥과 처마 곳곳은 행복한 금빛으로 치장되어 있었다. 전선은 건물 주변에 팽팽하게 뻗어 있었고, 전구들에는 붉고 푸르고 노란 천으로 만든 동그란 갓이 씌워져 주변을 다채롭게 빛냈다. 1층에 자리한 도박장엔 앉을 자리가 좀체 나지 않았고, 자리를 잡으려는 자들과 구경꾼들로 늘 붐볐다. 2층과 3층은 중국식 방이었고, 거기에선 주방장이 자랑하는 갖가지 요리와 함께 열일곱 가지 술과 아홉 종류의 차를 즐길 수 있었다. 그들이 택시에서 내렸고, 와타나베가 뒤이어 도착하는 헌병들에게 우쑤앤러우 건너편 골목을 가리켰다. 헌병들이 누추한 골목에 다닥다닥 붙어 섰고, 흉한 눈짓으로 건너편을 넘겨다보았다. 우쑤앤러우로 올라가는 드넓은 5단짜리 계단 중간에 서 있는 황병림이 보였다.

고동색 납작모자를 손에 쥔 그는 사방을 힐끔거리는 중이었다. 꽤 넓은 계단이었지만, 오가는 이가 엄청나게 많았다. 수십 명의 사람이 왜 서 있나 하는 얼굴로 황병림을 돌아보았다. 우쑤앤러우 아랫단을 이루는 다섯 개의 넓은 계단은 늘 행인으로 북적였고, 거기엔 승부를 기대하는 달아오른 자들과, 이겨 기쁜 거머쥔 자들과, 패배에 너절해진 텅 빈 자들이, 밤낮없이 환호하거나 악을 써댔다. 사람들은 그 계단에 불규칙하게 흘렀고, 황병립은 물결 한가운데 뜬 섬 같았다.

지시를 기다리는 거겠지, 와타나베는 짐작했다. 우편환은 아직 못 받은 것 같았다. 우편총국 폐점 시간은 아직 멀었다.

황병립의 표정을 보려고 망원경을 찾는 중에, 옆의 헌병이 와타나베의 팔꿈치를 툭 쳤다. 그가 가리킨 곳을 와타나베는 보았다. 우쑤앤러우에서 나온 중국인 점원이 황병립에게 손짓하고 있었다. 단순한 호객행위일까. 어쩌면 누군가의 사주를 받아 하는 행동일지도 몰랐다.

황병립이 우쑤앤러우로 들어갔다.

와타나베는 뭘 어찌해야 하나 싶었다. 그를 보던 헌병 서른 명이 다시 눈길을 우쑤앤러우로 돌렸다. 어쩌지. 야자와에게 전령을 보내 지시를 받아야 하나. 와타나베는 하찮은 멍청이가 된 기분이었다.

잠시 후, 북적거리는 우쑤앤러우 계단으로 걸어 내려오는 몇몇 사이로 고동색 납작모자가 보였다. 와타나베 곁에 바짝 붙어 선 헌병들이 손가락 뻗어 거기를 가리켰다. 광택 없는 푸른색 창산 차림의 그가 사람들과 함께 계단을 내려오고는 그들이 선 골목 반대편으로 서둘러 걸어갔다.

우쑤앤러우 내부에서 조선 독립분자들에게 다른 지령을 받은 게 분명해! 와타나베가 벌떡 일어났고, 헌병들이 그를 올려다보았다. 와타나베가 아까 중국어를 번역했던 헌병을 지목했다.

"절반을 이끌어 황병립을 미행해라. 절반은 나와 함께 여기 남는다."

경례를 붙인 헌병이 몇몇을 지목하고는 황병립이 사라진 방향으로 뛰었다.

10분이나 지났을까, 와타나베는 고함과 비명을 들었다. 소란은 우쑤앤러우 안쪽에서 일어난 듯했고, 손님들이 입구로 쏟아져 나오고 있었다. 바짝 말라 갈라진 입술을 바르르 떨던 와타나베가 헌병들을 돌아봤다.

"살펴보고 오겠다. 여기에서 대기해."

거긴 영국 조계지였고, 소란을 접수한 영국 경찰이 금방 출동할 게 분명했다. 뭔가 잘못된 건가. 와타나베는 안에서 무슨 일이 벌어졌는지를 알아내고픈 충동을 도저히 내리누를 수 없었다. 쏟아져 나오는 사람들을 헤치며 와타나베는 계단을 뛰어올랐다. 그러면서 자신을 지나쳐가는 누군가에게서 희미한 화약 냄새를 맡았다.

황병립은 화장실 안에 있었다. 긴 나무판을 이어붙인 바닥이었고, 드문드문 용변을 보는 길쭉한 구멍이 난 변소에, 황병립은 나자빠져 있었다. 두 발의 총을 맞은 황병립의 발치로 그가 흘린 핏물이 흘러나오는 중이었다. 시신 옆에는 종이가 놓여 있었다. 한자만으로 와타나베는 뜻을 짐작했지만, 전체를 정확하게 이해하진 못했다. 그걸 나중에 물어보기 위해, 와타나베는 알아보지 못한 조선어를 외우려 허공에 검지를 재빨리 움직여댔다.

가야 했다. 우쑤앤러우 입구에서, 와타나베는 헐레벌떡 자신을 따라온 헌병들을 이끌고 허허로워진 드넓은 계단을 내려왔다. 방금까지 도박을 즐기던 수백 명이 둥글게 늘어서 흉한 일이 일어난 우쑤앤러우를 올려다보고 있었다.

와타나베는 헌병들을 이끌고 우편총국 인근으로 되돌아왔다. 야자와는 건물 1층에 내려와 있었다.

"철수다."

"누가, 누가 황병림을 죽인 겁니까?"

와타나베를 빤히 쳐다보던 야자와가 고개를 내저었다. 우편총국을 등진 그를, 헌병들이 뒤따랐다.

"어디 조선어 하는 사람 없나?"

영사관에 복귀한 와타나베가 헌병대원들에게 물었다. 손을 들고 나온 자에게 와타나베는 기억하는 획들을 종이에 어설프게 그렸다. 한참을 들여다보던 헌병대원이 그 문장을 와타나베에게 읽어주었다.

"민족반역자에게, 마땅한 죽음을 베푸노라!"

황병림으로 오해받아 뒤를 밟힌 사람은 마작을 하러 온 중국인이었다. 안공근은 복잡한 우쑤앤러우로 황병림을 일부러 유인했고, 그와 비슷한 옷을 입은 중국인을 미리 수배해 두었다. 중국인은 푼돈 1위안에 그 짓을 했다며 자신을 둘러싼 헌병대원들을 향해 멀겋게 웃었다.

 황병립을 불러들인 사람은 호객하던 직원이었을까. 야자와는 아닐 거라고 생각했다. 우쑤앤러우에서 황병립은 요의를 느꼈던 걸까. 아니면, 만나자는 누군가가 화장실에 있었던 걸까.

 야자와는 그 누군가가 안공근이었을 거라고 생각했다.

 일이 그리 끝나자, 와타나베는 모든 게 얼떨떨했다. 사람들 사이에서 맡았던 희미한 화약 냄새를, 와타나베는 야자와에게 보고하진 않았다.

 야자와는 우편총국 건물에 머물렀지만, 우쑤앤러우 상황을 전혀 모르진 않았다. 따로 파견한 헌병대원으로부터 황병립이 우쑤앤러우로 들어갔다는 보고를 들은 야자와는, 자신의 끄나풀이 죽으리란 걸 곧장 알았다. 그는 한정우를 통해 황병립을 누설시켰지만, 조선 독립분자들이 어찌 움직일지는 전혀 몰랐다. 야자와는 조선가정부 인간들이 민족반역자를 처결하는 방식이 몹시 흥미로웠다.

 노종균은 유상근과 함께 프랑스 조계지 깊은 위치에서 대기 중이었다. 우쑤앤러우에서 황병립을 척결한 사람은 안공근이었고, 호객행위처럼 꾸며 그를 안으로 들인 자는 이덕주였다. 적지 않게 해왔지만, 할 때마다 마음이 어려워지는 일이었다.

 "살려주게! 난 동포잖소!"

 무릎 꿇은 황병립은 비굴한 절규를 내질렀었다.

 어려운 일이었다. 이국땅에서 조선말 할 줄 아는 사람이 내는 구질구질한 변명을 방아쇠를 당겨 없애는 일은, 그토록 어려웠다.

사람들 사이에 섞여 우쑤앤러우를 벗어난 안공근은 이덕주를 빈궁하고 초라한 술집으로 데려갔다. 그러고는 노종균과 유상근에 윤우의까지 불러들여 늦도록 술 마시고 번갈아 노래하며, 방아쇠 당기던 순간을 잊으려 애썼다.

적막한 술자리에선 대화가 끊겼고, 그들은 일부러 잔 부딪치고 술을 꿀꺽 삼켰다. 윤우의가 나직하게 장중한 중국어로 시를 읊었는데, 그 가락은 흥얼거림 섞인 노래처럼 들렸다. 먼 옛날 시황제를 암살하러 떠나던 협객 찡커[荊軻]가 친구들과 작별하며 불렀다는 그 시구를, 윤우의는 집을 떠나며 가족에게 남겼다고 했다.

"風蕭蕭兮易水寒(바람 쓸쓸하니 역수는 차구나).

壯士一去兮不復還(장사, 한번 가면 돌아오지 않으리)."

7

이봉창이 상해에서 탄 배는 12월 17일 오후 3시에 출발하는 고베행 우편선 히카와마루[氷川丸]였다. 빨간 가죽 트렁크 한 개와 중국산 등나무 바구니 한 개를 들고 이봉창은 검색대 줄에 섰다. 이화림이 만들어준 비단 훈도시의 주머니 두 개에는 김홍일이 뇌물을 써서 가져온 중국군의 마미(麻尾) 수류탄 두 발이 담겨 있었다. 승선할 때 세관 직원은 트렁크와 바구니만 검색할 뿐, 몸수색은 하지 않았다. 그는 선박 명부에 효고현 기노사키에 사는 축음기 상인 기노시타 쇼죠라고 신분을 적어 넣었다. 선실에 들어온 이봉창은 김구에게 지시받았던 대로 폭탄을 신문지로 감고 그걸 보자기로 싼 다음 트렁크 바닥에 넣었다.

앞서 김구는 임정 청사에서 열린 국무회의에서 이봉창 계획을 간략히 보고했다. 1931년 12월 6일의 일이었다. 국무위원들은 놀랐지만, 곧장 뜻을 모아 안건을 승인했다. 김구는 이를 매우 중요한 절차로 여겼다. 일본의 침략은 언제나 천황을 위해 행해졌다. 일제의 압제를 타도하려면, 국가 그 자체인 천황을 타도해야만 한다는 게 이봉창과 김구의 뜻이었다. 하지만 의거는 이봉창과 김구가 아닌, 대한민국 임시정부의 정상적인 절차를 통해 이뤄져야 했다. 그건 이봉창 개인이 아닌, 국가의 집행이어야 했다. 김구는 이 일을 국가 대 국가의 일로 만들어야 이봉창의 행위가 공의로운 일이 될 거라 여겼다.

고베항에서는 세관 직원이 트렁크와 바구니를 검사했다. 항구에 내리기 직전 아침에 이봉창은 폭탄을 도로 꺼내 훈도시 주머니에 넣었고, 걸음 모양새는 좋지 않았다. 이봉창은 두려워했지만, 다행히 여기에서도 몸수색은 받지 않았고 수속은 줄속으로 이뤄졌다.

고베에서 도쿄로 오는 길에서 이봉창은 따로 일을 보기도 하고 쉬기도 하며 시간을 보냈다. 그는 관병식 행사 직후를 목표로 잡았다. 관병식 행사는 요요기 연병장에서 열릴 예정이었다. 길이 낯선 이봉창은 버스로 요요기 연병장이 있는 하라주쿠역을 지나쳐 요요기 국립경기장까지 가고 말았다. 다시 버스로 하라주쿠역으로 돌아가는데, 버스 운전사가 물었다.

"요요기 연병장은 왜 가십니까?"

"관병식 예행 연습을 보러 갑니다."

버스 운전사는 자기도 관병식에 참관할 생각으로 아는 헌병에게 명함을 받아두었는데, 못 가게 되었다며 명함을 받을 생각이 있냐고 물었다. 도쿄 헌병대 본부 부관부 육군 헌병조장 오오바 젠케이 [大場全奎]라고 써 있는 명함을, 이봉창은 상의 안주머니에 잘 넣어두었다.

하라주쿠역에서 오른쪽 도로로 50미터쯤 가면, 메이지 신궁으로 들어가는 신궁교가 나왔다. 그 다리 오른쪽이 메이지 신궁이고, 왼쪽이 요요기 연병장이었다. 연병장을 둘러보던 이봉창은 여기서는 불가능하다고 생각했다. 요요기 연병장은 너무나 넓었다.

이봉창은 요요기 연병장으로 들어가거나 나오는 길가에서 기다리기로 했다. 하라주쿠역으로 돌아간 이봉창은 북쪽 길을 따라 신주쿠역까지 걸어갔다. 도쿄 순환선인 야마노테센에서 하라주쿠와 신주쿠는 두 정거장 거리였고, 직선으로 2킬로미터 정도 되었으며, 걸어가려면 30분가량 걸렸다. 이봉창은 도쿄 시내 지도를 한 부 샀다. 도쿄에서도 그는 쭉 빼입은 멋쟁이 차림이었다.

오후에 이봉창은 숙소를 아사히 호텔로 잡았다. 그는 기노시타 쇼죠라는 이름을 버리고 숙박부에 오사카에 사는 비누 상인 아사야마 쇼이치라고 기록했다. 수류탄을 계속 허벅지 사이에 끼우고 다닐 수 없었던 이봉창은 우에노역 근방 엿 가게에서 엿 두 상자를 샀다. 엿 조각을 입에 넣은 이봉창이 엿 상자에 수류탄을 넣고 비단 보자기로

111

그걸 쌌다. 엿은 입안에서 눅눅하게 덩어리졌다. 이봉창은 이에 끈끈하게 달라붙는 모양새가 담백하지 못하다고 생각했다.

다음 날 이봉창은 아침 10시에 일어났다. 그날 하루 이봉창은 골프장과 마작구락부를 느긋하게 돌아다녔고 근처 식당에서 식사했다. 6시가 다 되어 호텔에 돌아온 이봉창은 필요하지 않은 물건을 정리해 트렁크와 바구니에 넣었다. 그다음 비단 보자기에 담긴 엿 상자를 싸 들고 전철을 탄 뒤 가와사키시 다마키로 유곽에 가서 시즈에라는 창녀와 잤다. 그녀는 이봉창이 사흘 전에 하루 잤던 여인이었다.

관병식을 대비한 시내 경비는 삼엄했다. 2,000명의 제복부대가 주요 도로와 회장 주변을 경위했고, 83명의 사복형사대가 행차 주변의 의심스러운 인물을 검문했다. 영장 없이도 임의 동행과 체포가 가능했기에 현장에서 붙들릴 수도 있겠다는 생각을, 이봉창은 잠깐 했다. 행사 전날 밤부터는 각 치안 기관에서 도쿄 시내 모든 여관과 음식점과 유곽과 신사와 절과 빈집까지 수색했다. 이는 천황이 외부 나들이를 할 때마다 일반적으로 행해지는 절차였다. 훗날 이봉창은 다마키로 유곽이 가와사키시에 자리했기에 검문당할 확률이 낮았고, 하라주쿠에 가기도 좋아 거기 묵었다고 진술했다. 가와사키역에서 전철로 1시간이면 요요기 연병장 입구인 하라주쿠역에 갈 수 있었다.

아침 8시에 이봉창은 다마키로 유곽을 나섰다. 납작모자를 쓰고 깃이 작은 신사복 위에 검은색 오버코트를 걸친 차림이었다. 이봉창은 바지 주름을 펴느라 간혹 걸음을 멈추었고, 유리창에 비친 자신을 보며 옷매무새를 가다듬기도 했다. 관병식은 11시에 시작될 예정이었다. 이봉창은 가와사키역에서 국철로 도쿄 시내에 들어가 시나가와역에서 도쿄 전철로 갈아탔다. 하라주쿠역에 도착한 시각은 8시 50분이었다. 하라주쿠역 앞 중국 음식점으로 들어간 이봉창은 닭고기 계란 덮밥을 주문했다.

나온 음식을 한창 먹는데, 사복형사 두 명이 식당 안으로 들어왔다. 꼼짝없이 걸렸구나 싶었는데, 그들이 주인을 불러 카운터에 뭔가를 두게 했다. 11시에 요요기 연병장에서 열릴 육군 시관병식(始觀兵式)의 초대권이었다. 형사들은 식사하는 사람들에게 아무 관심이 없었다. 이봉창은 벌떡 일어나 되려 그들을 불러 물었다. 형사 중 하나가 대답했다.

"헌병조장의 명함이라면 어느 출입구라도 들어갈 수 있습니다."

고마움을 표한 이봉창은 돌아가 닭고기 계란 덮밥을 마저 먹었다. 폭탄이 든 비단 보자기는 아까 둔 자리에 그대로 있었다.

요요기 연병장 입구로 가는 신궁교 앞 가로수에 선 이봉창은 더 들어가기 어렵다고 생각했다. 경비 순사와 사복형사가 득실거리는 게 한눈에 보였다.

하라주쿠역을 포기한 이봉창은 국철을 타고 근처의 요쓰야역으로 갔다. 인근 신문팔이 소년에게 묻자 아이는 들은 얘기를 말해주었다.

"여기가 아니라 아카사카미쓰케로 가신다던데요."

이봉창은 신궁교 서쪽 근처의 경찰서 뒤쪽 공중화장실로 갔다. 엿상자에서 수류탄을 꺼낸 이봉창이 바지 주머니 양쪽에 그걸 하나씩 넣었다. 빈 종이상자는 버리지 않고 비단 보자기로 도로 쌌다. 이봉창은 다시 전차로 아카사카미쓰케역에 갔다. 오전 9시 40분에서 10시 사이였다. 역에서 나오며 이봉창은 청소부에게 행렬이 어디 있는지 물었다.

"행렬은 이미 요요기 연병장에 들어갔어요."

청소부는 자기 짐작을 일러주었다.

"관병식을 마치면 정오쯤 다시 오시겠지요."

이봉창은 아카사카미쓰케 역 부근의 식당에 들어갔다. 식당 주인에게 라디오를 켜달라고 한 이봉창은 관병식 라디오 중계로 상황을 파악했다. 그 뒤 시간에 맞춰 나왔지만, 행렬은 저 멀리 사라진 뒤였다. 전차 선로에는 인부 하나가 있었고, 이봉창은 그를 붙들고 물었다.

"행렬은 다메이케 쪽으로 돌아가기 때문에 지름길로 가면 볼 수 있을 겁니다."

택시는 금세 잡혔다. 택시는 아카사카미쓰케 언덕을 내달렸고, 새로 지은 국회의사당 앞을 지나 참모본부 앞 내리막길로 접어들었다. 거기 사거리는 경찰이 막고 있었다. 택시는 경찰이 막지 않은 왼쪽 도로로, 경시청 방향으로 갔다. 경시청 앞은 경찰 바리케이드로 막혀 있었다. 택시비를 낸 이봉창이 경시청 옆길을 뛰었다. 흘러내린 땀에 바지가 다리에 감겼지만, 거기 팔릴 정신이 없었다. 경시청 본관 북쪽 끝에 다다르자 사복경찰 하나가 이봉창을 막아섰다. 이봉창이 양복 상의 안주머니에서 전에 받았던 헌병조장의 명함을 꺼냈다.

"이분 초대로 관병식에 가려 했으나 늦어서, 돌아가는 행렬만이라도 보려고 합니다."

이봉창이 내민 명함을, 사복경찰은 한참 쳐다보았다. 그러고는 안쪽으로 들어가도록 비켜주었다. 이봉창이 경시청 안쪽 길로 달려나갔다.

경시청 정문 현관 앞은 사람들로 발 디딜 틈이 없었다. 일고여덟 겹으로 줄지어 선 사람들 앞으로 호위 경찰이 늘어서 있었다. 사람들 사이를 비집고 들어간 이봉창이 앞으로 나아가는데, 사쿠라다몬 방향으로 행렬이 다가오는 게 보였다. 이봉창의 위치는 사쿠라다몬 전차 정류장의 삼각형 안전지대 잔디밭 동남쪽 인도의 중앙 부근이었다.

가쁜 호흡을 진정시킬 새도 없이, 이봉창은 다시 사람들 사이로 비집고 들어갔다. 의장병들이 말을 타고 있었고, 그 사이로 검은 마차가 보였다. 통상적으로 세 대의 마차를 늘어세운다는 걸, 이봉창은 이미 알고 있었다. 일본 사람치고, 천황의 얼굴을 모르는 사람은 없었다. 그러나 이봉창은 극도로 긴장한 상태였고, 황후 없이 혼자 타고 있을 거란 생각은 하지 않았기 때문에, 천황 혼자 탄 검은 마차를 떠나보내고 말았다. 이봉창은 근위병들이 탄 말들 뒤 두 번째 마차에 천황이 있을 거라 여겼다. 마차와의 거리는 18미터가량이었다. 멀다 싶었지만, 늘어선 호위 경찰들을 물리치고 나아갈 순 없었다. 오른쪽 주머니에 있던 수류탄의 안전핀을 뽑은 이봉창이 들은 대로 약간 높이 던졌다. 김구는 여섯에서 일곱 간 사이는 다 죽을 거라고 말했다. 이봉창이 던진 수류탄은 두 번째 마차 뒤쪽 마부가 서는 받침대 부근에 떨어졌다.

폭발과 동시에 요란한 소리가 났고, 말들이 날뛰었다. 행렬이 흐트

러졌고, 사람들이 사방으로 튀어 나가며 인근은 아수라장이 되었다. 그때가 오전 11시 44분이었다는 걸, 이봉창은 나중에 들었다.

이봉창은 우뚝 서서 폭발이 일으킨 먼지가 사라지는 걸 기다렸다. 폭발 소리는 커다랬지만, 폭발력은 무척 약했다. 하지만 먼지 속에서, 이봉창은 성공을 절반쯤 확신했다. 그러고는 두 번째 마차가 먼지 저 너머로 사라지는 광경에 참담해지고야 말았다. 이봉창이 천황이라 생각했던 사람은, 궁내부 대신이었다. 파편으로 밑바닥과 바퀴가 파손된 마차를 마부는 휘몰아 현장을 벗어났다. 두 번째 마차 뒤에서 깃발을 들고 가던 기병이 탄 말의 가슴과 그 뒤 근위병이 탄 말의 코에 파편이 튀어 출혈이 있었지만, 죽은 사람은 없었다. 천황이 탄 첫 번째 마차는 5분 만에 황궁에 들어갔다.

혼다 쓰네요시[本田恒義]라는 순사는 이봉창 뒤에 있는 반코트 입은 50대 일본인을 지목했다. 구타당하며, 50대 일본인은 이봉창을 가리켰다.

"내가 아니라 저 사람이다."

엉뚱한 사람을 두들겨 패는 일본인들을 향해 이봉창이 외쳤다.

"맞다. 그 사람이 아니라 나다!"

50대 남자를 놓아준 혼다 쓰네요시가 달려들었고, 이시모리 이사오[石森勳夫] 경시청 수사2과장과 야마시타 슈헤이[山下宗平] 순사부장과 두 명의 헌병까지 이봉창에게 들러붙었다.

"숨지 않을 테니 점잖게 다뤄달라."

이봉창은 범행을 부인하지 않았고, 남은 한 발의 폭탄으로 자결하려 들지도 않았다. 그날 호외에는 남은 폭탄이 현장에서 압수되었다고 적혔지만, 사실 일본 경찰들은 너무도 놀라 폭탄이 또 있다는 걸 이봉창을 경찰서로 압송한 뒤에야 알았다.

우악스런 손짓에 코트 단추가 떨어져 나갔고, 셔츠 단추도 뜯어져 가슴이 드러났다. 험악한 손길 사이에서 이봉창은 사납게 흔들렸고 매무새가 흐트러졌다. 이봉창은 저항할 생각과 의사가 전혀 없었다. 그의 저항은 폭발로 이미 이뤄졌고, 마미탄은 그의 염원을 성사시키지 못했다.

이봉창은 부끄럽다고 생각했다.

1932년 1월 8일이었다.

제2장

눈 속의 불

1

혹독한 심문 속에서, 이봉창은 극악한 형벌을 받았다. 손톱 밑으로 얇게 자른 나뭇조각이 꽂히고, 전기고문에 물고문이 더해졌다. 이봉창은 고통으로 경련했다.

헌병대는 이봉창의 입에 절반의 기대를, 이봉창의 행적에 남은 절반을 걸었다. 애초에 김구는 이봉창에게 고문당하지 말고 순순히 배후를 털어놓으라고 일렀었다. 김구는 붙들렸을 때의 행동 지침을 상세히 말해주었다.

"고문을 버티지 말게. 자네에게 이 일을 시킨 게 백정선(白貞善)이라 말하게."

백정선은 김구가 쓰는 가명 중 하나였다.

하지만 이봉창은 김구의 지시를 따르지 않았다. 그는 도쿄와 상해를 잇는 헌병대의 움직임이 놀라울 정도로 재빠를 거라 여겼고, 프랑스 조계지에 있을 김구에게 몸을 피할 시간을 주고 싶었다. 고문을 이틀간 버티던 이봉창의 입에서 비명처럼 자백이 터져나왔다.

"배쿠죤손! 상해 배쿠죤손!"

일본 헌병대는 이미 이봉창 개인의 삶과 행적에 대한 조사를 모두 마친 상태였다. 헌병대는 일본 최대의 정보기관이자 특무활동 전반을 조직하고 실행하는, 일본 제국이 지닌 가장 큰 사냥개였다. 그들은 도쿄 여러 지역을 거쳐 고베를 지나 바다 건너 상해에까지 코를 들이밀었고, 배후에 임정이 있음을 어느 정도 눈치채고 있었다. 정작 밝혀야 할 건 이봉창이 어떻게 도쿄 한복판에 폭탄 두 발을 들고 왔는지였다.

본국에서의 전보가 빗발쳤다. 상해 헌병대 무전실은 암호를 해독하는 하급 직원들로 북적거렸다. 이봉창의 심문 기록이 축약되지 않은 상태로 암호화되어 상해 헌병대에 뿌려졌고, 야자와 게이스케 소좌와 와타나베 신조 소위도 본국 명령에 따라 백정선 보고서를 작성해야 했다.

한편으로 본국에서는 이봉창의 폭탄 구입과 배송에 관한 경로를 집요하게 물어댔는데, 와타나베는 물론이고 야자와 또한 그 과정을 전혀 짐작 못 했다. 야자와는 끄나풀들을 다그쳤고, 관련된 정보를 즙 짜듯 긁어모으려 들었다. 그렇게 어느 정도 그림이 완성되자 헌병대의 최우선 과제는 하나로 집중되었다.

조선가정부 국무령 김구를 체포하라.

다나카 류키치 소좌와 가와시마 패거리에게도 이 사건은 놀라운 일이었다. 특히 상해에서 사고를 어떻게 치나 고민하던 다나카에게는 영 좋지 않은 소식이었다. 도쿄는 일본이라는 군대의 본영이었고, 천황은 제국 전체를 의미하는 단 하나의 상징이었는데, 가장 단단해야 할 그곳에 폭탄이 터져 전 세계의 이목이 집중된 것이다.

기껏 상해에 왔건만, 엉뚱한 놈이 도쿄까지 건너가 대형사고를 쳐버렸군.

그 순간, 다나카의 머릿속에서 뭔가 번쩍였다. 영사관 무관실 문을 벌컥 연 그가, 대기하던 헌병들에게 소리쳤다.

"나가! 가서 오늘까지 나온 모든 중국 신문을 가져와!"

대한민국 임시정부 청사는 침묵에 잠겨 있었다.

침묵에는 비통함이 존재했다.

왜 천황을 죽일 생각을 하지 않는가? 1년 전 임정를 처음 찾아온 이봉창이 김구에게 낸 질문이었다. 왜 뱀의 머리를 잘라낼 생각을 하지 않는 것인가? 그 말은 김구를 두들겨 깨웠다. 천황을 직접 공격한다. 일본 제국주의의 수장을 대한민국 임시정부가 직접 척결한다. 그 말이 김구의 막힌 생각을 틔워주었다. 하지만 폭탄은 빗나갔고, 천황은 죽지 않았다. 이봉창에게 폭탄을 쥐여주고 도쿄까지 보내는 일엔, 가난한 임정이 지닌 얼마 안 되는 돈의 절반이 들어갔다. 성공해야만 했어. 천황은 황궁에 숨을 것이고, 비슷한 기회는 다시 없을 터였다. 김구를 진짜 괴롭히는 건, 이봉창에 대한 염려였다. 22년 전 조선총독부가 날조한 데라우치 총독 암살 음모 사건으로, 김구도 붙들려 고문을 받았다. 그보다 더한 괴로움을 이봉창은 겪고 있으리라. 참담한 심경으로 김구는 머리를 감싸 쥐었다.

침묵에는 감탄이 자리하고 있었다.

임정 사람 몇몇은 저희끼리 이봉창을 일본 영감이라 불렀다. 일본인 같은 몸동작, 어눌한 조선어, 번드르르하게 입고 다니는 모던보이적 기질을 가리킨 조롱이었다. 이봉창이 일본에 파견된 사실은 김구를 비롯한 몇몇만 아는 극비사항이었다. 조선인 이봉창이 일본 천황을 죽이려 폭탄을 던졌다는 사실에, 그를 업신여기던 이들은 큰 충격을 받았다. 아직 대한 임정이 살아있음을, 독립운동의 숯불이 하얀 재 밑에 뜨겁게 존재함을, 이봉창이 일깨웠던 것이다.

침묵에는 두려움도 도사리고 있었다.

상황이 어찌 흘러갈 것인가. 대일본 제국 전체가 사냥개를 앞세워 이봉창의 배후를 잡아내려 할 게 분명했다. 그 날카로운 이빨을 프랑스 조계지라는 여린 창틀이 막아줄 것인가.

청사 식당엔 조선 청년들이 모여 있었다. 노종균과 최흥식과 이덕주와 유상근과 윤우의와 유진만이었다.

동우라는 가명으로 더 유명한 노종균은 상석에 앉아 중국 신문을 읽는 중이었다. 그러면서 노종균은 천융쿠 구두상회 맞은편에서 잠복하며 최흥식에게 했던 말을 부끄럽게 여겼다. '신발로 되나. 모던보이처럼 쭉 빼입어야지.' 그들끼리의 농담이었지만, 노종균은 이봉창의 진심을 몰랐다는 점에 미안함을 느꼈다.

와이탄에서 등짐을 지는 최흥식은 노종균 바로 옆에 앉아 있었다. 노종균은 요새 최흥식을 영국인 전차 회사에 검표원으로 넣어주려 애쓰는 중이었다. 천황 관련 기사를 읽는 최흥식의 얼굴이 흥분으로 벌겠다.

이덕주는 모자 공장에서 일을 마치고 막 도착한 상황이었다. 신문을 읽는 사이사이 이덕주가 천장을 바라보았다. 이봉창을 떠올리니, 피가 자꾸 뜨거워졌다.

임정 청사 의경대 복장 그대로, 유상근은 이덕주 맞은편에 앉아 있었다. 그 또한 흥분하기는 마찬가지였다. 독립운동을 위해 조선에서 상해까지 어렵게 온 그들은, 바로 이 같은 일을 하기 위해 지금을 견디는 중이었다.

윤우의는 길에서 채소와 담배를 팔며 겨우 먹고살았다. 지난가을 상해에 들어와 여러 시험을 거쳐 안공근의 인정을 받은 윤우의는, 널쩍한 코에 이마가 넓고 눈빛이 날카로워 장부답게 생겼다는 평을 들었다.

청사를 오가는 청년 중 막내 격인 유진만도 거기 있었다. 막내답지 않게 체구가 큰 유진만은 길게 쭉 내려온 코에 도톰한 입술과 부리부리한 눈매를 지닌 사람이었다. 어렸지만 담대하기 이를 데 없어, 안공근을 비롯한 임정 요인들은 전언을 유진만에게 일러주며 소식이 오가게 했다.

이화림은 그중 유일한 여자였다. 독립운동을 하겠다며 재작년에 상해로 건너온 그녀는 김구의 비서 역할을 하며 일제의 밀정 색출에도 관여했고, 동해라는 가명으로 불렸다. 이화림은 자금난을 겪는 임정을 위해 나물 장사와 빨래 노동과 수놓기로 생계를 마련하고 경비도 보탰다. 그러나 그녀와 거리를 두는 임정 사람들도 적지 않았다. 여성이라서가 아니라, 이화림이 공산주의자이기 때문이었다. 공산주의자인 이화림은 공산주의를 싫어하는 김구와 간혹 갈등을 빚었다. 하지만 당찬 그녀는 김구 앞에서도 자신의 뜻을 좀체 감추려 들지 않았다.

탁자엔 중국 신문들이 그득했다. 모두 도쿄 천황의 마차에 폭탄을 던진 사람, 조선인 이봉창에 대한 기사들이었다. 비슷한 기사를 돌려 읽으면서 누구도 지루해하지 않았다. 기사 한 글자 한 글자 읽을 때마다 그들은 자기 내부에서 솟구치는 격렬한 타오름을 느꼈다. 지난 십여 년간 독립운동은 캄캄한 어둠 속에 있었다. 그걸 밝힌 건, 이봉창이 던진 폭탄에서 터져나온 섬광이었다. 총독부도 이 정도 사건을 덮을 순 없었다. 틀어막힌 조선 내부에까지 이 장한 소식이 전해지리라. 일본 제국주의에 맞서 뜨거운 마음으로 싸우는 자들이 있음을, 조선 사람들 또한 알게 되었으리라.

식당에 내려갔던 김구는 청년들이 주고받는 얘기들을 어둑한 바깥에서 들었다. 물 한 잔을 마시러 거기 내려갔던 그는, 다른 방식의 해갈을 하고는 뻐근한 마음으로 2층 집무실에 고요히 올라갔다. 거기엔 안공근과 김철과 엄항섭이 앉아 있었다. 자기 자리에 앉으며 김구가 엄항섭에게 말했다.

"자네가 좀 살펴봐야겠어."

엄항섭이 대번에 알아들었다. 영어와 프랑스어와 중국어에 능통한 그는 프랑스 공무부 소속 직원이었다. 충직한 엄항섭은 자기 집에 임정 어른인 이동녕을 모셨고, 번 돈의 대부분을 임정 활동비로 냈다.

"아마, 연락이 올 겁니다."

창가에 서서 밖을 살피던 안공근이 말했다. 만일 일왕 암살 기도 사건의 배후가 임정임이 공공연해지면, 프랑스 정부는 어떤 태도를 취할까. 혹시나 일본 헌병대의 프랑스 조계지 출입을 허락하진 않을까. 그렇다면 임정을 상해에 둘 수 없었다.

그렇게 상해 임정 최후의 날이 올 것인가.

프랑스 정부에서 외교관을 보낸 건 다음 날 밤이었다.

엄항섭이 전언을 돌렸고, 김철을 동반한 김구가 임정 청사로 서둘러 갔다. 엄항섭이 프랑스 외교관의 불어를 조선말로 옮겼고, 김구와 김철의 시선이 그 둘을 오갔다.

"결론은, 프랑스 정부는 보호를 약속할 수 없다는 겁니다."

금발에 초록 눈을 지닌 젊은 외교관의 발음은 부드러웠지만, 언어엔 아프도록 시린 냉기가 도사리고 있었다.

김구가 생각을 가다듬느라 침묵하는 사이, 엄항섭이 프랑스 외교관과 몇 마디 빠르게 주고받았다. 돌아보는 김구에게 엄항섭이 말했다.

"프랑스 정부의 공식적인 입장은 아니랍니다. 하지만 프랑스 정보국은 이번 도쿄 의거의 배후에 임정이 있다고 추정한답니다."

"프랑스가 안다는 건, 서구 열강들도 이미 파악했단 말인가?"

"그건 모르겠습니다. 일본 헌병대가 프랑스 정부에 문의했답니다. 헌병대가 임정 사람들을 체포할 수 있겠냐고요. 프랑스 정부는 일단 거절했답니다."

대화를 지켜보던 외교관이 한 번 더 프랑스어로 강조했다. 엄항섭이 전했다.

"몸을 피하길 권합니다. 정부 입장은 바뀔 수 있습니다."

경고를 남겨두고 젊은 프랑스 외교관은 떠났다. 배웅을 마치고 돌아온 엄항섭이 후속 조치를 묻는 얼굴로 김구와 김철을 보았다.

"프랑스가 우리를 잡는 일에 적극 나서진 않을 거야."

김구는 베트남 문제를 거론했다. 프랑스가 베트남을 점령하자 쿠옹데 왕자는 일본으로 망명했고, 외교 카드를 얻은 일본은 그를 비호했다. 김구는 일본이 쿠옹데를 내놓진 않을 거라 여겼다. 일본은 동남아시아를 노렸고, 쿠옹데는 쓸모가 남아 있었다. 이런 이유로 프랑스는 일본의 요구를 뭉갤 가능성이 높았다.

"나는 동포들이 걱정일세."

상해 프랑스 조계지엔 대략 1,000명의 조선인이 살았다. 그들 모두를 잡아들이려는 건 아닐 테고, 프랑스 공무부가 그들 모두를 잡아가게 두지도 않을 것이었다. 헌병대가 누굴 노리겠는가. 김구를 포함한, 임정의 핵심 인사들일 게 분명했다.

악랄한 압제자들이 제멋대로 굴게끔 두지 않을 테다. 김구는 그리 작심했다. 그가 이화림을 불렀다.

"동해 자네가 이제 청사에 붙박여 있어야겠네."

눈치 빠른 그녀는 김구에게 어디로 가느냐를 묻지 않았다.

"꼭 챙겨야 할 서류만 가져가겠네. 신뢰할 사람들을 통해서만 연락하겠어."

"모든 일을 전과 다름없이 똑같이 합니까?"

이화림이 물었고, 김구가 고개를 저었다.

"달라질 게 있어선 안 되겠지."

서류가 든 커다란 배낭은 윤우의가 들었고, 안공근이 뒤따랐다. 상해에 도착하자마자 윤우의가 만난 사람이 안공근이었고, 머물 곳을 제공하며 이 청년의 독립 열망을 한참 들여다본 사람 또한 안공근이었다. 안공근은 윤우의를 신뢰했다. 청사 현관에서, 김구가 길을 정했다.

"일단 김철의 집으로 가세나."

정작 김철은 이화림과 청사에 남을 계획이었다. 서류를 검토하고, 남은 짐을 이리저리 분산시키려면 김철이 하루이틀 거기 붙어 있어야 했다. 청사를 폐쇄할 순 없었다. 1,000여명이나 되는 상해 조선인들을 돕는 일 또한 상해 임정의 임무였다. 대한민국 정부로서, 자국민들이 찾아올 청사를 보전하는 건 마땅한 일이었다. 임정 청사는 시커먼 바다에 떠다니는 모두를 위한 등대여야 했다.

1월이었고, 바람이 차가웠다. 프랑스 조계지에서, 이제 그들은 프랑스 정부의 보호를 받을 수 없는 처지였다. 한 자락 외투마저 빼앗긴 채 이 겨울을 감당해야 한다는 생각에, 김구가 저도 모르게 온몸을 후드득 떨었다.

신문은 수십 부나 되었고, 다나카가 찾으려는 문구는 좀체 없었다. 손끝이 거뭇해지는 것도 상관치 않고, 다나카는 일일이 짚어가며 살살이 읽었다. 무관실 안에는 가와시마를 비롯한 패거리 넷이 들어와 앉아 있었다. 담배를 피우거나, 다나카가 밀쳐둔 중국 신문을 읽어가며, 그들은 찾으려는 뭔가를 다나카가 속히 발견하길 기다렸다.

"여기, 이거다."

모두 다가와 다나카의 검지가 짚은 부분을 함께 들여다보았다. 거기 신문 사설엔 이렇게 쓰여 있었다.

不幸不中.

불행히도 명중하지 못했다.

2

신문 사설의 한 대목을 짚은 그날, 다나카 류키치는 상해 일본 영사관 공사 시게미쓰 마모루[重光葵]에게 몇 가지 요청이 담긴 메모를 보냈다. 시게미쓰는 다나카의 배후에 관동군 고위 참모들이 자리한다는 걸 잘 알고 있었다. 2시간 내내 전화통을 붙든 시게미쓰는 그날로 상해에 거주하는 일본인 유력자들을 불러모았다. 일본 조계지에 자리한 고급 음식점 미츠루시오[滿潮]였다.

"저 사람이 우릴 불러 모은 겁니까?"

모인 자들은 시게미쓰 공사가 말해준 오무라 마사미치라는 이름을 겨우 알 뿐이었다. 오무라는 누구고, 우리는 여기 왜 모였는가. 사업가인 그들은 상해 내 일본의 입지와 이익에 민감했다.

"필리핀에 커다란 농장을 지녔고, 고무와 원유를 수입하는 유통업자라던데. 상해 온 지는 얼마 안 되었고."

귀동냥한 정보를 속삭이려 그들은 서로에게 고개를 기울였다. 미츠루시오의 가장 큰 방이었고, 대여섯씩 앉을 수 있는 둥근 테이블 서너 개가 사이를 두고 붙어 있었다. 램프에서 흘러나오는 따끈한 빛 사이로 그들이 피워 올린 담배 연기가 흘러 다녔다.

상석에 앉은 오무라는 근사한 차림이었다. 의자 등받이에 몸을 기대고 담배를 피우던 오무라가 손짓하자 뒤에 서 있던 마치다가 오무라에게 몸을 기울였다. 오무라가 뭐라고 속삭이자 고개를 끄덕인 마치다가 유인물을 가져와 웅성거리는 사람들에게 일일이 나눠주었다. 오무라가 재떨이에 담배를 비벼 껐다.

"제 일을 거드는 조캅니다. 먼저 그것 좀 읽어보시지요. 왜 모이라 했는지는 바로 말씀드리겠습니다."

잠시 후 쓱 일어선 오무라가 선언하듯 외쳤다.

"여러분, 우리 조국 대일본 제국이 그대들을 필요로 합니다!"

일본 조계지에 자리한 저우우랑미찌앤푸[周伍郎蜜煎鋪]는 꽤 유명한 디저트 가게였다. 꿀이 든 달콤한 튀김을 팔았는데, 부유한 일본 여인들이 거기에서 아득히 높은 매상을 올려주었다.

저우우랑미찌앤푸 안에는 부인 스무 명 정도가 앉아 있었다. 미츠루시오에 남편을 보낸 여인들이었다. 꿀 튀김은 종업원이 내온 그대로 테이블 중앙에 접시째 놓여 있었다. 자기 앞 찻잔이 식어가는데도, 신경 쓰는 이는 하나도 없었다. 다들 아오이 다에코의 미끈한 혀에 얼이 빠져 있었다.

"여기, 제 조카예요. 제가 드린 말씀은, 평소 이 애가 일러주던 얘기랍니다. 얘, 여기 와서 지체 높은 분들께 말씀 좀 드리렴."

아오이 다에코가 옆에 앉아 있던 가와시마 요시코의 손등을 토닥였다. 짧은 머리를 화려한 실크 모자로 맵시 있게 가린 가와시마는 오늘 밤 여장 차림이었다. 그녀가 일어서자 의자가 뒤로 밀렸다. 여론이란 안과 밖의 몫이 따로 있는 법이지. 값비싼 기모노 차림의 여인들을 돌아보며 가와시마는 생각했다.

"얼마나 끔찍한 일이 벌어지고 있는지 여러분은 모르실 겁니다!"

마치다가 나눠준 유인물에는 중국 신문의 사설 일부분이 인용되어 있었다. 열변을 토하느라 오무라의 얼굴은 시뻘게져 있었다.

"이 신문 꼴 좀 보십쇼. 불행히도?"

신문을 든 오무라가 사설 한 대목을 손가락으로 콱콱 찍어댔다. 어젯밤 다나카가 짚었던 '불행히도 명중하지 못했다'는 부분이었.

가와시마의 목소리는 너무도 차분했다.

"고결하신 천황 폐하께 폭탄을 던진 조선 놈 이봉창은 여기 상해에서 1년 넘게 살았다 합니다. 헌병대 얘기로는 중국 놈들이 폭탄과 여행경비를 쥐여주곤 그런 짓을 시켰다는군요."

예쁘장한 드레스 자락을 정돈한 가와시마가 지체 높은 부인들을 돌아보며 쥐어짜듯 말했다.

"천황 폐하의 반듯한 신민인 저희가, 어찌 가만있겠어요? 게다가, 중국 신문에 뭐라 나왔나요? 불행하게도 명중하지 못했다고요?"

오무라의 성토가 뜨거웠다면, 마치다는 낮게 으르렁거리다가 탁자를 내리치며 강조하는 방식이었다.

"저희 삼촌도 말씀하셨지만, 명중했으면 행복했을 거라는 거잖아요? 이 미개한 자들이 우리 천황 폐하께 어찌 이다지도 무례하단 말입니까!"

가와시마의 말에 부인들이 고개를 끄덕였고, 그 옆에 앉아 있던 아오이가 추임새를 넣었다.

"중국인들을 성토해야죠. 폭탄이 잘못 터져서 아깝다는 거 아닙니까. 끔찍해요. 여기 상해가 천황 폐하를 시해하려던 자들의 소굴이잖아요!"

오무라와 마치다에 의해, 가와시마와 아오이를 통해, 음식점과 디저트 가게에 모인 자들은 격앙되었다. 들썩이는 사람들을 향해 그들 넷이 힘껏 부르짖었다.

"천황 폐하께 죄를 비는 마음으로 규탄합시다. 이봉창이 무슨 돈이 있어 그런 일을 했답니까? 뒷돈을 댄 놈들을 잡아들이라고 중국 정부에 촉구해야 합니다!"

"시위라도 해야지요. 가두 행진이라도 벌여야지요."

"상해가 이리 개화된 것도 우리 일본인들의 투자가 있어서잖아요. 그런데 배은망덕하게도 중국 놈들은 천황 폐하께 폭탄을 던졌어요!"

"그대로 있을 수만은 없어요!"

가와시마 일행이 일본 조계지 유력자들을 구워삶는 동안, 다나카는 영사관에서 다른 일을 하는 중이었다. 그를 도우려 시게미쓰 공사는 다시 한번 전화통을 붙들어야 했다. 다나카는 상해 거주 일본인들이 회합할 장소를 물색하려 들었다.

결정된 장소는 상해 일본인 구락부였다. 회합 첫날, 드문드문 앉은 일본인 십여 명이 오무라의 연설에 박수를 쳤다. 수는 매일 눈에 띄게 늘어, 나흘이 지나자 수백에 이르는 일본인이 상해 일본인 구락부에 저녁마다 모였다. 구락부가 감당 못할 인원이 되자, 다나카는 안에서는 집회를 열고 바깥 복도와 마당에서는 바자회를 꾸리게 했다.

오무라가 연설하는 단상 뒤에는 일장기가 걸려 있었다. 단상 앞 테이블에는 일본인들이 주르륵 앉아 있었고, 뒤쪽 복도까지 고개 내민 사람들로 빽빽했다. 마이크를 잡은 오무라는 악을 써댔다.

"이 모든 악행의 배후인 중국을 규탄하는 건 우리 황국신민의 당연한 도리입니다! 가만있는 자가 불충한 자요, 떨쳐 일어나 중국을 욕하고 배척하는 자가 충직한 신민입니다!"

얼굴이 시뻘게진 오무라가 틀어쥔 주먹으로 허공을 후려쳤다. 앞줄에 앉은 마치다가 벌떡 일어나 열렬히 박수 치자, 청중들이 파도처럼 일어나 소리 질렀다. 양복 차림으로 복도 저쪽에 서 있던 다나카가 냉랭한 얼굴로 그 광경을 지켜보았다.

일본인 구락부 바깥 복도에는 일본 장병 돕기 바자회라는 현수막이 걸려 있었다. 가까운 화로에 손을 녹인 악단이 연주를 했고, 불가에 모여 있던 일본 여인들이 올드시티 방향을 돌아보며 흉한 표정을 지었다. 가와시마와 아오이는 장식된 테이블 뒤에서 물건 팔고 성금

거두는 내내 귀부인들에게 중국에 대한 악담을 퍼뜨렸다. 천황 폐하 시해 기도범의 뒤엔 중국인이 있어요! 밤에 바자회로 의기투합한 여인들은, 낮엔 기모노를 입고 거리로 나섰다. 일본 조계지 행인들에게 전단지를 나눠주며 가와시마와 아오이는 목에 핏대를 세웠다.

"일본인을 지킵시다! 상해 일본 조계지가 위험합니다! 천황 폐하를 보위합시다!"

가득 쌓인 건초에 기름을 넉넉히 뿌린 건 마치다였다. 그는 상해 일본청년동지회 간부들을 징안쓰루[靜安寺路]에 있는 독일풍 카페 페데랄(Federal)로 불러 커피와 케이크를 대접했고, 밤이 깊으면 러시아인이 운영하는 술집으로 그들을 데려갔다. 며칠 안 가, 새벽 일본 조계지 훙커우[虹口] 공원에 일본인 수백 명이 몰려들었다. 참여자의 이름을 적어 조직화를 이루고 시위를 이끈 자들은 일본청년동지회 간부들이었다. 격문이 쓰인 플래카드와 일장기를 높이 든 시위대가 천천히 행진했다. 앞장 선 일본청년동지회 간부가 붉은 깔대기로 선창한 말을 모두가 따라 외쳤다.

"천황 폐하 시해 기도범을 지원한 중국인은 자폭하라!"

"대일본 제국을 업신여기는 행동을 즉각 중단하라!"

군중에 섞여 구호를 외치던 마치다와 가와시마가, 냉랭한 눈빛으로 간간이 박수쳤다.

그날 이후, 일본 조계지에선 매일 시위가 일어났다. 일본인들은 낮에는 공동조계지를 돌며 올드시티를 향해 구호를 외쳤고, 밤에는 상해 일본인 구락부에 모여 성토대회를 열었다. 오무라가 지피고 마치다가 쑤석여 괄하게 피어오른 일본인들의 손가락질은, 이봉창이 아닌 다나카가 만든 가상의 중국인들을 향했다. 시위대 규모가 수백 명을 넘기자 가와시마 패거리가 손댈 필요 없는 상황이 되었고, 다나카는 음습한 미소를 지으며 흡족해했다.

야자와에게 상해 내 일본인에 대한 사찰 보고서를 받아본 다나카는 이삼일 간 그중 몇몇을 추려냈다. 그리고 그 며칠 동안 야자와는 다나카 류키치의 뒤를 캐내려 들었다. 그는 자기 구역에서 다나카가 분탕 치는 게 견디기 어려웠다.

이틀 내내 문건을 뒤적이던 다나카는 정리를 끝내고 야자와를 호출했다. 그러고는 니치렌 종파 소속의 사찰 묘호지[妙法寺]로 갔다.

차에 함께 앉아 있는 내내 야자와는 불편함을 느꼈다.

일본 조계지에 자리한 묘호지는 경내는 넓으나 사찰 건물은 고졸한 맛을 품은 단정한 절이었다. 참선을 하겠다며 본당에 들어갔던 다나카는 얼마 지나지 않아 야자와에게 돌아왔다. 그들이 누레진 풀밭 사잇길을 걸으며 경내를 돌아보는데, 오무라 마사미치와 아오이 다에코가 사찰에 도착했다. 근시하게 차려입은 오무라는 성공한 사업가로 보였고, 기모노 차림인 아오이는 오무라의 정숙한 아내로 보였다. 마중 온 동자승에게 오무라는 주지 스님을 만나고 싶다며 명함을 건넸다. 묘호지의 주지인 아마자키 케이쇼[天崎啓昇]가 머무는 법당을 향해 동자승이 뛰었고, 야자와 함께 서 있는 다나카를 향해 오무라와 아오이가 까딱 고개를 숙였다. 되돌아온 동자승을 따라 오무라와 아오이가 법당으로 들어갔다.

야자와는 무슨 일이 벌어지는지, 감조차 잡지 못했다.

법당은 다다미가 깔린 넓은 방이었다. 오무라와 아오이는 신을 벗고 법당에 들어갔다. 10여 미터 뒤에서 미닫이문 닫히는 광경을 지켜보던 다나카가 잠자코 경내를 산책했다. 처마에 달린 풍경 소리가 바람에 따라 은은했다. 지시받은 대로 잘하고 있겠지. 다나카는 그리 여겼다.

"계획이 뭔지 여쭤도 되겠습니까?"

발아래로 죽은 풀과 메마른 흙 밟히는 소리가 들렸다. 야자와는 다나카가 혐중 시위를 일으켰다는 건 알았지만, 그걸 통해 뭘 하려는지는 짐작 못 했다.

빙긋 웃을 뿐, 다나카는 답하지 않았다.

20여 분 지났을까. 미닫이문이 열렸고 오무라와 아오이가 마루 밑으로 발 뻗어 신발을 신었다. 배웅 나온 주지 아마자키가 뜰에 선 다나카와 시선이 닿자 합장으로 인사했다. 주지와 다나카 사이는 열 걸음 정도였다. 다나카가 우람한 몸을 기울여 마주 합장했다.

그 순간 야자와는 다나카의 계획이 뭔지를, 순전히 감으로 알아차렸다.

야자와의 깨달음을, 다나카도 알아보았다. 두 사람 모두 첩보와 음모의 세계에 정수리까지 담근 인간들이었고, 인간이 걷는 악한 길을 구석구석 잘 알았다. 맞아, 난 저 승려를 죽게 만들 셈이지. 그럴듯한 구덩이를 마련하느라 오무라와 아오이를 들여보낸 거고.

야자와는 어젯밤 접했던 다나카 류키치에 대한 뒷조사 내용을 떠올렸다. 보고서엔 다나카가 꽤나 불심이 깊은 니치렌 불교 수행자라고 적혀 있었다. 그런 사람이 니치렌 승려를 죽일 계획을 짠단 말인가.

다나카는 절 밖으로 걸어 나가는 중이었다. 놀란 야자와가 다나카를 뒤쫓았다. 택시를 탄 오무라와 아오이는 벌써 떠나고 없었다.

"왜 하필 승려입니까?"

"사람들은 종교인을 숭고하게 여겨. 숭고하기까지 한 일본인이 죽는다면 분노가 더 크겠지."

잠시 말을 쉰 다나카가 야자와를 힐끗 보았다.

"중국인이 일본 승려를 죽였다…… 그림이 좋잖아."

"소좌님도 니치렌 신도잖아요."

"나는 내 종교를 알려준 적이 없는데."

미소 짓는 다나카를 향해, 야자와가 지지 않겠다는 심정으로 내뱉었다.

"니치렌 신도이면서 니치렌 승려를 죽게 만들겠다는 겁니까?"

그건 비난이었다. 하지만 다나카는 왜 비난받는지, 자기 계략이 어째서 문제가 되는지 이해하지 못 했다. 전혀 모르겠다는 표정으로, 다나카가 눈을 가늘게 떴다.

"그게 왜?"

같은 시각, 가와시마 요시코와 마치다 료타는 올드시티 남단을 걷는 중이었다. 바닥이 고르지 못해 집까지 비틀린 듯한 인상을 주는 그곳은 반짝이는 상해의 누추한 뒷면이었다. 아니, 어쩌면 상해의 진짜 얼굴은 여기가 아닐까. 가와시마는 잠깐 그런 생각을 했다. 포마드 발라 머리를 뒤로 넘긴 가와시마는 중절모까지 온전한 남장 차림이었고, 마치다는 셔츠에 소매 없는 스웨터를 입은 탓에 대학 나온 선생처럼 보였다. 낯선 모퉁이들을 천천히 더듬으며 그들은 상해 성내 음습한 곳으로 나아갔다.

그곳은 아편굴과 매음굴이 뒤섞인 누추한 공간이었다. 입구에 기대어 선 덩치 큰 작자들이 심드렁한 얼굴로 그들을 건너다보았다. 가와시마가 이름을 대자, 덩치들이 서로를 바라보았다. 용건을 물은 하나가 안으로 휙 들어갔고, 남은 덩치가 두 사람에게 안으로 들어가라 시늉했다.

뿌연 연기 사이로 아편에 취해 늘어진 너절한 인간들이 보였다. 수십 개의 멍한 시선을 지나, 덩치는 두 사람을 골목 저편으로 데려갔다. 따라 걸어가며, 가와시마와 마치다는 조그맣게 대화했다.

"오래 거래한 사이입니까?"

"자잘하게 몇 번."

마치다가 조용히 고개를 끄덕였다. 가와시마가 청 황실의 공주라지만, 그 본질은 지저분한 뒷골목과 축축한 욕망에 더 가깝다고 마치다는 생각했다. 가와시마가 이 정도로 유능한 까닭이 달리 뭐겠는가. 길거리는 많은 걸 가르쳐주는 법이었다.

발을 걷고 나오는 사내는 부하들 못지않았다. 제멋대로 살아온 삶이 얼굴에 그대로 보이는 사내가 둘을 비스듬히 쳐다보았고, 가와시마가 인사를 건넸다.

사내는 인사 따위엔 관심이 없었다. 사내의 입에서 제법 괜찮은 일본어가 튀어나왔다.

"누구를 죽여달라 했다며?"

"협상을 하러 온 거예요."

"누굴 죽이려는가에 따라 위험도 다르고 금액도 달라지지."

사내와 그들 사이엔 큰 탁자가 자리했다. 그리 걸어간 마치다가 거기에 가죽가방을 올렸다. 가방에서 위안화 다발을 꺼낸 마치다가 그걸 벽돌처럼 차곡차곡 쌓아 올렸다.

"착수금이 이 정도예요. 일이 끝나면 이만큼을 더 드리죠."

"누굴 죽이느냐에 따라 달라진다니까."

"어렵진 않을 거예요. 일본인 승려거든요."

의외의 대답에 사내가 몸을 뒤로 젖히고 눈을 끔뻑였다.

"일본 승려? 중?"

"일본인을 미워하는 중국인 많잖아요. 그들을 고용해요. 다만 때려죽여야 합니다. 반드시."

사내는 가와시마의 요구가 납득 가지 않는 모양이었다.

"당신 이름 가와시마가 아니었던가? 일본인 아니냐고."

"그럼 당신은 중국 사람에겐 아편을 안 파나요?"

가와시마가 툭 던진 말에 사내가 낄낄 웃었다. 마치다가 벽돌 같은 현찰 묶음을 툭툭 건드렸다.

웃음을 그친 사내가 마치다를 한동안 쳐다보았다. 그러고는 탁자에 놓인 현금 다발로 탐욕스레 손을 뻗었다.

일은 다음 날 벌어졌다. 여느 때와 마찬가지로 일본청년동지회가 주도하는 시위대가 홍커우 공원에 모였다. 청년들이 앞장서자 유력자들과 부인들이 뒤따랐으며, 천황에게 폭탄 던진 이봉창과 그를 사주한 중국인을 비난하는 구호가 자연스레 터져나왔다. 일본 조계지를 떠난 그들 시위대는 영국 조계지를 향해 걸어 나갔다.

같은 시각, 묘호지 주지 아마자키와 수행승 미즈카미 히데오[水上秀雄]는 신도 세 명과 함께 포교 활동 중이었다. 보름에 한 번 그들은 니치렌 불교를 알리려 맑은 종소리를 내며 거리를 걸었다. 승려들을 뒤따르는 신도들이 교단을 알리는 내용이 인쇄된 전단지를 나눠주었다.

다나카가 면담을 간 오무라와 아오이를 통해 알아내려던 게 바로 이것이었다. 언제 어디에서 승려들이 포교를 하는지, 다나카는 파악하려 했다.

사내의 부하들은 반대편 거리에서 기다리는 중이었다. 싼유시예[三友實業]라는 수건 공장 인근이었다. 공장 마당에서는 노동자를 대상으로 상해의용군을 모집하고 있었는데, 이마저도 다나카의 계산 안에 들어 있었다. 일본 승려와 신도들이 가까워지자 중국인 폭력배들이 중국어로 욕을 하며 손가락질을 해댔다.

"여긴 중국이다!"

"중국인이 우선이다!"

놀란 승려 일행이 멈칫거렸고, 중국 깡패들이 우르르 달려나갔다. 비틀거리는 주지 아마자키와 수행승 미즈카미를 깡패들이 찍어 누르고 짓밟기 시작했다. 비명을 지르며 달아나던 신도들도 끝내 붙들려 끔찍하게 얻어맞았다. 구타당한 이들의 머리에서 붉은 피가 흘러나와 바닥을 적셨다.

1932년 1월 18일 오후 4시의 일이었다.

두들겨 맞은 일본인 다섯 중 죽은 자는 수행승 미즈카미였다. 다나카가 지목했던 주지 아마자키는 간신히 목숨을 건졌다. 나머지 셋도 얼굴을 알아보기 힘들 정도로 다쳤지만, 죽은 사람은 미즈카미 하나뿐이었다.

그리고 죽은 승려가 누군들 다나카는 상관없었다.

소식은 당일 즉각 일본 조계지로 퍼져나갔다. 신문 호외가 나오기도 전에, 사람과 사람 사이에 뉴스가 퍼졌고, 상황은 부풀어갔다.

비폭력으로 대응하는 스님을 일부러 모욕했다더라.

중국인 수십 명이 대여섯도 안 되는 일본인을 때렸다더라.

다른 승려들도 공격받아 또 수십 명 죽었다더라.

양손을 벌리고 자비를 애걸한 사람들을, 넘어뜨려 목을 밟아 괴롭게 죽였다더라.

며칠 간의 시위로 일본인들은 달궈진 상태였고, 진실 여부는 중요하지 않았다. 다음 날인 1월 19일 밤, 일본청년동지회 서른 명이 칼과 곤봉과 브라우닝 권총으로 무장하고 시위를 벌였다. 조직되지 않은 성난 사람들의 움직임은 걷잡을 수 없었다. 지금까지와는 반대로, 횃불을 들고 거리로 쏟아지는 사람들에게, 이번엔 가와시마 패거리가 얹혀 갔다. 여자는 거의 없었다. 흉심을 품은 일본인들의 불온한 얼굴이 횃불 아래 번들거렸다. 행진하는 시위대 뒤로, 붉은 깔때기를 건네받은 마치다가 힘껏 외쳤다.

"천황 폐하 시해를 사주한 이놈들이 이제 일본 불교를 포교하던 승려까지 때려죽였습니다!"

시위대 중간에서 함께 행진하던 가와시마와 오무라가 악을 썼다.

"일본인을 지키려면 중국 놈을 죽여야 한다!"

"싸웁시다, 싸웁시다!"

통제받지 않은 군중들이 거리로 내달렸고, 한산한 거리를 오가던 중국인들이 놀라 몸을 돌렸다. 곳곳에서 일본인 폭도들이 중국인들을 잡아 누르고 몽둥이를 휘둘러 쓰러뜨렸다. 일본청년동지회 간부들은 시위대를 수건 공장으로 이끌었다. 수행승 미즈카미가 죽은 이곳은 일본 상품 불매운동의 거점인 동시에 상해의용군이 조직되는 현장이었다. 다나카의 의도대로, 일본청년동지회는 그 점을 거슬려 했다.

공장 노동자들이 시위대를 막으려 뛰쳐나왔지만, 오히려 매 맞아 으깨질 뿐이었다. 곤봉 든 자들이 수건 공장 인근 중국인 가게들을 때려 부수고, 횃불을 그리 던져넣었다. 횃불 중 몇 개가 수건 공장 마당에 놓인 인화물질에 닿았고, 커다랗게 인 불길에 일본인들은 환성을 질렀다. 유리 조각이 포석 위로 깨어져 흩어졌고, 서글픈 보석 조각처럼 불길에 반짝였다.

다나카가 관동군에 복무하며 배웠던 건 이런 것이었다.

전쟁은 명분으로 일어난다.

하지만 명분이 올바를 필요는 없다.

그럴듯하게 명분을 꾸며라. 전쟁 따윈 이기면 그만이다.

천황 폐하 시해 기도범 이봉창을 사주하는 자들을 규탄하던 시위는, 가증스러운 중국인을 멸하자는 직접적인 행동으로 바뀌었다. 다나카의 귀띔을 받은 일본 헌병대와 일본 경찰은 시위를 방관했다. 뒤늦게 출동한 중국 경찰은 시위대를 막아내긴커녕, 날뛰는 군중에 휩쓸려 무너졌다. 피투성이 상태로 쓰러진 중국 경찰의 시신 너머로 불길은 커져만 갔다.

건물 높은 곳에 서 있던 다나카는 흥분 속에서, 이 광경이 지극히 아름답다고 생각했다.

김구는 김철의 집에서 하루만 잤다. 일본 조계지가 시위로 들끓던 일주일 사이, 김구는 거처를 자주 바꾸었다. 프랑스 조계지는 일본 헌병대의 난입과 체포를 막을 뿐이었다. 상해 모든 곳과 마찬가지로, 프랑스 조계지에도 각국의 스파이가 득실거렸다. 김구는 야심한 밤에만 움직였고, 임정 사람들에게도 자신이 어디에 머무는지 알리지 않았다.

늦은 밤, 조지 애쉬모어 피치(George Ashmore Fitch)는 자기 집 현관 인근을 서성이고 있었다.

그는 아까 낮에 둬룬루[多倫路] 홍더탕[鴻德堂]에서 낯선 조선 청년의 방문을 받았다. 상해 선교에 삶을 바친 그의 아버지 조지 필드 피치(George Field Fitch) 목사를 기리려 미국 장로회가 세운 교회 홍더탕은, 우뚝 선 잿빛 외관에 둥근 중국식 창과 바짝 선 처마를 지닌 아름다운 건물이었다.

진중한 태도로 다가온 허름한 차림의 청년은, 무거운 낯빛으로 대한 임정 국무령이 찾아올 거라고 얘기했다.

조지 애쉬모어 피치는 아버지와 마찬가지로 장로교 목사였다. 상해에 선교사로 온 아버지 피치 목사는 상해 YMCA를 통해 상해 조선인과 미주 조선인 사이를 연결했고, 상해 조선인을 위한 모금 활동과 구호 활동을 꾸준히 하다 8년 전, 1923년에 병으로 죽었다.

아들인 애쉬모어 피치 목사 또한 상해 YMCA를 통해 알게 된 중국 고위층과 상해 임정 사람들의 교류에 힘썼고, 가난한 조선인들을 물심양면으로 도왔다. 머리가 반쯤 벗어진 그는 잔잔한 눈매에 우뚝 솟은 콧날을 지녔고, 얇은 입술 위에 기른 콧수염은 성기면서도 좁았다. 상해에서 반평생을 보낸 홀쭉한 피치 목사는 올해로 51세였다.

김구는 피치 목사를 각별하게 여겼다. 하와이 교포들로부터 받은 거금은, 피치 목사를 통한 루트로 전달된 것이었다. 김구를 비롯한 임정 사람들에게 피치 목사는 남다른 사람이었다.

똑, 또도독, 똑. 약속한 박자의 노크가 들리자, 피치 목사가 서둘러 문을 열었다. 따뜻한 집안 공기를 만난 엄항섭의 둥근 안경에 뿌옇게 김이 서렸다. 바짝 붙어 들어온 안공근의 표정을 본 피치 목사가 마음껏 하라는 듯 집안을 향해 손을 뻗었다. 목례를 올린 안공근이 집안 곳곳을 살피기 시작했다. 엄항섭은 안공근의 고집을 미안해했다. 그런 엄항섭에게 피치 목사가 너그러운 표정을 지으며 영어로 말했다.

"괜찮소. 둘러보시오."

브라우닝 권총이 든 주머니에 손을 찔러넣은 채 2층까지 샅샅이 살편 안공근이 계단을 내려왔다. 거실에 앉아 있던 피치 목사의 아내 제랄딘이 일어나 목례를 건네고는 부엌으로 갔다. 엄항섭은 겸연쩍어 했지만, 피치 목사는 오히려 덤덤해했다.

"당신 할 일이지 않소."

엄항섭이 조선말로 바꾼 말을 들은 안공근이 무표정하게 고개를 끄덕였다. 주방에서 그릇 부딪치는 소리가 났고, 피치 목사는 아내가 임정 사람들을 위해 식사를 차리는 모양이라고 생각했다.

김구는 현관이 아닌 뒷문으로 들어왔다. 놀라서 눈을 꿈뻑이는 피치 목사를 향해 안공근이 겸연쩍은 미소를 지어 보였다.

"아까 집을 살피다 열어두었소."

여성과 같은 식탁에 앉았을 때 조선인들이 느끼는 관습적 불편함을 잘 아는 제랄딘은 거실로 나갔다. 훤칠한 키에 서양인다운 큰 체격을 지닌 그녀는 매만지기 편하게끔 짧게 친 금발에 테가 굵은 안경이 인상적이었다. 축음기에 남편이 올려둔 레코드판을 틀어 대화가 이리 넘어오지 않게 한 그녀는, 소파에 앉아 YMCA 소식지를 뒤적였다.

식탁 상석에 앉은 피치 목사는 김구와 김철과 엄항섭이 식사하는 모습을 한동안 지켜보았다. 안공근은 잠긴 뒷문을 다시 확인한 다음에야 빵을 찢어 닭고기 수프에 담갔다. 잘 손질된 은 식기가 전등불에 반짝였다.

"정세 파악이 다급합니다. 그래서 여기로 왔습니다."

김구의 말을, 엄항섭이 피치 목사에게 통역했다.

김구는 일본이 일으키는 반중 시위에 주목하고 있었다. 며칠 전엔 수건 공장에 불이 나고 중국 경찰이 죽었다. 수건 공장을 태운 시위대는 다음 날인 1월 20일, 상해 일본인 구락부에 모여 일본인 보호를 위한 일본군 파견 요구를 의결했다. 그러고는 일본 영사관과 일본 해병대 본부로 행진하며 마주친 중국인들을 마구잡이로 때렸다. 중국인 상점이 불탔고 전차와 버스가 박살났으며, 영국 경찰과 미국 경찰도 폭행을 당했다.

상해에는 중국 19로군 3개 사단 9만 명이 주둔하고 있었다. 조계지 진입이 금지된 중국군은 조계지 밖에 방어진지를 구축하고 황포쟝 유역에 포대를 설치했다. 그러자 일본은 중국이 위협을 가한다고 펄펄 뛰었다. 거기까지가 김구가 들은 상황이었다. 일이 어찌 돌아갈 것인가. 프랑스 조계지에 갇힌 김구는 바깥 형편에 목이 말랐다.

"왜놈들이 대체 뭘 주장하는 겁니까?"

엄항섭의 통역을 들은 피치 목사가 대답을 했다.

"일본은 중국군 병력을 상해에서 아예 빼라고 요구 중입니다."

"승려가 죽었다는 이유로요? 그놈들이 중국 경찰을 죽인 건 어쩌고요?"

김구가 혀를 찼고, 맞은편에 앉은 김철이 말을 흐렸다.

"상해가 중국 땅인데 군대를 빼라니……."

엄항섭의 통역을 들은 피치 목사가 왜 아니겠냐는 표정을 지으며 어깨를 들었다 놓았다.

"상해 일본군은 이 일이 중국 노동자들이 모인 노동자위대 소행이라고 주장한답니다."

피치 목사가 설명을 이어갔다.

일본 영사관은 시위대를 진정시키기는커녕 중국 정부에 적반하장식 요구를 늘어놓아 사태를 꼬이게 만들었다. 이에, 중국인들의 생명과 재산을 보호하고자 중국 정부는 계엄령을 발동시켰다. 19로군이 프랑스 조계지와, 일본과 영국과 미국과 이탈리아의 공동조계지 바깥을 둘러쌌다. 올드시티와 공동 조계지의 북부인 자베이에도 모래자루와 가시 철망으로 이뤄진 바리케이드가 구축되었다. 모든 외국인은 조계지 내부로 이동하라. 중국 정부의 입장이 신문에 실렸고, 동일한 안내를 외치는 군용 차량들이 조계지 인근을 빙빙 돌았다.

"상해 북단에서 일본군의 움직임을 봤다는 얘기가 있고, 일본 헌병대가 시가전에 대비한다는 소문도 있습니다."

상해 거주 일본인들의 요청은 즉각 받아들여졌다. 이삼일 전 상해 외곽에 다다른 일본군 병력은 함정 30척과 전투기 40기를 포함한 7,000명 규모로 알려졌다. 상해 북쪽으로 수십 킬로미터 떨어진 양쯔짱[揚子江]과 충밍따오[崇明島] 사이 너른 강변에, 일본 군대는 상륙했다. 일본 조계지의 헌병대와 해병대 병력은 1,000명가량이었다. 19로군은 자베이 저 먼 북쪽에 방어선을 설정하고 거기에 병력을 집중 배치하기 시작했다. 그들은 상해 북부 외곽에서 일본군의 진입을 저지할 작정이었다.

다른 조계지 국가들의 계엄령은 오늘 오후 5시에 선포되었다. 김구 일행이 피치 목사에게 오던 즈음에 계엄령이 떨어진 것이다. 미국과 영국과 이탈리아와 프랑스는 조계지에 배치된 군대를 각자의 담당 경비 구역에 집결시켰다. 전쟁에 끼려는 게 아니라, 상해에 들여놓은 자국의 기반시설을 지키려는 것이었다. 각국이 상해에 투자한 누적 금액은 천문학적이었다. 영국이 5억 3,400만 위안을, 일본이 3억 8,000만 위안을, 미국과 프랑스가 각각 1억 6,300만 위안과 1억 300만 위안을 상해에 투자했다. 전쟁이 상해 경제에 가할 타격에 영국과 미국과 프랑스와 이탈리아는 머리를 감싸 쥘 지경이었다.

"중국은 강경합니까?"

김구는 북만주처럼 중국이 저절로 물러서면 어쩌나 걱정했다.

"강경합니다. 중국은 일본의 요구를 불쾌하게 여겨요."

피치 목사는 상해 YMCA에서 중국 고위층과 매주 성경 읽기 모임을 가졌기에 그쪽 사정에 밝았다. 피치 목사는 전쟁이 벌어지면, 장제스가 군대를 추가로 투입할 거라고 확신했다. 상해에서 중화민국의 수도 난징[南京]은 매우 가까웠고, 앞마당인 상해를 내주면 안방인 난징까지는 두어 걸음에 불과했다. 턱 밑에 단도가 겨누어진 장제스는 상해를 포기할 수 없었다.

그리 설명하던 피치 목사는 아내 제랄딘에게 틀어두라며 자신이 걸어둔 레코드판이 구스타브 홀스트가 작곡한 〈행성〉 중 '화성'임을 깨닫고 저도 모르게 몸을 떨었다.

식사도 잊은 채, 김구는 생각에 골몰했다. 만주를 석권한 일본이 상해에 전쟁을 일으키려는 걸까. 기세가 좋다지만, 만주와 상해 두 곳에 전장을 만들고 운영할 정도라고?

"국제연맹이 만주에 시찰단을 파견하기로 결정했어요. 일본은 만주를 중국에 돌려줘야 할 겁니다."

피치 목사는 낙관적이었지만, 김구는 끝내 그럴 수 없었다.

김구는 임정이 걱정이었다. 프랑스 정부는 조계지 내의 안전을 담보할 수 없다고 통보했다. 중국과 일본 사이의 긴장은 극도로 높았고, 상해에 공장과 기업을 지닌 강대국 모두가 이 상황을 지켜보고 있었다. 정말 왜놈들이 중국과 전쟁을 벌인다고? 그렇다면 대한민국 임시정부는 어찌해야 하는 걸까.

아니, 임정이 뭘 어쩔 수라도 있는 건가.

처음 그 소리를 들은 사람은 제랄딘이었다. 거실 소파에 앉아 있던 그녀가 창밖을 보더니 남편을 불렀다. 포크와 나이프를 어색하게 잡고 있던 조선인 넷이 키가 껑충 큰 피치 목사를 따라 거실로 천천히 나왔다.

소리는 한참 뒤에야 다시 들렸다. 아주 멀리서 들리는 쿵쿵 소리였다. 서로를 돌아보던 그들은 현관 밖으로 나갔다. 차가운 바람이 불어오는 거리에 선 김구와 피치 목사와 김철과 엄항섭과 안공근이, 굉음에 귀를 기울였다. 저 먼 북쪽에서 대포 소리가 들려오고 있었다. 신음을 흘리던 김구가 입을 뗐다.

"전쟁이 난 걸세. 중국과 일본 사이에. 상해를 두고!"

1932년 1월 28일, 일본 승려가 죽은 지 열흘 만에 일어난 전쟁이었다.

자정이 넘은 그 시각, 다나카는 영사관 무관실에 머물고 있었다. 중국군을 공격할 거라는 일본 파견군 사령관의 결정을, 다나카는 아까 해질 무렵 전해 들었다.

벌떡 일어선 다나카가 무관실을 쿵쿵 가로질렀다. 창문은 북쪽으로 활짝 열려 있었다. 일본 상륙군이 보일 리 없었다. 다만 먼 포성이 들릴 뿐이었다. 그 소리를 들으며 다나카는 두꺼운 포대 끝에서 뿜어져 나오는 잿빛 포연과 시뻘건 불꽃을 상상했다.

그건 자신이 쏘아 올린 불꽃이었다.

다나카는 사고를 치라는 비밀 지령을 받고 이곳 상해에 파견되었다. 상해 전체를 태워 세계를 돌아보게 만들라는 지령은 오늘, 완벽하게 달성되었다.

내가 피워 올린 불꽃이 상해 전체를 뒤덮으리라. 지독한 만족감이 다나카 류키치의 정수리까지 꽉 차 있었다. 세계여, 내가 상해에 낸 불길에 홀려보아라. 나 다나카 류키치가 피워 올린 교묘한 아지랑이에 취해보아라. 단 몇 명이 일으킨 전쟁이란 게 인류사에 몇 번이나 있을까. 하지만 언제나 그 이상을 원하는 다나카는 안주할 생각이 없었다.

"맞아요, 이게? 당신이 치려던 사고가?"

추위를 느꼈는지, 가와시마가 다나카의 군복 상의를 알몸 위에 걸쳤다. 그러더니 난로 옆 의자에 가서 고양이처럼 몸을 오그리고 앉았다.

"화약이 터지고, 비명이 차오르고, 포격에 건물이 깨져나가고. 더 큰 사고가 또 있을까."

다나카가 흡족한 미소를 지었다.

가와시마는 다른 생각 중이었다. 담배를 입에 문 그녀가 성냥으로 손을 뻗었다.

"돈이 필요해요. 한 덩이씩 쥐여주고 입단속을 시켜야 하니까."

"무슨?"

"배우들요. 일을 달성했으니 내보내야지요."

"아니, 아직은."

다나카가 가와시마에게로 몸을 돌렸다. 성냥을 집어 든 그대로 뭔가 묻는 듯한 표정을 짓는 가와시마를, 다나카가 쳐다보았다. 그러고는 반쯤은 꾸짖는 듯한 투로 말했다.

"배쿠존손 잡아야지."

3

이봉창이 도쿄에서 의거를 벌인 건 1932년 1월 8일이었다. 그리고 2월 초부터 상해 우편총국에 우편물이 쇄도했다. 전 세계에 퍼져 있는 조선인들이 상해 임정 청사로 보내는 격려 편지들이었다. 편지에는 우편환이 담겨 있었는데, 몇 푼에서 수십 달러나 되는 금액까지 주머니 사정에 따라 제각각이었다.

그 돈을 찾으러 우편총국에 사람을 보낼 순 없었다. 내려진 계엄령과 곧이어 벌어진 전쟁 때문에 상해 모든 조계지의 검문검색이 강화되어 있었다. 각국 군인들과 경찰들은 수상한 자들을 불심검문했고, 인력거와 삼륜차와 택시를 세워 공민증을 요구했다. 안공근은 황병립을 죽인 일로 일본 헌병대가 아직도 우편총국에 도사리고 있을 거라 여겼다.

안공근이 헛짚은 건 아니었다. 전쟁이 벌어져 헌병대 인원이 부족한 와중에도 와타나베는 우편총국을 감시하고 싶어 했다. 야자와는 허락했지만, 며칠 뒤엔 전쟁을 핑계로 그만두게 만들었다.

와타나베와 달리, 그는 황병립이 왜 죽었는지를 잘 알았다.

야자와의 목표는 김구였다. 오래 모략을 꾸민 그로서도, 김구를 단독으로 끌어낼 방법은 전혀 없었다. 미로 속에 도사린 김구를 잡아들이려면 꿀을 바른 미끼인 밀정을 써야 했다. 야자와는 밀정을 제대로 쓰려고 밀정을 적의 손에 죽인 것이었다. 이 일이 어찌 돌아가는지를 아는 자는 야자와 말곤 아무도 없었다.

그는 훈련받은 대로 할 뿐이었다. 적을 속이려면 아군부터 속여라.

전쟁은 뜻밖이었다. 야자와는 니치렌 사찰을 찾아간 다나카의 의도를 전쟁이 터진 뒤에야 알아차렸다. 실로 교묘한 술책이라는 감탄을 낸 야자와가 저도 모르게 목을 오므렸다. 자신이 다나카와 견줄 수준이 아니라는 걸 곧장 깨달은 야자와는 첩보 보고서를 읽으며 자기 사무실에서 고요히 지냈다.

와타나베는 야자와에게 프랑스 공무부에 백정선 체포를 허가해 달라는 공문서를 보내자고 제안했다. 야자와는 시큰둥했지만, 와타나베는 무슨 바람이 불었는지 열정으로 펄펄 끓었다. 프랑스 공무부는 일본인 시위대가 벌인 구호를 문제 삼았다. 일본인 시위대는 이봉창의 배후에 중국이 있다고 주장하지 않았냐며, 프랑스 공무부는 백정선으로 의심되는 조선인을 잡아들이겠다는 요구를 거절했다.

다시 우편총국에 매달린 와타나베는 찬 바람 가득한 옥상에서 거리를 굽어보며 있지도 않은 조선 독립분자들을 눈 빠지게 살폈다.

전쟁이 벌어졌지만, 소란이 일진 않았다. 조계지 내 외국인들은 이 불이 거세지지 않으리라 예상했고, 크게 동요하지 않았다. 하지만 기회를 붙들려는 자는 어디든 있게 마련이었고, 상처에 바르는 양약과 등화관제에 쓸 두꺼운 커튼과 양고기 통조림과 헌 옷을 무더기로 쌓아 파는 잡상인으로 좁은 리룽들은 가득 찼다.

피치 목사의 연락을 받은 사람은 김철이었다. 청사로 전갈이 왔는데, 미행을 염려한 노종균은 조선인 청년들 몇몇을 거쳐 김철에게 말이 들어가게 만들었다.

피치 목사는 중국 고위층 인사인 궈다이치[郭泰祺]가 국무령 김구를 만나고 싶어 한다고 전했다. 올해 45세인 궈다이치는 일선에서 물러나 있지만, 한때 중화민국 외교부 핵심이었다. 노종균이 했던 것과 비슷하게 김구와 의견을 주고받은 김철이 피치 목사에게 전갈을 보냈다.

"내일 오전에 뵙자 하십니다."

궈다이치와 피치 목사 모두 상세한 시간을 묻진 않았다. 그들은 밀정들의 눈을 피해야 하는 김구의 사정을 깊이 이해하고 있었다.

"사람을 심어두었다가 궈다이치가 들어가자마자 따라 들어가면 어떨까요?"

노종균이 제안했고, 김구와 안공근도 좋다 여겼다. 1932년 2월 초의 일이었다.

김구 일행은 안공근과 김철과 엄항섭이었다. 피치 목사의 집 주방 테이블에 앉아 있던 궈다이치가 김구에게 양손을 내밀었다.

"중국 정부의 전언을 대한민국 임시정부 국무령께 전하게 되어 영광입니다."

마주 앉은 김구를 향해 궈다이치가 말했고, 김구가 얼른 고개를 끄덕였다. 김구는 마음이 급했다.

"본론이 무엇이오?"

김구와 달리 궈다이치는 느긋했다.

"이번 이봉창 의거를 중국 정부는 높게 평가합니다."

"우린 아시아 전체를 위협하는 일본 제국주의의 심장을 치기 위해 이번 거사를 벌였소."

"많은 중국인이 이번 일로 놀랐습니다. 도쿄에서 직접 천황을 노리다니 실로 대담합니다!"

김철과 엄항섭의 얼굴에 흡족한 미소가 돌았다. 김구는 곧장 대답하지 않았다. 궈다이치가 중심을 치고 들어왔다.

"중국 정부는 대한민국 임시정부의 존립을 지지하고 활동을 지원하려 합니다."

김구는 멍한 기분이었다.

지금까지 중국 정부와 조선인들의 관계는 뭐 하나 좋은 게 없었다. 일제 치하가 된 고국을 떠나 만주로 밀려난 조선인들은 기존 중국인들에게 견제와 질시를 받았고, 만주를 침략하려는 관동군은 두 민족의 갈등을 자극적으로 부풀려 왔다.

만주에서 벌어지는 사건들로 인해, 상해 내 조선인에 대한 중국인의 시선도 곱진 않았다. 중국인 대부분은 대한민국 임시정부를 종양으로 여겼다. 가뜩이나 복잡한 상해 내 국제정세 구도에 어지러움 한 가닥을 더하는 하찮은 존재가 바로 대한 임정이었다. 상해 내 조선인들을, 중국인들은 멸시했다. 나라 잃은 그들은 또 다른 차별 아래 말 못 할 괴로움을 감내해야만 했다.

"그대들은 일본과 싸웠습니다. 그리고 이제 우리도 일본과 맞서고 있습니다. 중국은 대한 임정과 나란히 서려 합니다."

"어떤 지원을 말씀하십니까?"

"병기창을 열 것입니다. 중국 군수품이 대한 임정을 위해 쓰일 겁니다. 장제스 총통과의 면담도 주선하겠습니다."

찌르르해진 가슴을 감추려 김구가 몸을 구부렸다. 그제야 김구는 깨달았다. 이봉창이 준 가장 큰 선물이 이것이로구나. 이봉창의 의거로 인해 대한민국 임시정부의 위상이 이토록 달라졌구나. 그의 대견한 희생으로, 임정의 이름이 저만치나 높아졌구나.

자리에서 일어난 김구가 궈다이치를 향해 양손을 내밀었다. 맞잡은 손을 흔들며 김구가 대답했다.

"중화민국 정부의 옆에 언제나 대한민국 임시정부가 함께할 것이오."

궈다이치와 헤어진 그들은 혹시 모를 미행을 따돌리려 잡화점과 국수 가게와 커피하우스에 들어가 뒷문으로 나오는 등 상해 뒷골목을 복잡하게 누볐다. 중국인 시장의 길은 폭이 5미터가 안 되었고, 사람들은 어깨를 부딪치며 걸었다. 그런 길 속에서 김구와 임정 사람들은 익명성을 유지했고, 사람들 사이에 묻히는 방법으로 정체를 가렸다. 프랑스인들이 새로 정비한 구역으로 갈수록 중국인은 적어졌고, 그들은 점차 도드라졌다. 전쟁과 상관없는지, 러시아 사람이 운영하는 발칸 우유점에서는 진한 커피향과 함께 재즈 연주가 흘러나왔다.

멀리 북쪽 하늘에서 굉음이 들려왔다. 전투기들이 상대 꼬리를 물기 위해 복잡하게 하늘을 오가며 내는 소리였다. 먼 이곳에서 저 하늘의 전투기들은 구분 안 되는 날벌레처럼 보였다. 김구 일행은 그 광경을 잠시 지켜보았다. 같은 곳을 지켜보던 중국인들이 주먹을 흔들며 중국 전투기를 응원했지만, 소리는 뻗을 길이 없었고, 주먹은 닿을 도리가 없었다.

헤어지기 직전, 궈다이치는 반가운 말을 하나 더 꺼냈다.

"해외 조선인들이 격려 우편환을 많이 보낸 걸 압니다. 저희가 그 돈을 가져다 드리겠습니다."

그 말에는 안공근조차 미소를 지었다.

김구의 지시를 받은 엄항섭은 일행과 떨어져 홀로 시멘루[西門路] 226호 김홍일의 집으로 갔다. 이 밤 안으로 김홍일과 결정을 내려야 해. 벌어진 헝겊신 사이로 튀어나오는 발가락이 시린 것과 별개로, 김구의 가슴엔 벌건 숯이 들어선 것만 같았다.

그들은 안공근의 집에서 자기로 했다. 바깥 계단을 통해 사진관 이층집으로 올라간 안공근이 노크를 했고, 바깥방에 앉아 있던 둘째 아들 낙생이 문을 열어주었다. 김구와 김철이 안으로 들어가자, 안공근이 두 개의 자물쇠를 마저 잠갔다.

안공근이 내어주는 가장 아늑한 공간을 극구 마다한 김구는 발이 쳐진 공간에 자기 침상을 두게 시켰다. 바깥방은 젊은 낙생의 차지였다. 문가에 머리를 둔 그는 자는 종종 계단에 뿌려놓은 유리 조각이 신발에 으스러지는지 귀를 기울였고, 안공근은 간혹 깨어 커튼 사이에 눈을 대고 밖을 살폈다.

안공근이 차를 내오려 청동색 쇠주전자를 불 위에 올렸고, 안낙생이 선반에서 찻잔을 내렸다. 의자에 앉은 김철이 불을 바라보며 골똘히 생각에 잠겼다.

발 안쪽 침상에 앉은 김구는 눈을 감은 채 잠시 쉬었다. 일이 이리 풀려갈 줄 몰랐던 김구는 놀라운 축복과 행운이 저 높은 곳에서 쏟아져 내리는 기분이었다. 이 모든 게 이봉창 덕이라고 생각하자, 마음이 괴로워졌다. 김구는 일본인들이 사람을 어떻게 고문하는지 잘 알았다. 그 기억을 떠올리자 고문받았던 자리들이 다시 이 갈리게 아팠다. 고문이 끔찍한 이유가 바로 그것이었다. 아무리 시간이 가고 상황이 바뀌어도 고문받았던 고통은 결코 줄어들거나 사라지지 않았다.

엄항섭과 김홍일은 오래 걸리지 않았다. 아버지의 눈짓을 받은 안낙생이 우린 차를 다완에 그대로 두고 바깥방으로 갔다.

"이제야 임정의 숨통이 트이나 봅니다."

오는 길에 엄항섭에게 귀다이치와의 일을 들은 김홍일은 얼굴에 화색이 돌았다.

"전쟁은 어찌 돌아가는 중인가?"

상해 북부에서 벌어지는 중국과 일본의 전투는 교착상태에 놓여 있었다. 차이팅카이[蔡廷鍇]가 이끄는 상해 주둔군 19로군은 기강이 잘 잡혀 있어 장제스로부터 철군(鐵軍)이라는 칭찬을 받은 부대였다. 일본군이 야포와 기관총으로 공격했지만, 19로군은 상해 북부를 악착같이 지키는 중이었다.

"왜놈들이 증원군을 꾸준히 보내는 모양입니다."

전쟁이 벌어진 뒤 일본은 두 번의 총공세를 벌였고, 중국군이 파악하기로는 곧 3차 공세가 진행될 예정이었다. 19로군만으로는 부족했다. 중국군에겐 지원이 절실했다.

"상해에서 전쟁이 벌어지니, 중국 서남부에서 공산당 세력이 다시 일어나는 모양입니다. 중국 북부 다른 군벌들은 장제스의 남경 정부가 무너지면 거길 차지하려는 속셈이구요."

"지독한 내우외환이로군."

김철이 혀를 찼다.

시선을 끌려고 목청을 큼큼 틔운 엄항섭을 다들 돌아보았다.

"전쟁 터지고 나서 영국인들과 미국인들이 옥상에 올라가 종일 상해 북쪽을 구경했답니다. 초콜릿과 커피와 과자를 쌓아두고요."

그건 서양 열강들이 중국과 일본의 전쟁을 구경거리 삼는다는 뜻이었다. 미국과 영국은 이 전쟁이 상해 외곽에서 끝날 거로 여기는 게 분명하다고, 김구는 추측했다. 열강들의 예상이 무조건 틀렸다고는 볼 수 없었다. 일본이든 중국이든 상해 조계지를 망가뜨렸다간 열강들이 투자한 자금에 대해 막대한 배상금을 물어야 할 테니 말이다. 이런 까닭에 중국과 일본은 싸움터를 상해 북부 자베이에 국한시키려 할 게 분명했다.

"열강들이 개입할 겁니다."

엄항섭은 전쟁이 어느 정도 진행되다가 무마될 거라고 예측했다. 프랑스 공무국 직원인 그는 이리저리 듣는 게 많았다.

김홍일은 중국군이 일본군의 공세를 이겨낼 거라고 전망했다.

"청과 러시아를 이기며 패권을 잡았지만, 일본이 상해에서까지 이기진 못할 겁니다. 19로군은 강하고, 그들을 지원하려는 장제스 총통의 입장도 확고합니다."

말을 마친 김홍일이 주변을 살피곤 목소리를 낮췄다.

"제가 몇 가지 들은 게 있는데요."

모두의 머리가 김홍일을 향해 모였다.

"상해 일본 해병대의 주도로 비행장이 건설되는 모양입니다."

전투기 싸움은 일본이 우위였지만, 오래 머물 수 없는 게 문제였다. 일본 전투기는 일본 해군이 먼바다에 띄워놓은 항공모함에서 날아올랐는데, 이착륙에 많은 시간이 소요되었다. 일본 해병대는 전투기를 위한 활주로와 탄약 창고가 필요했다.

"얼마나 오래 공사할까?"

"급하게 휘몰아쳐서 조속히 마무리 지을 모양입니다. 중국인 잡부를 고용할 겁니다."

김홍일의 말이 피워 올린 계획들이 김구의 머릿속에서 모양새를 갖추기 시작했다.

"또 하나 있습니다."

김홍일이 일군의 전함 이즈모[出雲]에 대해 설명했다. 일본 조계지 아래쪽 황푸쟝에 정박 중인 이즈모는 거대한 굴뚝 세 개와 앞뒤로 두 개의 긴 돛대를 지닌 증기선이자 군함이었다. 상해 북부 상륙작전에 참여했던 이즈모는 전투가 벌어진 뒤에는 황푸쟝을 한참 거슬러 일본 조계지 남쪽에 정박했다.

"왜군들이 이즈모에서 아침마다 전략회의를 연다고 합니다."

"누구누구가 참석한다던가?"

"거의 전부입니다. 지휘본부가 이즈모에 차려진 셈이지요. 일선 지휘관들은 몰라도 장군들은 죄다 이즈모에 매일 모여든다고 보시면 됩니다."

김구가 저도 모르게 창샨 가슴 부위를 손바닥으로 내리쓸었다. 얇아졌지만 적지 않은 돈이, 거기 비밀 주머니에 꿰매져 있었다.

안공근은 다른 부분을 궁금해했다.

"아무리 중국 정부가 돕는다 해도 임정에까지 무기가 배정되긴 어렵겠지?"

"전쟁 중이니까요. 그래도 오래된 무기는 반출받을 수 있을 겁니다."

기대만큼 재빨리 이뤄지지 않으리란 걸, 다들 알았다. 중국에서는 어떤 결정이든 오래 걸렸다.

"여전히 임정은 힘이 부족합니다, 국무령 각하."

김철의 말에 김구가 고개를 끄덕였다. 힘은 돈과 사람에게서 나왔다. 임정 가난한 일이야 온 세상이 다 알았고, 지닌 사람 또한 몇 되지 않았다. 김구가 천장을 쳐다보았다.

그가 제대로 쥔 건 오직 그것뿐이었다. 한 줌의 사람.

김구는 김홍일이 자주 올 수 없는 입장이란 걸 잘 알았다. 그는 중국군의 일원으로 이 전쟁을 치러내야 했다.

"전할 말이 있으면 사람을 시켜 청사의 이화림에게 하게. 임정이 알아야겠다 싶은 일이면 죄다 전달해 주게나."

김홍일이 고개를 숙여 알아들었다는 뜻을 보였다. 김구가 안공근을 돌아보았다.

"내일 노종균에게 명령을 전달하게. 믿을 만한 청년을 모아보라 하게."

어찌 쓰실 생각인지 누구도 묻지 않았다. 그걸 묻는다 해도 입 밖에 낼 김구가 아니었다.

"중국과 왜놈들의 상해 전쟁에서, 대한 임정은 세계가 주목할 활동을 벌여야 해."

"이 전쟁에서 중국이 패하면, 임정은 끝장입니다. 최후를 맞을 수밖에 없어요."

김철의 말에 다들 고개를 끄덕였다. 열강의 조계지로 갈기갈기 찢긴 상해에서, 중국 영토인 자베이와 올드시티는 일종의 완충지대였다. 만일 일본이 승리해 자베이와 올드시티를 집어삼키면, 임정은 상해 바깥으로 물러날 수밖에 없었다. 그냥 버티기엔 일본의 위협이, 너무도 가까웠다.

상해 전쟁은 반드시 중국이 이겨야만 했다.

"중국을 도와 왜놈을 공격해야 해."

"우리 대한민국 임시정부의 이름으로요."

김구의 말을 엄항섭이 받았다. 사람들이 김홍일을 향해 자연스레 눈을 돌렸다. 그 시선에 담긴 기대가 무겁다는 생각을, 김홍일은 잠깐 했다.

다음 날 아침, 명을 들은 노종균은 이덕주와 유진만을 통해 청년들을 불러모았다. 김이 크게 올라 입구가 덮일 지경인 훈툰[餛飩]* 가게 앞에서 주인은 손님을 끌려고 막대기를 두들기는 중이었다. 나뉘어 담겨 나온 훈툰은 따뜻했고 국물은 뿌옜다.

• 얇은 밀가루 피에 돼지고기, 마른 새우, 채소 등을 넣고 만두를 만들어 국물에 넣고 끓여 먹는 음식. 우리나라에서는 완탕으로 불린다.

"어르신께서 너희에게 일을 좀 주셨으면 해서."

노종균은 일부러 애매하게 말을 했다. 서로를 쳐다본 조선 청년들은 노종균이 설명을 더하길 숟가락질하며 기다렸다.

"오늘은 쉬고 내일 새벽 4시쯤 이리로 모여. 중국인 막노동꾼처럼 외양을 꾸미고."

"꾸밀 게 뭐 있나요. 다들 그 짝인데."

이덕주가 농담을 했고, 청년들이 낄낄 웃었다.

"잊지 말고, 공민증 챙겨."

그들 모두는 중국인임을 증명하는 공민증을 이미 한 부씩 받은 바 있었다. 그건 노종균이 솜씨 좋은 기술자를 통해 미리 만들어 놓은 위조품이었고, 간혹 위장할 일에 쓰이곤 했다. 훈툰 대접을 들어 노란 빛깔 국물을 꿀꺽 삼킨 윤우의가 물었다.

"어디로 갑니까?"

노종균의 대답에 다들 얼굴이 굳어졌다.

"일본 조계지."

1932년 2월 5일, 만주의 관동군은 하얼빈을 함락시켰다. 그로써 작년 9월에 시작된 만주 전쟁이 끝났다. 일본 관동군은 랴오닝성[遼寧省]과 지린성[吉林省]과 헤이룽장성[黑龍江省]을 장악했다.

만주를 조선처럼 삼킬 순 없으리라. 만주는 프랑스와 영국과 독일 세 나라를 합친 것보다 영토가 컸고, 인구는 3,000만 명이 넘었다. 어떤 열강도 일본이 만주라는 거대한 떡을 편안하게 삼키게끔 내버려

두지 않을 게 분명했다. 그리고 일제는 푸이[溥儀]를 떠올렸다.

푸이는 청나라의 마지막 황제였다. 폐위당한 뒤 여러 우여곡절을 거친 푸이는 만주 전쟁이 한창이던 작년 11월, 톈진에 머무르고 있었다. 관동군은 특무기관을 통해 11월 10일 푸이를 일본으로 빼돌렸다. 그러고는 1932년 2월, 창춘에서 중국인 매국노들을 동원해 신국가 건설회의를 조직하도록 일을 꾸몄다. 신국가 건설회의는 만주국 설립을 추친하고는 푸이를 황제로 추대했다. 창춘은 이름이 신징[新京]으로 바뀌었으며, 건국된 만주국의 수도가 되었다. 일제는 푸이를 신징에 보내 허수아비 국가 만주국 황제에 등극시켰는데, 그건 훗날의 일이었다.

영사관 무관실 앞 복도에서 와타나베는 야자와 소좌를 기다리고 있었다. 복도 저쪽에서 걸어오는 야자와를 본 그가 경례를 올렸다. 야자와가 뚱한 표정으로 한 손을 대강 올려 시늉만 했다.

무관실 문이 열렸고, 다나카 소좌가 앉은 그곳으로 그들은 들어갔다.

영리하게도, 다나카는 상해 전쟁을 만든 자신의 공적에 대해 떠벌리지 않았다. 그는 조선가정부 국무령 김구를 체포해 마침표를 제대로 찍고 싶어 했다. 그러려면 야자와의 도움이 필요했다. 다나카는 조계지에 파견된 밀정이 몇이나 되는지 물었다.

"총인원이 얼마나 되지?"

상석에 앉은 다나카가 오른쪽에 앉은 야자와에게 물었다. 철테 안경을 고쳐 쓴 와타나베는 야자와 맞은편에 앉아 있었다.

"영국과 미국과 이탈리아 조계지에……"

"아니. 프랑스 조계지에 들어가 있는 놈들만 말이야."

머뭇거림을 감추려고 야자와는 뚱한 표정을 유지하려 애썼다.

어디까지 털어놓을 것인가. 야자와는 그 생각 중이었다. 그가 특무공작을 위해 프랑스 조계지에 심어놓은 스파이는 서른 명 정도였다. 전임자들이 심어놓은 스파이는 그보다 훨씬 많아 백여 명이 넘는 때도 있었다. 하지만 조선가정부의 재정이 열악해지고 조선 독립분자들이 사분오열해 규모가 작아지자, 일본 영사관과 일본 헌병대의 열정도 그만큼 줄어들고 말았다.

야자와는 그런 상황을 설명하려 했으나, 다나카는 그따위엔 관심이 없었다.

"어떤 역할들인가? 망이나 보라고 공작금 써서 거기 들여보낸 건 아니겠지."

대답 않던 야자와가 눈을 슬쩍 굴리며 발을 뻗대보았다.

"전에 없던 일입니다."

"조선인이 천황 폐하 시해를 기도한 것도 전에 없던 일이지."

"칸막이 너머로 머리를 내미는 일 말입니다."

특무공작은 비밀유지가 필수였고, 결정권자와 책임자와 실무자만이 내용을 아는 게 관례였다. 같은 부서라도 다른 조(組)라면 알 수 없는 일들을, 영사관 무관인 다나카는 알려달라 요구하고 있었다.

다나카는 야자와와 실랑이를 벌일 생각이 없었다. 자기 무릎에 팔꿈치를 댄 다나카가 야자와를 돌아보았고, 와타나베는 그 모습이 큰

곰이 몸을 돌리는 것 같다고 생각했다.

"내 뒤엔 관동군이 있고, 그들 뒤에는 도쿄의 대본영(大本營)이 있지."

대본영은 별들로 가득했다.

"그들은 내게 배쿠존손을 데려오라 했네. 자네들 또한 같은 명령을 받았지."

"저희에게 떨어진 가장 중요한 명령이지요."

야자와가 인정했다.

"난 자네들이 그 명령을 이행할 정도로 영민하다고 생각지 않아."

말이 우둔하면 고삐 쥔 손 또한 거세지는 법이었다.

야자와는 한동안 말이 없었다. 그걸 보며 와타나베는 자기 상관이 재고 있다고 생각했다. 정말 싹 다 벗어야 하는 건지, 아니면 바지만 벗고 훈도시는 남길 수 있을지를.

훈도시마저 벗어야 한다면, 야자와에겐 뭐가 남을까. 와타나베 자신과 함께 목줄을 두르고 프랑스 조계지를 쿵쿵 돌아다니게 되는 걸까.

야자와는 결심이 선 듯했다.

"핵심 인물은 황병립이었습니다."

이 타이밍에 황병립이 언급된다고? 안경알 뒤 와타나베의 눈이 휘둥그레졌다. 우쑤앤러우에서 살해당한 황병립에 대한 보고서는 다나카도 읽어봤다.

"또 다른 핵심이 바로 추원창입니다."

추원창이라. 와타나베는 황병립과 추원창으로 다나카를 어찌 엮으려는지, 도통 감을 잡지 못했다.

"추원창에 대한 보고서는 없던데?"

"그는 수년 동안 길러온 주요 밀정이었습니다. 그에 대한 보고서는 2급 기밀로 여겨져 내부에서만, 그것도 직통 라인에서만 돌았지요."

야자와가 와타나베를 힐끗 쳐다보았다. 그 한 번의 시선에 많은 속내가 담겨 있었다.

"황병립을 조선 독립분자들에게 노출시킨 게 접니다."

다나카는 미동조차 없었다. 시선을 야자와에게 못 박은 채, 다나카는 다음 말을 고요히 기다렸다.

"한정우라는 자가 제 밀정입니다. 그를 통해 적들에게 정보를 흘렸습니다."

"한정우를 통해 정보를 흘린 이유는?"

"조선독립분자들의 신뢰를 얻게 만들려고 그랬습니다."

신뢰를 얻게 해 김구에게 다가가게 만들려 했군. 국무령을 붙들려고! 와타나베는 그제야 자기 상관이 훈도시까지 모두 벗었다는 걸 깨달았다.

"한정우와 추원창. 그 둘이 핵심이라는 건가?"

"나머지 스무 명 넘게는 망보는 정도입니다. 프랑스 조계지 내에 머물며 조선인을 미행해 동향을 분석하죠."

"김구와 안공근은? 미행하는가?"

"그 둘을 보면 미행이 아니라 그 자리에서 쏘게 되어 있습니다."

일본 헌병대는 지난 13년 간 프랑스 조계지에 무수한 밀정을 보냈고, 그중 많은 수를 처음엔 김구에게, 이후로는 안공근의 손에 잃었다. 가장 위험한 자들이 그들 둘이었다.

다나카가 일어섰다. 만족스러운 웃음을 지은 그가 두꺼운 양손을 싹싹 소리 나게 비볐다.

"추원창과 한정우에 대한 보고서를 내일 아침까지 보내주게."

야자와가 일어서는데, 한쪽 어깨가 유별나게 더 처져 있는 것 같았다.

"약속하지. 내가 대본영에 있는 장군들에게 자네 이야기를 하겠네."

대본영의 별들이 상해에서의 내 공로를 훈장과 진급으로 격려할 그 자리에서, 내 자네가 쪼아먹을 부스러기를 챙겨주겠네.

야자와는 내일 아침 기밀서류를 가져오겠다고 약속했고, 와타나베는 자기 상사에게서 굴욕감 섞인 무력함을 읽었다.

영사관 무관실을 나온 그들은 반짝이는 복도를 침묵 속에 걸었다. 와타나베가 우뚝 섰고, 두어 걸음 앞의 야자와도 걸음을 멈췄다. 돌아보지 않은 채 야자와가 변명했다.

"한정우는 김구로 가기 위한 교두보야."

상해가 중국 시장을 뚫기 위한 세계 열강의 공략처인 것처럼.

와타나베는 자기가 알아들은 바를 얘기했다.

"다나카 소좌는 한정우를 써먹으려 할 겁니다."

야자와가 미간을 찌푸렸다. 그리 쓰고 버리기에, 야자와는 한정우에게 너무 많은 돈과 시간을 들여왔다.

하지만 제때 패를 버려야 더 많이 따는 법이다. 야자와가 긴 한숨을 쉬었다.

"전쟁에 들어간 이상, 특무공작이라는 그림자놀이는 끝일세."

특무공작이 특기인 그들이 가치를 증명할 기회는, 김구를 체포하는 것뿐이었다.

영사관을 나선 야자와는 어둠 속으로 사라져 버렸다. 한쪽으로 기운 그 어깨를 보면서 와타나베는 한동안 거기 서 있었다. 볼 일이 남았던 와타나베는 영사관 무관실로 되돌아갔다.

와타나베 신조 소위가 다나카 류키치 소좌를 처음 만난 곳은 펑톈의 베이펑꽌이었다. 식사를 하며, 다나카는 이곳에서 사흘 전 이타가키 대좌와 식사를 했다 말했다. 와타나베는 고개를 끄덕이며 다나카의 이야기를 들었다. 와타나베는 중국 음식을 싫어했고, 다나카가 권했지만 논의에 집중하는 척하며 거의 손대지 않았다.

"난 상해로 발령을 받았네. 자네도 곧 그리될 거고."

뭔가를 더 잘 보는 사람이 있는 것처럼, 냄새를 더 잘 맡는 사람 또한 있는 법이었다. 와타나베의 선조들은 기회의 냄새를 기가 막히게 파악해 가문을 지금의 위치까지 밀어올린 사람들이었다. 다나카 소좌의 뒤에 관동군과 대본영이 있다는 걸 와타나베도 모르지 않았다.

"영사관의 펜 잡은 놈들이야 문제가 없는데……."

다나카는 상해 일본 헌병대를 미리 걱정했다.

"상해에서 절여진 놈들이 순순히 고삐를 맬 것 같지 않아."

다나카는 상해 일본 헌병대 특무대에 파견될 와타나베에게 내부 움직임을 파악하라 시켰다. 기회였다. 상해에 부임한 와타나베는 야자와의 부하 노릇을 하며 다나카를 위해 상해 일본 헌병대 사찰 보고서를 사흘에 한 번씩 작성해 왔다.

불 켜진 무관실에서, 다나카는 와타나베를 기다리는 중이었다.

"자넨 아직 노출되어선 안 돼."

다나카는 혹시 모를 야자와의 다른 꿍꿍이를 걱정했다. 와타나베는 아직 자기 상관을 뒤따라야 했다.

여차하면 목덜미를 물어뜯을 각오를 다지며 말이다.

"야자와 밑에서 계속 정황을 파악해."

그가 내 지시를 올바르게 이행하는지를 잘 살피란 말이지.

여느 때와 마찬가지로, 다나카는 빳빳한 지폐가 담긴 두꺼운 봉투를 내놓았고, 와타나베는 그걸 달게 받았다.

와타나베를 내보낸 뒤 다나카는 빈 종이 하나를 꺼냈다. 거기에 그가 쓴 단어들은 그런 것들이었다. 야자와, 한정우, 추원창, 김철, 와타나베, 가와시마, 오무라, 아오이, 마치다, 안공근.

그리고 김구, 배쿠존손.

램프 심지에 매달린 불꽃은 은행 알맹이만큼이나 작았다. 음습한 아이디어로 만든 고리를 차차 이어 계략의 사슬을 만든 다나카가, 저 멀리로 그걸 미끄러뜨렸다. 홀로 앉아 생각을 가다듬는 다나카의 날카로운 시선에 기름 잃어 오그라든 불꽃이 자꾸 어른거렸다.

다른 곳에서, 누군가도 불꽃을 보는 중이었다. 안공근이었다.

맞은편에는 노종균이 앉아 있었다. 그는 안공근에게 문제를 가져왔고, 램프를 사이에 둔 두 사람은 대책을 세워야 했다.

"청사 주변에 밀정이 너무나 많습니다."

그건 끝내 온전히 풀 수 없는 문제였다. 상해 일본 영사관과 헌병대는 끝도 없이 조선인과 중국인을 임정 청사와 그 인근에 보냈다. 임정을 위해 일하겠다며 조선을 탈출했다는 자가 밀정이었음이 밝혀진 순간과, 고문 자국을 보여주며 조국 광복을 위한 충심을 드러냈던 자가 스파이였음을 알아냈던 무수한 밤을, 그들은 잊지 못했다. 안공근과 노종균은 살인광이 아니었다. 어떻게 사람 죽이는 일을 즐긴단 말인가. 대한민국 임시정부의 보안과 방첩을 위해, 침투해 온 적의 밀정을 없앴을 뿐이었다. 노종균은 죽은 자가 흘렸던 피를 간혹 떠올리곤 했다. 그 많은 핏물은 보이지 않게 고여 들어 턱밑까지 차오르려는 것 같았다. 이 고통을 온전히 이해하는 이는 김구와 안공근뿐이었다. 노종균의 얼어붙은 얼굴을 보면 김구는 손을 붙들어 주었고, 안공근은 잔술 몇 잔을 위한 지폐를 쥐어주곤 했다.

"밀정이 얼마나 많기에 그러나?"

"애매한 놈들까지 합치면 마흔 명은 훌쩍 넘습니다."

"왜놈들은 국무령 주변에 누가 있는지를, 알아."

누가 김구를 돌보고 있는지를, 일본 헌병대는 대강이나마 알 것이었다.

"누구 집에 머무는지 또한 금세 파악하지 않을까요?"

일본 헌병대가 피치 목사 정도는 짐작할 거야. 안공근은 그리 추측했다. 조선인 돕는 일에 자주 나서고 중국 고위층 인사들과 교류가 많은 피치 목사를 일본 헌병대는 반일인사로 분류했을 게 분명했다. 피치 목사의 집은 위험했다.

"국무령 각하가 한곳에 머물러선 안 돼."

머물면 노출될 확률이 높아진다. 안공근은 그걸 경험으로 알았다.

프랑스 공무국 직원인 엄항섭은 어떨까. 왕상이라는 이름으로 중국 군인이 된 김홍일의 집도 괜찮은 선택지였다. 안공근은 도박장과 아편굴 몇 곳을 떠올렸다. 국무령을 거기에 모시는 게 옳을까. 하지만 밖엔 밀정이 들끓었고, 그들은 국무령이 일제의 손아귀에 붙들리지 않도록 철저한 수단을 강구해야 했다.

"우리는 수세에 놓여 있어."

그게 안공근의 불만이었다. 도망을 위해 밤길을 걷는 일은 넌더리가 났다. 안공근은 한 번도 제 손에 쥐지 못한 주도권이 간절했다.

"한정우 선생을 통해 뭔가 해볼 수 있지 않을까요."

가슴 한편이 확 밝아지는 기분을 느꼈던 안공근이 다시 의심을 드리웠다.

"그 누구도 예외여선 안 돼."

한정우마저도 의심해야 했다. 곁눈질과 뒤적거림은 그들의 가장 큰 무기였다. 그걸로 그들은 청사 내부로 들어오는 일본 헌병대의 끄나풀들을 훑어나갔고, 대한 임정을 지켜나갔다. 천지 사방이 암흑인 공간에 우리는 놓여 있어. 안공근은 늘 무섭고 불안했다.

"늦었네. 우리도 자야지."

노종균이 빙긋 웃었다. 청년들에게, 안공근은 잠들지 않는 조선인으로 유명했다. 아닌가, 보이지 않는 조선인으로 불리는 때가 더 많으려나.

"국무령 각하를 옮기는 일은 하루 더 지켜보세."

고개 끄덕인 노종균이 일어섰다. 안공근은 벌써 일어나 문가로 나간 참이었다. 그가 어둑함 속에서 문고리를 잘 잡게끔, 노종균이 램프를 높이 들어올렸다. 문을 닫던 안공근이 그런 노종균을 보고 씩 웃었다. 문이 닫혔고, 밖에서 잠겼다. 불꽃은 옥빛 은행알만큼이나 작았지만, 바깥바람이 불어오는 와중에도 흔들릴지언정 꺼지지 않았다. 이 불꽃이 독립의 염원이로구나. 한편으로 불꽃은 전쟁의 근원이기도 했다. 상해를 불태울……. 아, 불꽃이 상해 전부를 그을리게 만들 것인가. 모를 일이었다. 잠들 시간이야. 램프 등피를 들어올린 노종균이 손가락으로 심지를 집어 작은 불꽃을 꺼뜨렸다.

제3장

무너지는 벼랑

1

 사흘 뒤, 유상근은 이화림과 함께 프랑스 조계지에서 택시를 탔다. 그들은 젊고 부유한 중국인 부부로 위장을 했고, 택시는 간단한 검문을 거쳐 일본 조계지로 넘어갔다. 이화림은 택시비 걱정을 하지 않았다. 오늘 치장한 비용만 아찔할 정도였다. 두꺼운 영국산 모직으로 만든 겨울용 푸른색 원피스 정장이 8위안에다가, 그 위에 걸치는 회색 코트가 16위안이었고, 흰색 장갑은 3위안이나 했으며, 구색을 맞추려면 입어야 했던 아이보리 빛깔의 스타킹이 1위안에, 그걸 고정하는 가터벨트가 3위안이었다. 그뿐인가, 씌운 다음 핀으로 고정시켜야 하는 모자 하나만 8위안에다가, 스타킹 신은 발을 보드랍게 품은 짙은 갈색 무늬 가죽 구두가 7위안씩이나 했다. 게다가 화장품까지 구입하지 않았는가! 눈이 뒤집힐 가격이었다. 지금 자신이 걸친 걸 벌려면, 쌓인 빨래를 얼마나 비벼대야 하나.

유상근은 부유한 젊은 중국인 차림이었다. 남청색 중절모를 허벅지에 올려놓은 그는 갈색 양복에 조끼와 타이까지 제대로 갖춰 입은 차림이었다. 유상근이 바지 위 주머니를 매만졌다. 지폐가 거기 있는지 몇 번을 확인했는데 또다시 저도 모르게 손이 갔다. 국무령 김구가 전날 준 지폐 20엔이 그 안에 있었다. 그건 공장 노동자 보름치 일당에 달하는 돈이었다.

그들은 일본 조계지 남쪽에 자리한 음식점 요시가와[吉川]에 가는 길이었다. 황푸쨩이 드넓게 보이는 그곳 2층 테라스가 상해 일본인들 사이에선 유명한 모양이었다. 편안하기로 유명한 요시가와의 등나무 의자에 느긋하게 앉아, 일본인들은 숯불 위 쇠망에서 쇠고기가 오그라들며 내는 치익 소리를 즐긴다고 했다. 그놈들의 시선은 황푸쨩의 물결과 거길 오가는 배들에 붙들려 있겠지. 요시가와에 가까워질수록 두 사람의 입술은 바짝 타들어 갔다. 일본 조계지 거주민에겐 강가 요릿집이었지만, 그들에겐 적진 한가운데였다. 택시에서 내리기 직전 심호흡하던 이화림은, 유상근이 마음을 다잡으려 낸 짧은 한숨을 들었다.

시간 계산을 잘못 했는지, 요시가와 2층에는 자리가 없었다. 종업원이 안내하는 대로 유상근을 따라 1층 구석 자리에 앉으려던 이화림이 얼굴을 찡그렸다.

"화장실이 어딘가요?"

이화림을 대신해 유상근이 종업원에게 물었다. 종업원이 알려준 방향으로 가기 전, 이화림이 유상근에게 살짝 고개 끄덕였다. 유상근과 달리 이화림의 일본어는 그리 유창하지 못했다.

"아내가 오면 주문하겠소."

이화림에게 머물러 있던 종업원의 시선은 다른 손님들이 들어오자 떨어져 나갔다. 화장실로 걷던 이화림이 몸을 돌려 바깥으로 나갔다.

듣던 대로, 철제 계단은 건물 왼쪽에 있었다. 2층에 앉으면 가지 않아도 되는 곳이었다. 이화림은 최대한 태연하게 움직이려 들었고, 누군가 보지 않겠다 싶자 쇠로 된 계단을 두 개씩 뛰어올랐다.

3층 출입로 쇠문은 잠겨 있었다. 철제 계단은 요시가와가 자리한 건물과 다른 건물 사이에 자리했고, 시야는 트이지 않았지만, 내다보지 못할 정도는 아니었다.

이즈모는 거기 있었다.

그 부근은 배 대는 곳이 아니었다. 중국인들은 거주지 인근에 배 붙들어 놓길 좋아했고, 마땅한 자리엔 매인 배가 많았다. 띄엄띄엄 묶였던 그 배들을, 일본 해군은 두 곳에 몰아 치워 시야를 틔웠다. 이화림의 위치에서 7시와 4시 방향에 예닐곱 척의 잡다한 배들이 좁게 묶여 있었다.

길이 123미터에 너비 20미터인 굴뚝 세 개짜리 이즈모는, 바다에 뜬 거대한 성채(城砦)였다. 건물 틈 저 너머에 자리하는 이즈모를 더 잘 보려고 이화림이 철제 계단 난간에 허리를 위태롭게 기울였다. 기관총이 설치된 감시탑들이 보였다. 그것들은 강변에 뚝뚝 떨어져 설치되어 있었다. 강변과 이즈모 사이는 비워진 것처럼 보였다. 옥상으로 올라갈 수 있다면 좋으련만, 이 정도가 최선이었다.

이화림이 돌아오자 유상근이 몸을 반듯하게 폈다. 미리 짜둔 대로 유상근이 넥타이 매듭을 만지자, 이화림이 짧게 고개를 저었다. 주문을 받으러 온 종업원에게 유상근이 미안한 시늉을 보였다.

"미안합니다. 아내가 배앓이를 하는 모양이로군요."

찡그린 아내를 부축하는 몸짓을 보이며 유상근이 이화림에게로 바짝 붙었다. 요시가와를 나선 두 사람이 택시를 향해 손을 흔들었고, 검은색 시트로엥이 손짓을 보고 빙글 돌았다. 택시기사에게 프랑스 조계지라고 방향을 말한 유상근이 이화림에게 고개를 돌렸다. 이화림이 긴장한 얼굴로 고개 끄덕였다.

"봤어, 딱 맞는 곳."

상해 비행장 공사장에 잡부로 들어간 청년은 넷이었다. 스물다섯 동갑인 윤우의와 이덕주가 맏형이었고, 스물넷 최흥식을 거쳐 스물하나 유진만까지, 바짝들 붙은 20대였다. 스물셋의 유상근은 따로 불려간 일을 마치고 하루이틀 사이에 합류할 예정이었다.

상해 비행장은 자베이에서 멀리 떨어진, 황푸쨩과 인접한 지점에 세워질 예정이었다. 전쟁 중에 얼른 쓰여야겠기에 관제탑은 대강 날림으로 지어졌다. 고용된 중국인 잡부들은 안쪽 건물이 아니라 바깥 담부터 올려야 했다. 일본인 측량사들이 표시한 지점에 벽돌을 개어

올린 그들이 담 위로 철조망을 둘렀다.

현장은 바쁘게 돌아갔다. 활주로를 만들기 위해 물과 시멘트 포대와 모래와 자갈을 실은 군용트럭들이 끊임없이 오갔다. 콘크리트가 굳을 때까지 가두려고 가상의 활주로 가장자리에 네모난 침목들이 반듯하게 뉘어졌고, 시멘트 반죽을 휘젓느라 삽이 바삐 돌았다.

헌병대원들의 가느다란 눈매는 섬뜩하게 엄정했다. 그들은 철조망 담 안쪽에 수십 개의 탑을 짓고 거기 감시병을 넣어두어, 자칫 존재할지 모를 불온한 자를 찾으려 들었다.

사흘간 다섯 청년은 시멘트 반죽을 흙과 자갈과 배합해 지시받은 위치에 부었고, 벽돌을 굽는 가마로 보내어졌다. 그 와중에 북쪽에서 대포 쿵쿵거리는 소리는 점차 가까워졌다.

전쟁은 손 닿을 곳에 자리하고 있었다.

공사판 잡부들은 새벽에 투입되어 해 질 때까지 부려졌다. 다섯 청년은 자신이 중국인임을 증명하는 위조된 공민증을 보여줘야 했고, 매일 심문과 몸수색을 받았다. 눈이 부리부리한 윤우의가 주의 깊게 본 건, 일본 헌병대가 위조 공민증은 매번 상세하게 읽으면서도 몇몇 소지품에는 신경 쓰지 않는다는 점이었다. 그 점이 윤우의는 흥미로웠다.

다섯 청년이 같은 일을 배정받는 상황은 좀체 없었다. 잡부 노릇한 지 엿새째 되는 날, 윤우의는 시멘트 포대를 드럼통에 부어 개는 일을 맡았고, 최홍식과 유진만은 군용트럭이 쏟아놓은 자갈을 삽으로 퍼 나르는 일에 동원되었으며, 이덕주는 가마에서 꺼내 식힌 벽돌을 지시받은 곳으로 옮겨 차곡차곡 쌓는 일에 부려졌다.

누군가 자기 팔을 툭 치자, 최홍식이 돌아보았다. 가장 어린 유진만이 삽을 들고 가면서 저쪽을 슬쩍 가리켰다.

"봐둬요, 저기."

거기엔 일본인 측량기사들이 몰려 있었다. 몇몇은 지도를 압정으로 눌러놓은 보면대를 보며 위치를 점검했고, 다른 자들은 자기들이 서 있는 방향을 중심으로 이쪽과 저쪽을 번갈아 가리키는 중이었다. 일정에 쫓기는 그들은 흰색 분필을 부러뜨려가며 굳은 아스팔트 바닥 여기저기에 숫자를 써댔다. 그걸 봐둔 최홍식이 자갈을 퍼 나르려 다시 몸을 돌렸다.

이덕주는 벽돌 굽는 가마로 가는 중이었다. L자 모양으로 만든 나무 지게를 어깨에 맨 그들은 벽돌을 스무 장씩 쌓아 날라야 했다. 의심을 피하려 떨어져 있던 그들은, 벽돌을 내려놓거나 도로 쌓는 순간에 중국어로 몇 마디 주고받았다. 그들 또한 최홍식이 봤던 곳을 힐끗거리는 중이었다.

국무령 김구의 지시는 명확했다. 왜놈 군대의 움직임과 허점을 파악하고, 공사 현장을 살펴서 특무공작을 진행할 지점을 찾아내는 게 그들의 임무였다.

이덕주는 잠시 허리를 펴고 활주로를 보았다. 콘크리트로 지은 그 탄탄한 길이 저 멀리 뻗으며 가늘어지고 있었다. 비행기를 가까이서 본 적이 없던 이덕주는 혹시나 이번 공사판에서 그걸 볼 수 있을까 기대했다. 하늘을 나는 건 어떤 기분일까. 해본 적 없는 경험을 가늠해

본 이덕주가 잠시 홀로 멀겋게 웃었다.

　사이렌이 울렸고, 공사는 중단되었다. 식사 시간이었다. 공사 현장 입구에서 각자가 싸 온 도시락을 찾아온 인부들이 담벼락이나 건물 외벽에 등을 대고는 도시락통을 열었다. 네모난 양철 안에 넣었던 무짠지와 절인 채소에서 나온 물이 배어, 해 뜨기 전 퍼 담았던 하얀 쌀밥은 여러 색으로 지저분했다. 의심을 걱정한 그들 다섯은 따로 앉아 먹었고, 간혹 눈 마주쳐도 아는 체하지 않았다.

　오후 일과를 마치고 공사장을 각자 벗어나 프랑스 조계지로 돌아온 뒤에야, 그들은 다시금 정다워졌다.

　"그래서 거기는 왜 가리킨 거야?"

　"측량기사들이 몰려 있던데."

　윤우의의 말에 다들 고개를 끄덕였다. 최흥식이 자기 생각을 털어놓았다.

　"형님. 비행기를 비 맞히진 않을 거잖아요."

　비행기를 수리하고 탄약을 보급할 장소가 필요하지 않겠냐는 최흥식의 말에, 다들 고개를 끄덕였다.

　"거기 측량하던 곳이 딱 비행기 집 위치잖아요."

　이덕주는 측량 장소 근방에 감시탑이 하나 더 세워져 있던 걸 떠올렸다. 감시가 삼엄하다는 의미로구나. 이덕주가 답을 떠올렸음을 알아차린 최흥식이, 빙긋 웃었다.

　"아까 말했잖아요. 비행기를 수리하고 탄약도 싣지 않겠냐고. 비행기에 탄약을 실으려면, 분명 그걸 쌓아둘 곳이 가까이 있어야 할 거고……."

눈을 반짝이던 막내 유진만이 최흥식의 말을 받았다.
"거기가 비행장 탄약고로군요!"

여러 좋은 상황이 이어졌음에도 불구하고 다나카 류키치 소좌는 김구 체포 작전에 곧장 돌입하지 못했다. 그가 가진 가장 좋은 패인 가와시마 요시코가 다른 임무에 투입되어야 했기 때문이다.

가와시마 투입을 미루기로 결정한 건 다나카 자신이었다. 상해 원정군 대부분은 다나카의 옛 상관이거나 동료들이었다. 그들을 위해 다나카는 가와시마를 써먹으려 들었다. 청나라 황실의 공주였던 가와시마는 중화민국의 유력자나 중국군 고위층과 선이 닿았다. 그들과 접촉한 진비후이는 고급 정보를 들었고, 다나카는 그걸 상해 원정군에게 들려주어 전황을 유리하게 이끌었다. 하지만 전쟁이 너무 일찍 끝나도 안 되었다. 만주로 향한 국제사회의 관심을 상해로 돌리게 만들려는 다나카로서는 이 불이 너무 번져도 안 되었고, 꺼져도 곤란했다.

그 사이 오무라는 일본 중국 가릴 것 없이 기녀들을 섭렵하느라 몸이 바빴고, 마치다는 다나카에게 받은 거금을 폭스트롯과 탱고 음악으로 흥겨운 룰렛판에서 죄다 날렸으며, 수십 벌의 겨울용 드레스와 다양한 색감과 높낮이를 지닌 하이힐과 아름다운 유리병에 든 보석 색깔 향수로 침대 주변을 채운 아오이는 가수 리밍휘[黎明暉]가 1928년에 부른 중국 최초의 유행가 〈마오마오유[毛毛雨]〉를 축음기로 종일 틀어댔다. 노래 제목처럼 겨울의 상해에는 솜털처럼 가벼운 이슬비가 흩날렸다.

그들을 다나카는 다시 불러들였다. 2월 6일이었고, 상해 전투가 한창이었다. 영사관 무관실에 모인 패거리의 몰골을 보고 짧게 한숨 쉰 다나카는 그들에게 위조된 공민증을 주었다.

"마치다, 자네만이 중국인처럼 말을 한다더군."

꼭 말을 해야 하는 임무는 아니었다. 다나카는 백정선이라는 가명으로 활동하는 김구의 몽타주를 세 사람에게 건넸다. 김구를 봤거나 알던 자들의 증언을 종합해 재구성한 그림이었지만, 확실하진 않았다.

"그는 몇몇과 함께 다닌다고 알려져 있어."

안공근은 김구의 그림자였고, 그를 따른다는 김동우라는 놈은 안공근만큼이나 악랄했다. 김철은 김구가 벌이는 악독한 논의를 함께 검토하는 작자였으니, 그 또한 지근거리에 자리할 게 분명했다. 다나카는 병약하고 비쩍 마른 늙은 사내 정도로만 김철을 알았고, 안공근은 제 형인 안중근을 닮지 않았을까 추정했으며, 김동우라는 놈에 대해선 아는 게 뭣도 없었다. 김동우의 본명이 노종균이라는 보고도 있었지만, 정확하진 않았다.

"프랑스 조계지 건너편 건물을 빌렸어. 거기로 가."

"감시입니까?"

"동태를 파악해. 며칠 뒤엔 가와시마가 갈 거야."

그는 상해 전투의 승리에 관심이 없었다. 그건 다나카 류키치의 것이 아니었다. 이기든 지든 알 게 뭐람. 사고를 제대로 친 그는 더 나은 전리품을 원했고, 그러려면 김구만 한 게 없었다.

다나카는 세 배우에게 체계를 일러주었다.

"너희는 와타나베 소위의 명령을 받는다."

다나카가 야자와를 배제시키킨 건 아니었다. 지휘권은 야자와 스스로 거절한 것이었다. 그는 같이 움직이기는 하되 뒤에서 조용히 상황을 살피겠다고 청했고, 다나카는 야자와가 뾰로통해한다며 속으로 코웃음을 쳤다. 그렇게 자연스레 지휘권은 소좌인 야자와를 넘어 소위인 와타나베에게 넘어갔다.

중국어가 서툰 와타나베는 일본인 티가 너무 많이 났다. 그렇기에 그는 장막 뒤에 서고, 무대에는 오무라와 아오이와 마치다가 올라가야 할 터였다.

다나카의 이런 지시는 현지 지휘 체계와 절차를 완전히 무시하는 행위였다. 하지만 다나카는 일정한 체계보다는 성공을 만드는 임의성이 훨씬 중요하다 여겼다. 성공과 이어지기만 한다면야 과정 따위를 누가 상관하겠나.

"나는 여기 머문다."

다나카는 자기만의 지휘부를 무관실에 차린 셈이었고, 그건 바둑과 체스를 즐기는 그의 성정에도 잘 맞았다. 그는 자신이 일으킨 혼란을 혼란 밖에서 바라보길 좋아했다. 어린 다나카는 흙바닥에서 나뒹굴며 뒷동산을 점령하러 나서기보다는 흙을 묻힌 채 나뒹구는 다른 아이들을 관찰하길 즐겼다.

다나카가 무관실에 머물기에 명령과 보고도 여기로부터 나오고 들어갈 것이었다. 전쟁 중이라 그들은 보안에 더욱 신경써야 했다. 간단한 암호로 치환해 유선으로 보고하라고 지시한 다나카가 현금 다발 세 덩이를 탁자에 꺼내놓았고, 배우들의 얼굴은 그제야 펴졌다.

다나카는 김구가 가정부 청사에 모습을 드러낼 거라고 여기지 않았다. 야자와가 가져다준 각종 보고서를 종합해 보면, 가장 좋은 수는 역시나 김구 최측근의 뒤를 밟는 것이었다. 그게 누굴까. 산파를 아내로 둔 김철일까. 가정부 젊은이들의 신망이 두텁다는 김동우일까. 일본 헌병대가 들여보낸 밀정 상당수를 직접 처단했다는 안공근일까. 천황 폐하를 시해하려 했던 자는 이봉창이 아니었다. 그건 김구였어. 본국에서의 심문도 그렇게 정돈되는 것 같았다. 그 사실이 다나카 류키치를 흥분시켰다. 그는 자신이 잡으려는 사냥감 김구가 승부를 걸 만한 대단한 존재임을 자꾸 확인하려 들었다. 김구 체포의 의미와 함께 자신의 존재감을 부풀리려 그리 애쓰며, 다나카는 야릇하고도 괴이쩍은 만족감을 느꼈다.

노종균을 대신해 안공근은 거리로 갔다. 안공근 일행은 간혹 임정 건물 뒤 리룽의 짧은 마당격인 눙탕[弄堂]에 모여 일을 논의했고, 오늘도 청년들을 만나 그럴 예정이었다. 그로 인해, 노종균이 했을 일은 안공근의 몫이 되었다. 안공근은 엄항섭의 집을 멀리에서 살펴보았고, 혹시 들러붙었을지 모를 감시자들을 의식해 인근을 여러 방향에서 몰래 훑었다.

국무령을 위해 안공근이 추천한 회합지는 엄항섭의 이웃집 2층이었다. 엄항섭의 처가 식구들이 온다는 거짓말에, 마음씨 좋은 주인은 2층을 하루 비워주었다. 김철을 대동한 김구는 낮부터 창문 닫은 집 안에 웅크리고 있었다. 6시 너머 도착한 이화림과 유상근을 안공근은 저 먼 바깥에서 만났다. 그들 셋은 혹시 모를 주변을 함께 살폈다. 인근은 고요했고, 오가는 이는 손에 꼽을 지경이었다. 다른 건물 계단참에 몸을 숨긴 안공근과 이화림과 유상근은 김홍일이 이리 다가오는 걸 고요히 지켜보았다. 그들은 김홍일이 아니라, 그들에게 붙었을지 모를 밀정을 걱정해 그리 행동했다.

김홍일은 폭탄을 가져올 수 없었다. 그들 중 누구도 수뢰(水雷)를 직접 본 적이 없었고, 그게 얼마나 큰지도 몰랐다. 김홍일이 양팔을 반 넘게 벌렸다.

"이만합니다."

김구에게 귀띔을 받은 김홍일은 수뢰를 특별히 제작 중이었다. 김구의 눈짓을 받은 이화림이 보고를 시작했다.

"다가가기가 수월치 않아서 멀리서 겨우 봤습니다."

화림은 식당 바깥 철제 계단에서 봤던 이즈모를 설명했다. 이화림이 가늠한 이즈모의 폭과 너비를 들은 김구는 주변 감시탑의 개수와 감시 병력 규모를 궁금해했다. 김홍일은 배가 어느 깊이로 잠겼는지, 닻이 내려져 있었는지, 굴뚝에서 연기가 나진 않았는지를 물었다. 이화림은 아는 대로 설명했다.

"바닥이 얼마나 두꺼울지 모르겠습니다."

최고의 결과는 수뢰 폭발로 이즈모에 몰려 있을 일본군 수뇌부가 전멸하는 것이었다. 김구가 묻자, 김홍일이 고개를 끄덕였다.

"땅 위의 폭발은 불꽃과 파편으로 사람을 죽이죠. 하지만 수뢰는 압력으로 죽입니다."

김홍일은 수뢰가 어디에서 터지냐에 따라 일정 반경 사람들이 끔찍한 폭발 압력을 받는다고 설명했다.

"왜놈들 군사회의가 몇 시라 했지?"

김구의 질문에 김홍일이 대답했다.

"오전 9시라고 합니다. 하지만 군사회의 이후에도 계속 들락거리는 모양입니다."

유상근은 요시가와를 나서며 힐끗 보았던 황푸쟝과 거기 자리했던 거대한 이즈모를 떠올렸다. 거기로 가려고 장성들과 참모들이 보트에 올라타겠지. 작전회의 중이던 육군과 해군의 무수한 별들이 수뢰의 폭압에 날아가는 광경을 떠올리며, 유상근은 숨을 몰아쉬었다.

문제는 잠수부였다.

"수뢰 양쪽에 쇠로 된 손잡이 두 개를 붙일 겁니다. 문제는 그걸 물속으로 운반해야 한다는 거죠."

김홍일이 돌아보자, 눈치 빠른 이화림이 탁자로 손을 뻗었다. 김구와 김홍일과 안공근과 엄항섭이 앉은 탁자 한가운데에 이화림이 쇠로 된 주전자를 두었다. 그러고는 손으로 모양을 만들어 가며 설명했다.

"쇠주전자가 이즈모라면 이렇게가 포구입니다."

주전자 뚜껑을 연 이화림이 손가락에 물을 찍어 마른 탁자 위에 진한 물자국을 남겼다. 그러고는 포구 주변에 점들을 드문드문 찍어 감시탑의 위치를 표시했다.

"이즈모 인근은 왜놈 해군이 부리는 보트만 왔다 갔다 합니다. 다른 배는 접근 못 하구요."

김홍일이 자세한 설명을 덧붙였다. 안공근은 이즈모가 왜놈들의 성채(城砦)고, 갈색 흙이 섞여 누렇게 보이는 황푸쟝 강물이 성을 두른 해자(垓字)라는 생각을 했다. 왜놈들의 거대한 성을 무너뜨리는 거로구나. 혈관 속에 피가 아닌, 용암이 도는 기분이었다.

그들의 고민은 이런 것이었다. 감시탑을 피해 어떻게 수뢰를 이즈모로 가져가는가.

김홍일이 감시탑과 감시탑 사이들을 툭툭 가리켰다.

"여기엔 뭐가 있지?"

"비었는데…… 아, 맞다!"

이화림이 기억을 되살리려 눈을 깜빡였다.

"여기 즈음에 배들이 쭉 있었어요."

드문드문 묶였던 배들은 이즈모에게 자리를 내주려 한곳으로 끌려와 정박된 모양이었다. 유상근은 정확한 위치를 떠올리지 못했고, 이화림의 기억에는 정박된 배 양쪽에 세워진 감시탑 두 개가 어렴풋했다.

"얼마나 되지?"

배들이 묶였다는 지점과 이즈모인 주전자 사이를 안공근이 가리켰다.

"150미터는 안 되고, 100미터는 넘을 것 같습니다."

김홍일이 탁자로 손가락을 뻗어 강변을 두들겼다.

"수뢰는 도화선을 달아 폭발시키는 방식입니다."

고무로 감싼 도화선 중 가장 긴 걸 연결하면 30분 정도 타들어 갈 것이었다.

"배들이 좁게 정박되었다니 그 사이로 잠입할 수 있을 겁니다. 어떤가?"

이화림이 더 먼 곳을 짚었다. 일본군 장성들이 보트를 타는 곳 반대편이었는데, 거기에도 감시탑이 세워져 있었다.

"여기에도 배가 서너 척 정박되어 있습니다. 이리 들이는 게 보다 수월할 겁니다."

김홍일이 의논을 정리했다.

"잠수부를 써서 수뢰를 물 밑으로 이동시키시지요."

"불을 붙인 채로? 30분 안에 말인가?"

"그 정도 거리면 넉넉할 겁니다."

안공근이 근원적인 질문을 내놓았다.

"누가 잠수를 하지?"

중국인 거리는 좁은 골목을 마주한 3층짜리 건물들로 복작거렸다. 1층은 대개 가게였고, 2층 대부분은 주인이 썼으며, 2층 일부와 3층의 공간 곳곳에 세입자가 들어와 월세를 내고 살았다. 1층 가게엔 잠화점와 쌀가게와 포목점 등이 자리했고, 매일의 찬거리인 채소를 팔거나 돼지와 오리의 살을 내건 고깃집도 있었다. 가난한 사람들은 15전에 뜨끈한 훈툰을 먹거나 같은 값에 중국식 꽈배기인 요우티아오[油条] 세 개에 콩 국물인 또우지앙[豆浆] 한 그릇으로 배를 채웠다. 매 끼니를 가져다주는 일종의 장기간 도시락 배달인 빠우판[包飯]을 이용하면 굶지 않고 편했지만 식어 빠진 밥에 말라붙은 절인 채소와 딱딱해진 볶은 돼지고기는 물리기 일쑤였다. 게다가 빠우판은 값이 싸지도 않았기에 그걸 이용하는 상해 내 조선인들은 몇 되지 않았다.

그날 그들 여섯이 웅크려 앉은 곳은 철야 영업을 하는 식당이었다.

다섯 명의 몸에선 하루 날품을 판 사람의 노곤함이 짙게 배어 있었다. 더 먹게들. 돼지 내장에 쌀을 푹 익혀 뜨끈하게 나오는 죽이 한 그릇씩 나왔건만, 노종균은 다섯 그릇을 더 시켰다. 그는 올해 서른아홉이었고, 다른 다섯을 막냇동생 정도로 여겼다. 바짝 익어 오돌토돌 쫄깃해진 고기를 그들은 즐겁게 씹었다.

윤우의가 다 먹어 밀어놓은 그릇을 포개어 주인에게 주었고, 최흥식이 간장과 소금이 담긴 자그마한 통들을 탁자 중심에 모았다. 놓인 위치를 대강 살핀 유진만과 이덕주가 젓가락을 길게 붙여 놓았다. 젓가락 사이가 활주로였고, 작은 통들이 건물이었다.

"활주로는 많이 지어졌어요. 건물들은 모양이 나온 것도 있고, 터만 잡힌 것도 있습니다."

이덕주가 간장통과 소금통을 번갈아 가리키며, 아까 서로 나눴던 말을 노종균에게 반복했다. 탄약고라. 거기를 날려버릴 뭔가는 김홍일을 통해 중국군에게 받을 수 있을 터였다.

"문제는 탄약 창고에 언제 탄약이 들어가느냐일 텐데."

비행기가 들어차길 기다릴 수 있을까. 탄약고만 날려버려도 상당한 성과일 텐데. 돌아가는 상황에 따라선 활주로 사용과 탄약 반입과 남은 공사 일정이 겹칠 수도 있었다.

"왜놈들 탄약고를 날려 버린다……."

노종균의 흡족함을 알아본 다섯 청년이 미소 지으며 서로를 돌아보았다.

활주로 공사장은 며칠이 더 필요했다. 다른 급한 용무를 떠올린 노종균이 안공근에게 받았던 김구의 질문을 다섯 청년에게 꺼냈다.

"자네들 중 혹시 잠수할 줄 아는 사람 있나?"

"수뢰는 물에 뜨게 되어 있어요. 그걸 눌러가며 물 밑에서 이동시켜야 하고요. 그러면서 수면에 살짝 올린 대롱으로 숨을 쉬어야 합니다."

다음 날 다시 건너온 김홍일이 설명을 이었고, 모여 앉은 모두가 막막한 표정을 지었다. 자신을 돌아보는 김구에게, 안공근이 고개를 가로저었다. 노종균에게 듣기론 잠수는커녕 수영을 제대로 하는 청년도 임정 내엔 없었다.

김구는 임정 젊은이 중 이 일을 할 자가 없다는 사실에, 홀로 안도했다. 이봉창을 사지(死地)인 도쿄로 보낸 후, 김구는 하루도 편하게 잠든 밤이 없었다.

"수가 없으면 만들어야지."

김구가 그리 말하며 김홍일을 돌아보았다.

"중국인 잠수부를 구해야 할 텐데요. 아마 적지 않은 돈을 써야 할 겁니다."

목숨을 걸어야 하는 일일 테니, 많은 지불을 요구할 게 분명했다.

김구는 한참 뒤에야 입을 뗐는데, 그만큼이나 결심이 어려웠기 때문이었다.

"해보게. 이 일을 감당하겠다는 중국인 잠수부를 섭외해 보게!"

알아보는 데엔 꼬박 사흘이 걸렸다. 몹시 바빴지만, 김홍일은 짬을 내 군용 차량을 탔다. 한낮 올드시티 남단 어느 골목이었다.

알선자가 수위꾸이[水鬼]라 불렀던 두 사람은 체구가 작은 중늙은이였다. 한 명은 쉰 살이고 다른 하나는 마흔이 갓 넘었댔는데, 햇볕 받으며 억센 일을 한 사람들이어서 그런지 훨씬 나이 들어 보였다. 생김이 멍하고 행동거지가 느릿해 미심쩍었으나, 전쟁통에 이런 일을 감당하겠다는 자는 오직 그들뿐이었다.

얘기를 나눈 김홍일은 다시 만날 날짜와 시간을 정하고는 곧장 프랑스 조계지로 전갈을 보냈다. 안공근, 김철과 있던 김구는 곧장 김홍일을 만났다. 그는 본대로 낱낱이 일러주었다.

"낚싯바늘처럼 구부러뜨린 대나무 반대쪽을 물 위로 내밀어 호흡한다는데, 물 밑에서만 움직인답니다. 수뢰에 납을 매달아 가라앉힌 채 옮기고 벗겨내 수면으로 올리겠답니다."

"물 위로 대나무가 보이면 들통나지 않을까?"

김철이 의문을 표했고, 김홍일이 대답했다.

"파도가 치고 햇살이 반짝여서 저 위에서는 못 알아볼 거랍니다."

세워진 감시탑은 높았고, 거기에선 그리 상세히 보이지 않을 것이었다.

"한낮에 하겠답니다. 물이 가장 반짝이는 시간이라 호흡통이 잘 가려질 거라고요. 알선자 말로는 자맥질 실력은 확실하답니다."

왜놈들 군사회의가 한창일 9시 너머면 더할 나위 없겠지만, 직접 작전을 수행할 이의 의견도 무척 중요했다.

김구는 잠수부 두 사람의 됨됨이에 대해 물었다. 김구는 일을 감당할 사람의 그릇이 성패를 좌우한다고 믿었다. 김홍일은 솔직히 말했다.

"미심쩍었습니다. 꽤나 거액을 요구하기도 하구요."

중국인 잠수부는 1,000위안을 요구했다. 그건 그들의 남은 전부였다. 하와이 교민들이 보낸 성금의 6할이 이봉창 의거에 쓰였고, 남은 걸 닥닥 긁으면 1,000위안이 겨우 되었다.

김철이 김구를 돌아보았다. 김구는 자신이 결정해야 한다는 사실을 알았다. 대한민국 임시정부 국무령인 그에겐 권한이 주어져 있었다. 하지만 김구는 그걸 언제나 거대한 책임감 속에서 행사했다. 그랬기에, 그는 자신이 앉은 자리가 늘 버거웠다. 단 한 번조차도, 결정은 쉬웠던 적이 없었다.

"어떤가. 가능하겠나."

김홍일은 김구가 도움을 바란다는 느낌을 받았다. 김구는 하루이틀에 한 번씩 피신을 다니는 중이었다. 그는 이즈모를 볼 수도, 비행장을 떠올릴 수도, 바깥의 혼란한 전쟁을 가늠할 수도 없었다. 그럼에도 불구하고 국무령은 가장 마땅한 결정을 내려야만 했다.

국무령을 돕고 싶다고 김홍일은 생각했다. 김구는 김홍일의 판단을 통해, 자신의 결정이 근거를 갖길 바라는 중이었다. 김홍일 또한 이 결정에 임정이 지닌 마지막 한 방울이 담긴다는 걸 알았다. 그렇기에 김홍일도 선뜻 대답하지 못했다. 하지만 그는 자신이 이 굴레를 기꺼이 써야, 국무령이 편할 거라는 걸 알았다. 그는 주어진 책무를 달게 쓰고자 했다.

"하시지요. 해낼 수 있을 겁니다."

"수뢰는 언제 만들어지나?"

"사흘 안에 가져오겠습니다."

오늘이 2월 8일이니, 11일이면 착수 가능하다는 얘기였다.

한참 고민하던 김구가 고개를 끄덕였다. 그러고는 창산 속으로 손을 집어넣어 안에 꿰매두었던 주머니를 잡아 뜯었다. 거기에 반으로 접어둔 지폐를, 김구가 김홍일에게 건넸다.

"실행하게, 나흘 뒤 정오에. 왜놈들의 지휘소 군함 이즈모를 폭침시키게!"

2

야자와 소좌와 와타나베 소위가 세 배우와 함께 임정 청사 건너편 건물로 간 건, 2월 9일이었다. 한밤중에 두세 명씩 나눠 들어간 그들은 불을 끈 상태에서 짐도 풀지 않고 그냥 잤다. 올라오는 냉기를 막으려 두 겹으로 이불을 깐 그들은, 미리 정한 순서대로 보초를 서며 건너편 임정 청사를 망원경으로 훑었다.

다음 날 아침, 청록색 비단에 옥빛 실로 수 놓은 창샨을 입은 마치다는 갈색 안경을 써 사업가처럼 꾸몄다. 발목까지 오는 녹색 드레스에 감색 외투 차림의 아오이와 함께 마치다는 인근 부동산업자를 찾아갔다. 그러고는 건물 구매에 관심을 둔 척하며 청사 인근을 서너 시간 안내받았다.

청사는 도로에 붙어 있었고, 그 뒤로는 좁은 골목들이 혈관처럼 이어져 있었다. 아오이는 방향과 거리 감각을 잃을 것 같은 기분을 간간이 느꼈다. 망(亡) 자처럼 생긴 도로에 앞쪽을 내민 수십 채의 2, 3층짜리 건물들은, 서로의 누추한 겨드랑이와 너저분한 등을 지저분한 골목으로 공유하고 있었다. 쓰레기 더미를 쥐들이 오갔고, 음식점들은 따뜻하고 축축한 습기를 피워 올렸으며, 아이들의 왁자지껄한 환호성이 골목 곳곳에 가득했다. 중년 사내들은 경계 어린 눈초리로 낯선 이들을 멀찌감치 바라보았고, 나일론으로 지은 치파오를 입은 여인들은 서로에게 머리 기울여 나직하게 속삭였다. 아오이는 거무튀튀한 담벼락 너머 울리는 전화벨 소리가 유난히 먹먹하게 들린다는 생각을 했다.

집들은 똑같은 모양을 한 게 없었다. 어릴 적 살았던 난징과 오사카에서, 마치다는 비슷한 거리를 걸은 기억이 있었다. 걸어도 걸어도 비슷한 곳을 반복해서 걷는 느낌은 시큼한 공포와 묘한 달착지근함을 동시에 맛보게 했다. 미로 속에서 인간은 길을 잃고 마침내 자신마저 잃지. 그런 생각을 하며, 마치다는 임정 청사 방향을 간간이 돌아보았다.

아오이는 구시렁거릴 뿐이었다. 부동산업자가 듣지 못하게 작은 소리로 그녀는 자기 신세를 원망했다.

"진절머리가 나. 지겹도록 재미없어."

한편, 건물에 남아 있던 오무라 마사미치는 야자와에게 친근하게 말을 걸었지만, 겸연쩍게도 소좌는 별다른 반응을 보이지 않았다. 오무라는 종종 미소를 지어주는 와타나베 또한 사실 자신에게 아무 관심 없다는 걸 알아차렸고, 홀로 남겨진 시간 내내 침울하게 보냈다.

청사를 오가는 사람은 하나도 없었다. 야자와는 와타나베에게 남의 눈에 안 띄게 쓸 전화기가 우쑤앤러우 1층에 있다고 일러주었다. 전화 보고는 오후 4시에 하게 되어 있었고, 당연히 있을 도감청을 의식해 정해진 암구호만 말하고 와야 했다. 다나카에게 전화 보고를 하러 우쑤앤러우에 들어가는 건 아오이가 맡았고, 동행하는 오무라는 인력거꾼으로 위장해야 했다. 언덕 위로 인력거를 당기려 허벅지가 터져라 힘을 쓰던 오무라가 역할 배분을 한 와타나베를 향해 벌건 얼굴로 욕을 해댔다.

"그 헌병 새끼 반드시 죽일 테다."

뒤에 탄 아오이가 느긋하게 꾸중했다.

"구시렁거리지 말고 천천히 가."

밤이 늦도록 마치다는 여전히 창산 차림이었다. 오무라가 쓰던 군용 망원경이 아닌, 한 손으로 드는 오페라글라스를 눈에 댄 마치다가 임정 청사를 살피며 중얼거렸다.

"어디 있나요, 국무령 각하."

김구가 작정한 일은 비밀리에 진행되었다. 수뢰를 반출하라는 중국군의 명령 또한 은밀하게 이뤄졌다. 중국군 수뇌부 정도만이 이 일을 알았다.

상해 북쪽의 교전은 교착상태에 빠져 있었다. 화력이 부족한 중국군은, 잘 보강된 진지에서 강하게 버티는 중이었다. 일본군은 철조망과 모래주머니들을 뚫어내지 못했고, 수적 열세에도 중국군 전투기는 일본군 전투기와 대등하게 싸워 적의 공중 장악을 막았다.

대한 임정이 이즈모 침몰 작전을 몰래 수립한 다음 날인 2월 9일, 일본은 제9사단과 독립전차 제2중대가 소속된 제24혼성여단을 수송선 16척에 실어 상해로 파견했다. 이들이 상해 북부에 도착하려면 최소 엿새는 지나야 했다. 그 엿새를 벌기 위해, 일본은 다른 나라들을 속였다.

상해 전쟁이 지속되자 열강들은 몸이 달았다. 전쟁으로 상해의 상업적 활동이 위축되는 걸 그들 모두는 끔찍하게 여겼다. 영국과 미국과 프랑스와 이탈리아 모두 중국과 일본이 화해하길 바랐고, 그중 영국이 가장 적극적이었다. 제9사단과 제24혼성여단을 파견하자마자, 일본은 정전 회담을 수용하겠다고 떠들어댔다. 2월 10일, 제9사단장 우에다 겐키치[植田謙吉]와 19로군 군단장 차이팅카이는 영국이 주선한 중일 양국군 대표 회담을 가졌으나, 입장을 좁히진 못했다. 일본은 애당초 휴전할 생각이 없었고, 만주를 삼킨 그들은 상해마저 거머쥘 수 있다고 여겼다. 시간을 보낸 일본은 다시 공세를 벌였지만, 중국 19로군은 무수한 사상자에도 불구하고 방어선을 사수해 냈다. 일본 파견군은 또다시 증원을 요청했고, 대본영은 2개 사단 증파를 결정했다.

안공근의 집 2층 침상에 앉은 김구는 임정 식구들이 알아낸 이런 소식을 오래도록 들었다.

감시 이틀 만에, 지휘권자인 와타나베 소위는 국무령을 잡을 수 없겠다는 판단을 내렸다. 청사를 드나드는 이는 출근하는 젊은 여자 하나뿐이었고, 잠깐 들르는 사람도 두어 명이 전부였다. 와타나베는 이동녕과 안창호를 어렵지 않게 알아보았다. 이동녕은 매일 오전에 와 차를 마시고 갔고, 안창호는 무규칙하게 간혹 들렀다.

임정 사람들은 적은 반면, 밀정은 너무나도 많았다. 그들은 야자와가 풀어놓은 자들이었는데, 어찌나 많은지 천황 폐하께서 행차라도 나왔나 싶을 정도였다. 보통 사람처럼 보이려 애썼지만, 청사를 돌아보고 살피는 시선들이 너무도 노골적이어서 누가 봐도 일반인이 아니었다. 저리 드글거려서는 오던 김구도 돌아서겠어. 밀정 각각은 자신의 윗선을 통해서만 지령을 수령했다. 야자와는 영사관에 반나절 머물며 세부 지령을 내려 밀정들을 거둬들였다.

수뢰는 약속대로 사흘 만에 반출되었다. 김홍일이 운반할 계획을 알리자, 그날 밤 노종균이 움직였다. 창샨을 입어 중국인으로 위장한 노종균은 인력거를 타고 일본 조계지로 갔다. 적당한 목표를 찾으러 거리를 빙빙 돌던 그는 화물을 내리려 잠깐 세운 잡화점 트럭에 올라타 그대로 내빼버렸다. 안전을 위해 미국 조계지까지 넘어갔던 노종균은 프랑스 조계지 서쪽 지역으로 우회하려 트럭을 멀리 가져갔다. 노종균이 약속 장소인 올드시티 인근에 다다른 건 다음 날 새벽이었고, 김홍일은 빌린 택시 트렁크에 수뢰를 싣고 대기 중이었다. 노종균과 김홍일이 상자에 담긴 수뢰를 번쩍 들어 잡화점 트럭에 옮겨 실었다. 2월 12일 아침 7시의 일이었다.

"국무령께서 수뢰를 보고 싶어 하십니다."

프랑스 조계지를 지나는 경로라면 그리해 달라는 당부를 들었다며, 노종균은 말을 전했다.

시간이 촉박했지만, 김홍일은 김구의 심정을 이해했다. 그렇기에 경로를 우회해 프랑스 조계지를 들르기로 했다. 수뢰가 실린 잡화점 트럭 핸들은 노종균이 잡았다. 김홍일은 빌린 택시를 운전해 안공근의 집에서 국무령을 모시고 나오기로 했다. 잠깐 보게 해드리고 가면 되니까 싶어 별 뜻 없이 정한 장소는, 임정 청사 앞이었다.

보안상의 이유로 반대했지만, 안공근은 김구의 고집을 꺾지 못했다.

"임정의 마지막 노력과 집념이 그 수뢰 하나에 담겼어."

그렇기에 김구는 그걸 봐야 했다. 잠을 도통 못 이룬 그의 눈이 핏발로 붉었다. 그 커다란 물폭탄엔 해방을 위한 온 겨레의 염원이 담겨 있어! 김구는 그 은빛 구체에 그런 의미를 두고 있었다.

김구와 안공근을 임정 청사 앞에 내려준 김홍일은 곧장 떠나갔다. 올드시티로 되돌아가 두 잠수부를 태우고 접선 장소로 이동하려면 시간이 빠듯했다. 안공근은 김구를 골목 안으로 이동시켰다. 그러고는 언제나처럼 김구 곁에서 사방을 날카롭게 돌아보았다.

"큰길에서 수뢰만 잠깐 보겠네. 트럭이 이리 오는 거 맞나?"

대답 대신, 안공근은 김구를 골목 안쪽으로 더 바짝 잡아끌었다. 김구의 시선은 저쪽 큰길에 붙들려 있었다.

그리고 그 광경을 오무라가 군용 망원경으로 살펴보는 중이었다.

골목 바깥으로 뻗은 처마에 김구의 가슴 윗부분이 드러났다 가려지길 반복했기에, 오무라는 고개를 갸웃거리는 중이었다. 오무라가 확인을 도와줄 동료들을 불렀지만, 다들 창가로 다가오기까지는 시간이 필요했다. 마치다가 더 나은 각도를 찾으려 이 창문에서 저 창문으로 옮겨 다녔고, 야자와는 벽에 기대어 상황을 골똘히 살폈다. 오페라글라스를 눈가로 가져가는 아오이 옆에 선 와타나베는 창문에 이마를 댔다.

그리고 그 사이에 트럭 하나가 길가에 섰다. 잡화점에서 쓰는 보통의 짐 싣는 차였다.

망원경들이 바라보는 각도에서는 운전석에 앉은 낯선 중년 사내와 차량 오른쪽 면이 보일 뿐, 골목에서 나오는 사람은 가려져 보이지 않았다.

"내리지 말게나."

하지만 노종균은 운전석에서 내렸고, 와타나베 일행은 낯선 중년 사내의 전신을 그제야 똑똑이 볼 수 있었다. 트럭 뒤로 간 노종균이 어둑한 짐칸을 김구에게 보여주려 뒷문 포장을 절반쯤 들췄다. 짐칸 안에 자리한 수뢰 담긴 상자를 한참 바라보던 김구가 고개를 끄덕였다.

"작전이 정해졌으나 현장은 변화가 많을 테니 그대들이 임의로 진행하게."

운전석에 다시 오른 노종균이 고개를 깊이 숙이고는 가속 페달을 밟았다. 멀어지는 트럭을 바라보는 노인의 얼굴이, 망원경과 오페라글라스에 또렷이 들어왔다.

백정선이다!

매일 같이 김구를 기다리던 그들은, 막상 거기 서 있는 그를 보자 그만 멍해지고 말았다. 먼저 정신을 차린 건 마치다였다. 달려나가려는 그를 향해 아오이가 손을 뻗었다.

"내가 도박장에 가서 전화를 걸게."

아오이는 지원을 요청해야 한다고 여겼던 것이었다. 마치다가 고개를 내저었다.

"늦어."

마치다가 권총을 꺼내 들었고, 야자와가 그제야 어깨를 벽에서 떼었다. 야자와의 계산이, 그의 눈동자 흔들림 만큼이나 재빠르게 이루어졌다. 오무라와 아오이가 눈을 휘둥그레 떴다. 와타나베도 자기 총을 거머쥐었다. 아오이가 고개를 내저었다.

"마치다 씨. 사람 쏠 수 있겠어요?"

이곳으로 파견되기 직전 세 배우는 와타나베에게 사격훈련을 받았지만, 그건 열 걸음 밖의 유리병일 뿐이었다. 다른 둘이 말리는 시늉을 하자 마치다가 코웃음을 쳤다.

"찌르는 거랑 비슷할 테지."

아오이와 자신이 각자 다른 대목을 짚었다는 사실을 못 알아차린 채, 마치다는 계단 아래로 뛰어 내려간 와타나베를 뒤따랐다. 야자와는 예의 그 뚱한 표정으로 돌아가는 상황을 지켜보는 중이었다.

잡화점 트럭은 저쪽 코너를 돌며 사라지고 있었다. 안공근이 나직하게 말했다.

"동우는 미국 조계지로 들어가 영국 조계지를 거쳐 일본 조계지로 들어갈 겁니다."

김구가 숨을 푹 내쉬었다. 단 한 번의 검문으로 일을 그르칠 수 있었다. 혀는 애저녁에 바짝 말라붙었고, 심장엔 납덩이가 달린 것 같았다. 이 일에 김구는 임정이 지닌 자금 전체를 쏟아부었다. 실패라는 단어는 생각조차 하고 싶지 않았다.

건물에 남겨진 오무라와 아오이가 낮은 목소리로 어찌해야 하나며 실랑이를 벌였다. 그 소리를 들으며 야자와는 망원경을 집어 들었다. 저 아래를 살피면서, 야자와가 아오이에게 말했다.

"저 사람들 말려요. 안공근 등이 숨어버리면 어쩌려고?"

말을 알아들은 아오이가 치파오를 무릎 위로 확 당기곤 계단 저 아래로 내달렸다.

안공근에게 거듭 재촉받고서야 김구는 골목으로 몸을 돌렸다. 차마 떨어지지 않는 발걸음이었다.

3층 창문에서는 오무라와 야자와가 몸을 구부리고 아래를 내다보고 있었다. 망원경에서 눈을 떼지 않은 채, 야자와가 오무라를 향해 손을 뻗었다.

"총, 어딨나?"

브라우닝 권총을 건네받은 야자와가 손을 벽 쪽으로 뻗어 그걸 쐈다. 천둥 치는 소리가 우렁차게 되울렸고, 오무라가 놀라 굳어버렸다. 연기가 흘러나오는 브라우닝 권총을 야자와가 오무라에게 돌려주었다.

"잘 썼네."

망원경을 내려놓은 야자와가 문을 열고 계단을 천천히 내려갔다.

아오이는 헐레벌떡 계단 끝까지 내려갔으나 마치다와 와타나베를 붙들기엔 역부족이었다. 헐떡이며 바라보니 와타나베가 큰길을 뛰어 건너는 중이었고, 마치다가 그 뒤를 따르고 있었다. 그리고 방금 자신이 떠나온 위층에서 총성이 울렸다.

저 앞의 목표가 화들짝 놀라 골목 안으로 후다닥 뛰는 게 보였다.

맞을까, 저놈이 정말 김구가 맞을까. 와타나베는 총소리에도 아랑곳하지 않고 내달렸다. 뒤쫓던 마치다만 놀라서 총성이 난 곳을 돌아보았다. 그들이 망원경으로 내려다보던 3층인게 분명했다.

터벅터벅 누군가 복도를 내려오는 소리가 들렸다. 야자와 소좌였다. 아오이는 멀거니 선 자기 곁을 휙 지나가는 야자와를 가만히 지켜보았다. 화약 냄새가 확 올라왔다. 하지만 순식간에 너무 많은 일이 휘몰아쳤기에 그녀는 그게 어떤 의미인지 미처 몰랐다.

와타나베는 권총을 들고 열심히 달렸지만, 골목 안에서 뭐가 튀어나올지 모른다는 두려움 때문에 모퉁이를 돌 때마다 시간을 깎아 먹었다. 그사이에 뜀박질 소리는 차츰 멀어져 갔다. 어딘지 짐작도 안 가는 모퉁이를 돌았을 때, 와타나베는 중국인 사내 두엇과 부딪칠 뻔했고, 자기도 모르게 일본어로 사과할 뻔했다. 권총을 본 중국인들이 두려움 섞인 의심을 드러내자, 와타나베는 그만 오던 길을 되짚을 수밖에 없었다. 분한 마음에 그가 이를 득득 갈았다.

청사 맞은편 건물 출입구 안쪽에는 아오이와 마치다가 서 있었다. 총성에 놀란 그들은 차마 올라가지 못하고 1층에 가만히 서 있었다. 와타나베가 마치다의 멱살을 붙들곤 벽으로 밀어붙였다.

"총은 대체 누가 쏜 거야!"

아오이가 말리려는데, 그들 뒤로 출입문이 열렸다. 야자와였다. 성난 와타나베를 싸늘하게 바라본 야자와가 계단을 뛰어 올라갔다. 와타나베의 팔에서 힘이 빠졌고, 심상찮은 기색을 읽은 아오이가 야자와를 뒤쫓았다.

오무라는 3층 출입구에 서 있었다. 계단을 다 오른 야자와가 권총을 들어 그를 쐈다.

방들이 늘어선 복도 한복판에 쓰러진 오무라는, 꿰뚫린 가슴을 부여잡고 버둥거렸다. 커다란 총소리에도 불구하고, 어떤 중국인도 방 밖으로 나오지 않았다. 그들은 외면해야 모면할 수 있다는 걸 알았고, 아는 대로 행동했다. 틀어막은 손으로 시커먼 피가 솟구쳤고, 오무라는 이내 죽었다. 아오이가 비명을 질렀다.

"무슨 짓이야!"

총구에서는 아직 연기가 흘러나오고 있었다. 권총집에 권총을 찔러 넣은 야자와는 허리로 전해지는 뜨거운 기운을 느꼈다. 오무라에게서 흘러나오는 피가 그만큼이나 뜨거울 거라는 생각을 하며, 그는 잠시 몸을 떨었다. 다나카가 그의 도시 상해에서 설치는 건 괜찮았다. 제 부하들을 죄다 끌고와 제멋대로 작전을 펼쳐도 참아줄 수 있었다. 하지만 관동군 하수인 따위가 상해에서 백정선을 잡는 건 용납할 수 없었다.

복도를 타고 흐른 피가 계단 아래로 뚝뚝 떨어지는 걸 보며, 와타나베와 마치다는 3층으로 올라왔다. 야자와가 특유의 뚱한 표정으로 시신을 가리켰다.

"이 자가 지급받은 권총을 바닥에 떨어뜨려서 총성이 발사된 거다."

"그렇다고 사람을 죽여?"

아오이의 절규는 야자와에게 닿지 않았다.

"군사작전 중이다. 실패엔 책임이 따라."

"우린 민간인이라구!"

아오이가 악을 썼지만, 야자와는 꿈쩍도 하지 않았다.

"전시체제에서 모든 국민은 모두 군인이다."

안 그렇냐는 얼굴로 와타나베를 돌아보던 야자와가 두 배우에게 명령했다.

"철수한다. 당장."

수습하긴커녕 건드리지도 않은 채, 그들은 오무라를 죽은 그대로 두고 갔다. 마지막까지 어쩔 줄 몰라 하던 아오이가 이불을 가져다 시신을 덮었다. 그들이 돌아가며 잠을 자던 두 겹의 이불 중 하나였다. 둘이 잠깐 남았을 때, 와타나베는 야자와에게 속삭였다.

"군법회의를 각오해야 할 겁니다."

현명하게도, 야자와는 아무 대꾸하지 않았다.

선동이나 할 줄 아는 광대 따위를 죽인 게 대수인가. 다나카나 와타나베와 마찬가지로, 야자와 또한 사람을 도구로 수단을 이루는 자이자 그 기술로 승진의 계단을 밟아 오른 포식자였다. 그는 자신이 무얼 했는지 모르지 않았고, 그걸 어찌 감당할지도 잘 알았다. 그는 조용히 지기 부하 옆을 지나 밖으로 나갔다.

김구를 홀로 호위한 안공근은 해가 저물 즈음까지 프랑스 조계지 내 중국인 시장에 머물렀다. 숨죽이고 뒤돌아보는 내내 초조한 마음을 추스르며, 김구는 자신이 늙고 무력한 짐승이라는 생각을 했다. 쌀가게 창고의 포대 사이에 해가 지도록 무릎 모으고 앉은 김구는 적의 어금니가 얼마나 가까운지를 아프게 실감했다. 깊은 두려움 속에서 김구는 오직 한 가지 생각만 했다. 아니, 그건 생각이 아닌 기원이었다.

모든 액운이 내게로 오고 행운은 죄다 저리로 가서, 이즈모를 폭침시키려는 대한의 의거가 성사되게 하옵소서.

올드시티 남단으로 돌아온 김홍일은 대기하던 두 잠수부를 만나 택시에 태웠다. 영국 조계지로 넘어가 약속 장소로 접근하자, 노종균이 몰고 온 트럭이 보였다. 우중충한 날이었고, 러시아워가 막 끝난 이른 오전이었다.

영국 조계지 내 시장에 먼저 들렀던 노종균은 웃돈을 주고 겨우내 저장된 귤 두 상자와, 이르게 나온 부추와 마늘종을 세 상자 샀고, 막 잡아 살이 아직 푸르륵 떨리는 돼지고기 뒷다리살도 한 상자 트럭에 들였다. 노종균은 납작한 나무 상자들을 수뢰 주변에 차곡차곡 쌓았고, 무너지지 않게 밧줄로 고정시켰다. 새벽에 뽑은 채소에서 풍기는 신선한 향이 트럭 뒤에 가득 찼다.

고개를 뒤로 뺀 노종균이 택시 뒷좌석에 앉은 잠수부 둘을 보았다. 창백하고 불안한 기색에 노종균은 불길함을 느꼈다. 김홍일 또한 같은 생각이었지만 대안은 없었다.

공간이 부족해 택시 바깥으로 삐죽 튀어나오게끔 운반해 온 대나무 호흡통은 1미터가 조금 넘는 듯해 보였다. 그걸 트럭에 싣는 중국인 잠수부들의 동작은 긴장으로 잔뜩 굳어 있었다. 김홍일이 자기보다 네 살이 많은 노종균에게 신신당부했다.

"시간을 정확히 가늠하고 움직여야 합니다. 이즈모 밑으로 수뢰를 서둘러 이동시키고 빠져나와야 해요."

"잠수부들에게도……."

"오면서 여러 번 말해두었습니다. 수뢰 양 손잡이를 잡고 헤엄치라고요."

"밖에서 불을 붙이면 되는 거지?"

김홍일이 고개를 끄덕였다.

"고무호스 안으로 도화선이 타들어 갈 겁니다. 불붙일 쪽을 물 밖으로 빼놓으라고 일러뒀습니다. 일단 불이 붙으면 못 끕니다."

"시간은 30분?"

김홍일이 수뢰가 실렸을 뒤쪽 짐칸을 힐끗 보았다.

"위력이야 의심할 필요 없습니다. 이즈모를 날리기에 충분해요. 시간만 지키세요."

고개를 끄덕인 노종균에게 김홍일이 양손을 내밀었다. 노종균이 두 손 뻗어 그 손을 맞잡았다. 서로를 굳게 붙들었던 두 사람이 등 돌려 헤어졌다. 올드시티의 접경지에 김홍일을 홀로 남긴 채, 잡화점 트럭은 울퉁불퉁한 도로를 내달렸다.

정해진 경로 그대로 트럭은 밟았다. 영국 조계지에서 일본 조계지로 들어갈 길목은 미리 세심하게 선정되었지만, 검문이 어찌 될지는 아무도 몰랐다. 노종균이 모는 잡화점 트럭은 약정된 검문소를 향해 나아가는 중이었다. 그건 어쩌면 죽음으로 가는 직선 도로일지도 몰랐다. 하지만 가지 않을 수 없는 내달림이었고, 노종균은 대의를 짊어지기를 두려워하지 않았다.

 바리케이드로 막힌 도로에서, 일본 조계지로 들어가는 도로는 검문 검색이 한창이었다. 절차가 빡빡한지 도로는 차량으로 꽉 막혀 있었다. 입안이 바짝 마른 노종균은 물 한 잔이 급했지만 어쩔 도리가 없었다. 가다 서다를 얼마나 했을까. 노종균의 트럭 문을 탕탕 두들긴 헌병이 손을 벌렸다. 아무 말 없이 노종균은 공민증을 제출했다. 중국인으로 꾸며진 위조 신분증이었다.

 "어디로 가는 건가?"

 일본군이 물었다. 노종균이 못 알아듣는 시늉을 하자, 군인들이 귀찮다는 표정으로 누군가를 불렀다. 지체되자, 저 먼 뒤쪽 도로에서 길게 경적이 울렸고, 일본 군인들이 그쪽을 신경질적으로 돌아보았다. 불려온 통역병은 중국 성조가 괴상했다.

 "어디로 가나?"

 "지챤이라는 일본 식당이라는데, 포구에 있다던데요."

 "지챤이 아니라 요시가와다, 요시가와. 거긴 왜?"

 "채소랑 돼지고기 배달하러 갑니다."

 통역병이 다른 군인들을 향해 고개를 끄덕였다. 군인들이 바리케이드를 비스듬히 열어주자 차창 밖으로 고개를 내민 노종균이 통역병에게 물었다.

 "가장 가까운 길이 어딥니까?"

 이화림은 음식점 요시가와 맞은편 양장점 처마 밑에 서 있었다. 전에 요시가와를 왔던 차림 그대로 새벽에 걸음한 그녀는 마음 졸이며 수뢰를 기다리는 중이었다. 트럭을 운전하는 노종균을 본 이화림이 양옆을 돌아보며 도로를 건넜다. 속도를 줄인 트럭이 좌회전을 했고, 이화림은 트럭을 따라 천천히 걸었다.

정말 거대하구나. 운전석 바로 오른쪽 길 건너편에 정박한 이즈모를 보며 노종균은 그런 생각을 했다. 침략자들이 저기 잔뜩 탔다지. 저 거대한 성채를 무너뜨린다는 생각에, 핸들 잡은 손끝이 바들바들 떨렸다.

한편, 중국인 잠수부들은 침도 못 삼키는 지경이었다. 그러나 김홍일에게 사례비를 이미 받은 그들은 물러설 곳이 없었다. 노종균이 긴장을 풀어주려 부드럽게 말을 건넸다.

"물귀신이라면서요. 하던 대로 하시면 되는 겁니다."

두 잠수부가 못하겠다고 뻗대면, 돈을 회수해야 했다. 그 때문에 김홍일은 노종균과 헤어진 직후 중국인 잠수부들이 사는 집으로 갔다.

이화림이 설명한 대로, 감시탑과 감시탑 사이에 배들이 좁게 정박되어 있었다. 높이가 꽤 되는 요트에서부터 엔진 없는 낚시배에 이르기까지 각종 배들이 거기 나란히 묶여 물살에 흔들리는 중이었다. 노종균은 높다란 배들이 정박된 곳 옆에 트럭을 세웠다. 운전석에서 내리기 직전, 노종균은 잠수부들에게 저쪽 공간을 가리켰다.

트럭에서 내린 노종균은 앞으로 걸어와 보닛을 열었다. 한참 엔진룸을 들여다보던 노종균이 공구 찾는 시늉을 하며 트럭을 빙 돌아 짐칸으로 갔다. 그 사이, 잠수부들은 정박된 배들 사이 시야에 가려진 공간으로 재빨리 뛰어 들어갔다. 트럭을 길 가장자리에 바짝 붙여 세웠기에, 감시탑에서는 잠수부들이 배 사이로 숨어드는 걸 보기 어려웠다.

공구를 찾는 척하며 짐칸에 올라간 노종균이, 잠수부들의 대나무 호흡통을 양손으로 쥐고는 뒤를 보았다. 포장이 살짝 들춰져 있었는데, 감시탑에 선 보초와 눈이 딱 마주친 것 같았다. 짐칸에서 뭔가 내리는 광경이 안 보일 수 없는 각도였다. 얼른, 빨리. 노종균이 마음 졸이는데, 감시탑을 향해 이화림이 걸어오는 게 보였다. 긴장으로 땀을 뻘뻘 흘리며 노종균은 밧줄을 끄르고 채소와 돼지고기가 채워진 상자 위로 귤 상자를 일부러 위태롭게 쌓아 올렸다. 그러고는 수뢰가 담긴 상자를 짐칸 가장자리로 끌어당겼다.

수뢰 담긴 큰 상자는 노종균 혼자 내릴 수 없었다. 왼쪽 포장을 들춰보니, 이쪽을 바라보는 중국인 잠수부들의 얼굴이 보였다. 오른쪽 포장을 밀어 뒤를 보니, 2미터 높이의 감시탑에 선 보초가 이화림을 굽어보고 있었다.

이화림은 감시탑을 올려다보며 뭔가 묻고 있었고, 보초병은 트럭 반대쪽으로 손을 멀리 뻗으며 대답하는 중이었다. 포장을 들춰 삐죽 손 내민 노종균이 다급하게 손짓을 했고, 중국인 잠수부들이 트럭 짐칸으로 달려왔다. 수뢰 담긴 큰 상자를 함께 내린 그들이 배들 사이로 그걸 서둘러 내갔다. 대나무 호흡통을 잠수부들을 향해 휙 내던진 노종균이 짐칸에서 내려 배 그림자로 몸을 숨겼다. 노종균이 감시탑을 돌아보았다. 이화림에게 길을 알려준 보초병이 원래 자리로 돌아오는 게 보였다.

상자 안에 든 수뢰는 직경이 1m가 넘어 보였다. 쇠공 주변으로는 가느다란 고무호스가 둘둘 감겨 있고, 끄트머리가 삐죽 나와 있었다. 신발을 벗어둔 채 트럭에서 내렸던 잠수부들은 납이 든 허리띠를 점검 중이었다. 수뢰가 담긴 큰 상자를 양쪽에 든 그들이 배 묶어둔 밧줄 사이로 물에 몸을 담갔다. 노종균이 트럭 보닛으로 걸어가는데, 그림자 밖으로 나온 눈가에 햇살이 반짝 비쳤다. 저 앞 감시초소에서 내려온 일본 군인 둘이 이리 걸어오고 있었다. 뒤를 돌아보니 거기에서도 감시병 둘이 다가오고 있었다. 노종균이 아무 일 아니라는 뜻으로 그들에게 손을 내젓고 다시 보닛을 닫았다.

운전석으로 돌아간 노종균이 오른쪽을 돌아봤다. 중국인 잠수부들은 사라지고 없었다. 오전 11시 57분이었다.

다시 시동을 걸어 몇백 미터 밖으로 트럭을 몰고 가는 내내, 노종균은 사이드미러로 누가 뒤쫓지는 않는지를 살폈다. 노종균이 트럭을 길옆에 세우곤 시동을 꺼버렸다. 압박이 어찌나 지독한지, 토할 것만 같았다. 열쇠를 반대편 도로로 내던진 그가 음식점 요시가와 방면으로 다급히 걸었다. 감시탑 보초병들이 의심하지 않기를 간절히 바라며, 노종균은 최대한 자연스레 걸으려 애썼다.

바닥에는 상자들이 떨어져 있었고, 겨울을 난 저장용 귤과 갓 수확된 청경채가 나뒹굴고 있었다. 아까 짐칸 가장자리에 위태롭게 쌓은 게 제대로 떨어진 모양이었다. 허둥대는 노종균을 돌아본 일본 군인들이 싱거운 표정을 지으며 각자의 감시탑 방향으로 물러났다. 저 멀리까지 굴러간 귤을 상자에 주워 담으며 노종균은 배들 사이를 힐끗 보지 않으려 애썼다. 거의 다 주웠다 싶은 찰나에, 노종균의 시야에 갈색 군화가 들어왔다. 일본 군인이 그를 내려다보고 있었다.

노종균이 하려던 말은 그런 것이었다. 채소랑 돼지고기를 배달합니다. 지챤이요, 식당 지챤. 아니, 요시가와요.

"그 옆에 흘렸던데."

저도 모르게 노종균은 일본 군인이 주워준 담배와 성냥을 받아들었다. 아까 주머니에서 빠진 모양이었다. 일본 군인은 젊어 보였다. 우리 청년들이랑 비슷하겠어.

이상하게도, 노종균은 그 순간 눈물이 쏟아질 것 같았다.

일본 군인이 제자리로 돌아간 뒤, 노종균은 남은 걸 줍는 척하며 눈동자를 옆으로 돌렸다. 정해둔 대로, 중국인 잠수부들은 고무호스의 도화선을 정박된 배가 묶인 밧줄 매듭에 단단히 끼워두었다. 겹쳐 든 나무 상자를 바닥에 둔 노종균이 요트 옆에 바짝 붙어 물속으로 길게 뻗은 고무호스를 바라보았다. 중국인 잠수부들의 표정과 행동이 떠올랐다. 팔다리가 굳는지 동작이 더뎠고, 얼어버린 얼굴에 표정이 없던 그들이, 잘해주길 비는 것 말곤 다른 수가 없었다.

숨을 몰아쉰 노종균이 성냥을 꺼내 엄지에 대고 내리치자 불꽃이 화락 일었다. 노종균이 떨리는 손으로 불을 도화선에 갖다 대었다. 도화선이 안으로 타들어 가며 화르륵 소리를 냈다. 고무호스는 저 물 밑으로 이어져 있었다. 보이지 않는 저 먼 물속을 눈으로 잠시 더듬은 노종균이 손목시계로 시간을 확인했다. 의심을 면하기 위해 담배에 불을 붙인 그가 겹친 상자들을 안아 들었다. 들었다. 천천히 움직이려 애쓰는 노종균의 셔츠는 땀으로 흥건했다. 담배 연기를 저 멀리로 흘려보내며 그가 터벅터벅 걸어나왔다.

누군가 자신을 부르지 않기를 간절히 바라며.

쌀가게 창고에 앉아 있던 김구는 손목시계를 보는 중이었다. 중국인 시장에서 오래전에 산 2위안짜리 싸구려 시계는 가죽이 해져 있었는데, 거기로 몇 초에 한 번씩 자기도 모르게 눈길이 갔다. 안공근도 초조한지 간혹 깊은 숨을 내쉬었다. 국무령을 배려하느라, 그는 자기 담배도 태우지 못하고 있었다.

"몇 시 실행이었지?"

안공근이 자기 손목시계를 보면서 대답했다.

"12시 입수였으니, 지금쯤 빠져나왔어야죠."

12시 22분이었다.

노종균은 이화림과 요시가와 인근에서 만났다. 노종균은 저 구석에 안고 있던 상자들을 내려놓았다. 이화림이 눈으로 질문을 던졌다. 노종균이 재빨리 고개를 끄덕였다. 저 멀리 떠 있는 거대한 이즈모를 돌아보는 이화림의 얼굴이 긴장으로 잔뜩 굳어 있었다.

"12시 7분에 불을 붙였어."

노종균이 지금 시간을 알려주려 이화림에게로 손목을 돌려 보였다. 12시 35분이었다.

거기가 일본 조계지라는 사실도 잊은 그들은, 멍하니 이즈모만을 바라보았다. 그 거대한 성채가 무너지길 기다리며 그들은, 거리 한복판에서 그 순간 모든 걸 잊었다.

얼마지 않아 엄청난 크기의 물기둥이 솟구쳤고, 격렬한 폭발음이 들렸다.

공격을 감지한 이즈모에서 알람이 울려 퍼졌다. 급작스런 물벼락에 흠뻑 젖은 갑판 위를 일본 해병들이 격렬하게 뛰었다. 당혹스러움과 분노로 노종균의 얼굴이 뒤틀렸다.

"이즈모까지 3분의 2도 못 갔어요."

맥이 풀린 이화림은 아직도 이즈모로부터 시선을 떼지 못하고 있었다. 움직인 건 노종균이었다. 이화림을 붙든 그는 현장에서 조금이라도 빨리 멀어지려 발걸음을 재촉했다. 이화림의 목소리에는 울음이 묻어 있었다.

"우린 실패했어요."

"이즈모가?"

가와시마 요시코가 하는 말이, 다나카는 좀체 믿지 않았다.

"폭발로 일어난 물기둥의 크기로 보아, 중국군이 만든 수뢰가 분명하다던데요."

"중국군이 침투했다 이건데."

영사관 무관실엔 그들 둘이 앉아 있었다. 그녀를, 다나카는 이제 백정선 체포에 투입할 작정이었다.

그리고 노크도 없이, 문이 벌컥 열렸다. 화가 잔뜩 난 와타나베의 얼굴이 시뻘겋다.

"거기 배쿠존손이 있었어요! 확실히요!"

밤늦게 안공근의 집에 돌아온 김구는 그제야 노종균의 보고를 받았다. 괴로운 신음을 내며, 김구는 무너졌다. 깜짝 놀란 엄항섭과 이화림이 김구에게로 다급히 손을 뻗었다. 모두에게 붙들린 국무령이 침상으로 옮겨졌다.

한참이 지나서도 김구는 입을 떼지 못했다.

"남은 전부를 그 일에 쏟아부었는데……."

안공근은 이해를 못 했다.

"3분의 2도 못 가서 터졌다니, 잠수부들이 어찌 된 건가?"

"이즈모 밑바닥까지 가지도 못했나 봅니다. 수뢰가 터졌을 때, 둘 다 죽었겠지요."

김구에게 이런 일이 전혀 없진 않았다. 인생 모든 모퉁이마다 절망이 자리했었잖은가. 하지만 이토록 격렬한 낙담은 전엔 없던 것이었다. 그건 임정이 짜낸 마지막 기운이었다. 김구가 머리를 감싸 쥐었다. 다른 사람들에게 무너지는 모습을 보여선 안 돼! 그 일념 하나로 김구는 안간힘을 다했다.

다나카 소좌는 야자와와 와타나베를 쳐다보는 중이었다. 와타나베의 두서 없는 보고를 대강 들은 다나카는 야자와를 소환했고, 예의 그 뚱한 표정을 마주한 참이었다. 믿을 수가 없군. 임정 청사 앞에 트럭

두 대가 섰고, 그걸 보러 김구가 왔으며, 거의 동시에 황푸쨩에 정박한 이즈모가 수뢰 공격을 당했는데, 코앞에서 김구를 놓쳤다고?

자신이 부리던 오무라가 죽었다는 말을 듣고도 가와시마 요시코는 표정에 변화가 없었다. 다나카가 어떤 판단을 할지, 가와시마는 짐작하고 있었다. 그에게는 언제나 임무가 우선이었고, 그건 가와시마 또한 마찬가지였다. 그녀는 인생의 여러 경로를, 원치 않던 이유로 곡절 많게 겪어왔다. 그런 와중에 다나카에게 포섭된 가와시마는 일본을 위해 중국의 기밀을 알아내는 일에 부려지게 되었고, 밀정 노릇을 하며 진정한 삶을 찾았다고 생각했다. 그녀는 중화민국을 고통스럽게 만든다는 점에 만족했다.

하지만 청나라 공주였고 만주족이어서 한족이 세운 중화민국을 증오하는 건 아니었다. 일본에 입양되면서 이름부터 뒤바뀐 가와시마는 무엇도 증오하지 않았다. 그녀는 남을 속이는 일 자체에 몰입할 뿐, 증오할 만큼 뭔가를 마음 깊이 들인 적이 없었다. 그녀에게 중요한 건 임무였고, 그 와중에 느끼는 감각적 자극이었다. 그렇기에 가와시마 요시코는 오무라 마사미치의 죽음이 아무렇지 않았다.

한동안 침묵하던 다나카가 야자와에게 물었다.

"작전을 그르쳐서 죽였다?"

"그러합니다."

"근신하게. 공을 세워서 과를 덮도록 하고."

그게 전부였다. 입을 꾹 다물고 있던 와타나베의 손엔 철테 안경이 들려 있었고, 흥분으로 붉어진 얼굴에는 안경 자국이 또렷했다. 그가 다나카에게로 몸을 돌렸다. 와타나베는 야자와가 아플 지점을 정확히 알고 있었다.

"배쿠존손을 알 수밖에 없는 자를 뒤따라야 합니다."

그런 자가 몇 없다는 사실을, 다나카는 여러 보고서를 통해 상세히 알았다. 와타나베는 정확히 한 명을 짚어주었다.

"한정우라는 자가 최적입니다."

와타나베가 어떻게 한정우에 대해 알고 있는지에 대한 생각은 미처 할 겨를도 없었다. 한정우라는 단어에 놀란 야자와가 다급히 끼어들었다.

"한정우는 오랫동안 공을 들인 밀정입니다."

"공들인 자를 이런 일 아닌 다른 어떤 일에 쓰겠습니까?"

야자와의 말을 끊으면서까지 와타나베는 뜻을 굽히지 않았다. 그는 야자와의 총질에 자기 명령권이 모욕당했다고 느꼈고, 다나카의 기대에 부흥하지 못했다는 조급함에 이성적으로 상황을 판단하지 못했다. 와나타베는 어떻게 해서라도 야자와를 곤란한 상황에 처하게 만들고 싶었다.

"추원창이라는 자를 통해 한정우가 스파이라는 증거를 퍼뜨리는 겁니다. 그 방법밖에는 없습니다!"

"안공근이 그걸로 동굴에서 나온다고요?"

의문을 표하며 끼어들려는 가와시마를 다나카가 손 저어 말렸다. 지금껏 읽은 무수한 기밀문서와 다양한 보고서를 통해 다나카는 안공근이 충분히 그럴 거라는 걸 알고 있었다.

"안공근은 나올 거다."

안공근이 동굴 밖으로 나올 이유는 단 하나였다. 지금껏 충직한 후원자이자 애국자로 여겼던 사람이 민족배반자이자 밀정이었다는 사실이 가져올 배신감 때문에, 안공근은 한정우를 죽이려 들 것이다.

만족스레 웃은 다나카가 양쪽 둘을 번갈아 쳐다보았다. 야자와는 읽기 어렵게 표정이 무뚝뚝했고, 와타나베는 결연한 얼굴이었다. 다나카는 야자와와 오무라 사이에 무슨 원한이 있었는지는 조금도 궁금하지 않았다. 야자와가 아끼는 밀정을 와타나베가 사지로 내모는 건 다소 흥미로웠지만, 그건 자존심 때문일 게 분명했다. 와타나베에게 보통 사람 이상의 인정 욕구가 있다는 걸, 다나카는 이미 신임 특무장교 훈련 보고서를 통해 파악하고 있었다. 그리고 베이핑짠에서 처음 만났을 때 그의 번들거리는 눈빛을 보고 확신했다.

"임무는, 임무다."

그 말을 낸 다나카가 와타나베와 야자와를 번갈아 쳐다보았다. 그들은 고개를 끄덕였고, 그걸로 얘기는 다 된 셈이었다.

가와시마가 파악한 바에 따르면, 아오이 다에코와 마치다 료타도 겁에 질린 상태는 아니었다. 다나카는 그 점을 높이 샀다. 꽤나 의연하군 그래. 오무라가 죽었지만, 아직 팀은 건재했고 일은 진행해 볼 만했다.

다나카가 고개를 끄덕였다.

"좋아. 당장 시행하도록 하지!"

3

전쟁은 교착상태였고 정전 협상은 지지부진했다. 일본군은 16척 수송선에 나뉘어 탄 제9사단 병력이 도착하기까지 중국과 열강들을 속일 작정이었다. 그 기간에 가와시마 요시코를 중국군 고위층과 지속적으로 접촉시켜 정보를 빼내야 했기에, 다나카 소좌는 실행일을 미룰 수밖에 없었다. 그는 실행일을 보름 후인 2월 27일로 잡았다.

그들은 반도제분의 한정우를 속여서 미끼 삼아야 했다. 다나카는 전에 없던 일을 감행했다. 올드시티에서 한정우와 직접 대면하기로 결심한 것이다. 야자와 소좌는 특유의 뚱한 표정으로 달다 쓰다 대꾸 없이 지시를 이행했다. 양복에 중절모까지 쓰고 사업가로 위장한 그들은 몰래 올드시티로 건너갔다.

안락한 접선 장소로군, 다나카는 생각했다. 지도가 걸린 벽과 책으로 가득한 책장은 난로 불빛에 은은히 번들거리고 있었다. 난로에 불을 피운 야자와는 어둑한 저 뒤로 물러나 있었다. 다나카는 이리 건너오기 직전 야자와가 작성한 한정우 관련 서류를 샅샅이 읽었다. 야자와가 한정우를 포섭하는 과정과 조선 독립분자들의 신임을 얻게 만들려 황병립을 팔아넘긴 과정에, 다나카는 큰 감명을 받았다.

그는 벽난로 앞, 늘 야자와의 차지였던 그 자리에 앉았다. 그러고는 가느다란 두 다리를 포개어 맞은편 의자에 올렸다.

"야자와, 자네는 여기에서 뭘 성취하고자 했나?"

야자와는 여전히 뚱한 표정이었다. 대답하고 싶지 않아 했지만, 다나카의 시선은 집요했다.

　내가 뭘 하려 했던 걸까. 아무것도 없었다. 밀정을 부리고 음모를 부추기는 일은, 지독한 긴장과 끝 모를 고독을 강요했다. 야자와는 본국 사는 아내에게 월급을 보내주는 일 외에 외부와 교류가 없었으며, 아들과 딸은 길에서 만나도 몰라볼 지경이었다. 일에 미쳐 살았던가. 그건 아니었다. 난 이 음습한 특무공작, 보랏빛 모략 자체에 매몰된 거야.

　무엇이 나를 이 지경까지 밀어낸 걸까. 다른 이유가 있겠는가. 그는 그림자에 속하길 즐겼고, 물밑에서 이뤄지는 일을 짜맞추는 긴 밤을 기뻐했으며, 적을 속이는 협잡질에 만족해했다. 다른 건 부차적이었다. 칼을 즐겨 쓰는 자는 칼의 서릿함을 닮게 마련이다. 야자와 또한 마찬가지였다. 그 또한 비릿하고 음험하고 어두운 계략을 즐겼기에 그런 사람이 되고 말았던 것이다.

　하지만 야자와는 그리 대답하지 않았다. 그가 보기에, 다나카 역시 자신과 다를 바 없는 너절한 인간이었다.

　"니치렌 승려를 죽여버린 계략은 정말 탁월했습니다."

　야자와의 말을 들은 다나카가 눈을 깜빡였다. 무슨 말인지 못 알아듣겠다는 듯한 표정이었다. 아니면 그깟 공적 따위는 어제 내린 눈이나 마찬가지라는 뜻일까.

　"아, 아니, 아니, 정말이야."

　이제야 기억났다는 듯 다나카가 고개를 절레절레 흔들었다.

　"나한텐 그런 게 중요하지 않아."

그제야 야자와는 당장의 도취와 쾌락만이 다나카의 전부라는 사실을 깨달았다.

지시받은 시각에 노크한 뒤 문을 열던 한정우는 낯선 이를 보고 흠칫 놀랐다. 난로에서 나오는 장작 타는 불빛이 조명의 전부였다. 야자와가 괜찮다며 들어오라는 손짓을 보였다.

한정우의 경계심을 야자와는 곧장 알아보았다. 다나카 앞에서, 야자와는 한정우에게 새로 부여될 임무를 설명했다. 그토록 긴장하지만 않았더라도 한정우는 야자와가 평소와 다르다는 걸 알아차렸을 것이다.

한정우는 조선가정부 청사에 가라는 지시를 이해하지 못했다.

"청사엔 아무도 없습니다."

"독 속에 쥐가 있는지 없는지는 독 안을 들여다봐야만 알지."

가느다란 다리를 꼬고 앉은 다나카는, 어둠 때문에 얼굴이 명확하지 않았다.

"보름 후 청사를 방문해서 얘기를 듣고 와."

보름 후라면, 2월 27일이었다.

"그게 답니까?"

야자와가 대답하려 하자, 다나카가 끼어들었다.

"황병립을 팔아넘긴 게 자네라던데."

한정우의 얼굴이 모욕감으로 시뻘게졌다.

"해야 했기에 한 것뿐입니다."

"안공근과 연락할 수 있잖아. 안공근을 불러봐."

"그는 오지 않을 겁니다."

그럴 거라는 걸, 다나카도 알았다. 하지만 시도해 볼 가치는 있었다.

"군자금을 가져왔다 하고, 직접 와달라고 말해."

청사에 들어온 한정우를 잡으러 안공근이 오는 게 가장 좋은 그림이었다. 한정우라는 미끼를 프랑스 조계지 여기저기에서 흔드는 방식은 깔끔하기가 어려웠다.

"오지 않으면, 그걸로 끝입니까?"

"그러면 우쑤앤러우로 가. 거기에서 지령을 기다려."

우쑤앤러우? 한정우가 저도 모르게 야자와를 돌아보았다. 영국 조계지와 프랑스 조계지 접경에 자리한 그 요릿집에서, 그들은 황병립을 죽게 만들었다. 한정우는 이 대화가 마음에 들지 않았다.

"제가 모르는 게 있습니까?"

"손가락이 머리를 이해할 필요가 있나?"

다나카가 야멸차게 대답했고, 자신을 향한 한정우의 시선이 부대낀 야자와가 고개를 저리 돌렸다. 한정우는 야자와를 쳐다보는 중이었다. 그에겐 야자와의 반응이 중요했다. 자신을 이 비열한 세계로 끌어들인 사악한 존재였지만, 한편으로 한정우에게 야자와는 이 혼돈 속에서 살아나갈 수 있는 힌트이기도 했다.

한정우를 돌아보는 야자와는 특유의 뚱한 표정을 지을 뿐이었다.

"보름 뒤 4시에 찾아가겠습니다."

야자와가 끄덕였고, 그걸 확인한 한정우가 들어왔던 문으로 나갔다. 야자와는 다나카가 자신을 집요하게 쳐다본다는 걸 알았다. 문이 잠기고 발걸음 소리가 멀어지자, 야자와는 한숨을 조용히 삭였다. 한정우는 단순한 첩자가 아니었다. 그는 물론 야자와의 수단이었지만, 한편으론 속내를 이해하는 자이기도 했다. 나는 한정우를 태연히 버리질 못하는구나. 그걸 부대껴 하는 자신을 본 야자와는, 아직 자기 안에 인간의 얼굴이 자리함을 느꼈다.

그런 야자와의 얼굴을, 다나카는 흥미롭게 지켜보았다.

다나카와 야자와는 일본 영사관으로 돌아왔다. 지하 취조실에는 와타나베 소위와 추원창이 대기하고 있었다.

한정우가 민족배반자라는 소식이 퍼져나가야 해. 다나카의 주문을 받은 추원창이 고개를 끄덕였다. 추원창은 그런 소식이 퍼져나갈 최단 경로를 잘 알았다. 말을 퍼뜨릴 경로를 설명하려는 추원창에게 다나카가 지시했다.

"네가 가라."

추원창이 멀겋게 웃었다.

"뭐라고요?"

"네가 일본 영사관 무관과 한정우가 접촉하는 걸 직접 봤다고 말해."

말을 퍼뜨리는 것과, 직접 가서 증언하는 건 매우 달랐다.

추원창이 야자와를 돌아보았지만, 그는 딴청을 부릴 뿐이었다. 와타나베는 추원창이 하수구 바깥을 휘둥그레 쳐다보는 시궁쥐 같다는 생각을 했다. 정신이 아득한 채로, 추원창이 대답했다.

"그리하겠습니다."

안공근의 집, 발이 쳐진 공간에 김구는 누워 있었다.

저쪽 어둠에서, 나지막이 코 고는 소리가 들려왔다. 안공근이 잠든 모양이구나.

침상에서 일어난 김구가 앉은 자리를 돌아보았다. 속이 불편한 그는 신선한 공기를 마시며 조금이라도 걷고 싶었다. 하지만 그런 욕구조차 사치였다.

일어선 김구가 침상 옆을 천천히 걸었다. 서너 걸음 걷다가 다시 뒤돌아 걷기를 반복하는 김구의 얼굴이 체한 것처럼 허옜다.

뭘 해야 하는가. 고민은 고통스러웠다.

대한민국 임시정부의 국무령인 그는 이즈모 공격에 심혈을 기울였고, 작전은 처참하게 실패하고 말았다. 나는 정말 형편없는 지도자야. 온밤 내내 김구는 그 생각에 붙들려 있었다.

김홍일은 일본이 중국군의 상해 철수를 요구한다고 말했다. 이제 겨우 협조하기 시작한 중국이 상해에서 물러나고 프랑스 정부의 보호마저 사라진다면, 임정이 어찌 버틴단 말인가.

그는 국무령이었다. 그는 임정을 떠받들어야 했다. 그게 만세운동에 자발적으로 참여했던 조선 민중의 거대한 뜻이었고, 조국 광복을 향한 한 걸음이었다. 하지만 이제 임정이 지닌 게 무엇이란 말인가. 아무것도 없다는 생각이 김구를 괴롭게 했다.

그를 사로잡은 건 지독한 무력감과 낙담이었다. 질끈 눈 감은 김구가 두 손으로 머리를 움켜쥐었다.

설핏 뜬 눈에, 뭔가가 보였다. 침상 저 구석에 노인 한 사람이 몸을 오그리고 앉아 있었다.

― 선생님은 돌아가셨는데…….

고능선을 알아본 김구가 눈을 끔뻑였다. 고산림(高山林)이라는 별칭으로 불렸던 고능선은 김구가 스무 살에 모신 스승이었다. 김구는 안태훈의 집에 머무는 동안 고능선에게 배웠는데, 안태훈의 맏아들이 훗날 이토 히로부미를 쏜 중근이었고, 그 집 막내가 공근이었다. 서당 훈장을 연상시키는 체구 작은 노인 고능선이 빙그레 웃음 지었다.

― 어쩌면 창수 넌 취해 있는지도 몰라.

김창수, 옛 이름을 오랜만에 들은 김구가 멋쩍은 미소를 지었다.

― 술 한 방울 입에 안 댔는데요.

― 해방과 독립이라는 미친 꿈에 취해 있는 거란다. 창수 너는.

― 미친 꿈이라고요?

― 미친 게 아니란 말이냐? 네 아내는 둘째를 낳고 몸조리를 잘못해 죽었다. 네 늙은 어머니는 편히 독립운동하라며 손자 둘을 데리고 조선으로 돌아갔어. 거기에서 어떤 고생을 할지, 감이 잡히니? 상해에 남은 넌 거렁뱅이처럼 남의 집에서 잠과 밥을 구걸하는 중이다. 네 머릿속엔 대체 뭐가 있는 것이냐.

― 조국 광복과 민족 해방의 꿈이 있습니다.

― 나라는 있다가도 없는 것이고, 없어도 사람 삶에 별 상관없는 것이다.

그 말에 김구의 눈에서 불꽃이 튀었다.

― 아닙니다! 나라는! 나라는 그런 게 아닙니다. 나라는 높다란 건물이나 동상이 아닙니다. 나라는 관공서도, 섬겨야 할 높은 지위의 사람들도, 왕의 것도 백성의 것만도 아닙니다. 한반도에 반만년 터를 잡고 살아온 우리의 나라가 바뀌어도 우리는, 우리 공동체의 자존적인 삶은 바뀌지 않는 겁니다. 그렇기에 나라는! 우리 민족의 얼, 그 자체인 겁니다. 얼을 빼앗기고, 정신을 빼놓은 살아있는 시체처럼 함부로 매 맞고, 꿈과 미래와 행복을 박탈당한 우리이기에, 무엇보다도, 나라가 필요한 겁니다. 우리의 얼이 필요한 겁니다! 우리가 다시 정신을 지닌 이 땅의 주인으로 우뚝 살아나기 위해, 우리에겐 독립이 간절한 겁니다!

김구의 외침이 산을 뒤흔들었고, 목소리에서는 날카로운 톱날의 불꽃이 튀어나왔다. 스승을 바라보는 김구의 눈동자가 숯불처럼 벌겋게 달아올라 있었다.

그러나 늙은이는 고요히 앉아 미동조차 없었다. 김구를 가련한 눈길로 바라보던 고능선이 마침내 입을 뗐다.

― 네가 지닌 게 무엇이냐.

김구가 침상에 털썩 주저앉았다.

― 선생님은 아무것도 모르십니다! 당연하지요. 돌아가셨으니까요. 왜놈들이 조선 땅과 만주를 다 집어삼키고 여기 상해까지 쳐들어왔답니다. 중국을 공격하고 동남아시아에 손톱을 들이대고 있죠. 끔찍한 전쟁이…….

― 네가 지닌 게 무엇이냐.

김구가 고능선을 돌아보았다. 제자를 바라보며, 노인이 덧붙였다.

― 방패가 깨졌다면, 무얼 하겠느냐.

― 양손으로 칼을 휘두르겠지요.

― 칼이 부러지면 어쩌겠느냐.

― 주먹으로 내려쳐야겠지요.

― 주먹이 부서지고, 무릎이 꺾였다면, 어찌하겠느냐.

― 팔꿈치로 기어, 이로 물어뜯겠지요.

― 창수야. 달라진 건 없단다. 아무것도 달라지지 않았어.

늙은 선비가, 너도 이미 알고 있지 않냐는 눈짓을, 제자에게 보냈다.

― 언제고 이 나라는, 피를 먹고 견디며, 버텨서, 도리어 굳건해졌어.

― 아무것도 남지 않았어요.

무너지면서, 김구는 자기 얼굴을 감싸 쥐었다. 손과 얼굴 사이로 눈물이 번져나갔다.

― 우리 손에 아무것도 남아 있지 않다 이겁니다!

― 아니, 창수 너는 이미 답을 알아. 차마 못 할 뿐이지.

노인은 사라지고 없었다. 깨어난 김구가 곰곰이 생각에 잠겼다. 그제야 겨우, 그는 자기 안에 옹벽처럼 자리한 거대한 질문 앞에 선 것이었다. 저 끔찍한 질문 앞에, 이제야 서게 되었구나.

버려야 할 목숨이 누구인가?

4

그 열흘 동안 많은 일이 벌어졌다.

우선 제5군 2개 사단과 교도연대와 세무경찰연대가 가세하며 중국군은 5만 명 이상 불어났다. 수가 늘어난 건 일본도 마찬가지였다. 16척 수송선에 나누어 탄 9사단이 상륙하자마자 일본은 협상 테이블을 뒤엎고 세 번째 공세를 시작했다. 상해 북부에서 중국군은 일본군의 무지막지한 공세를 처절하게 버텨냈다.

일본군 비행장 공사는 막바지에 다다랐다. 청년들은 탄약고로 의심했던 장소를 늘 지켜보았지만, 물품이 반입되지 않은 그곳은 늘 비어 있었다. 이덕주는 비행기가 내려설까 종종 돌아보았지만, 하늘은 지독하게 파랄 뿐이었다.

다나카는 야자와를 시켜 잠깐 뺐던 밀정들을 임정 청사 인근과 프랑스 조계지 전체에 도로 풀어놓게 했다. 그러고는 전쟁 재개와 동시에 가와시마 요시코를 프랑스 조계지로 보냈다. 와타나베가 수배한 새로운 감시처는 복잡한 골목 한쪽에 자리한 포목점 건물 2층이었다. 시야는 전에 비해 나빴지만, 청사로의 접근성이 좋았다. 가와시마를 비롯해 아오이와 마치다, 야자와 소좌와 와타나베 소위까지 다섯 명이 거기 머물며 교대로 임정 청사를 감시했다.

추원창은 지시받은 시간을 정확히 지켜 임정 청사로 갔다. 한정우를 어찌 밀고할지를 고민하느라 추원창은 탈모를 겪을 지경이었다. 청사로 들어간 그는 이화림을 만나 동우를 불러 달라 부탁했다. 노종균은 한참 동안 추원창의 이야기를 듣기만 했다. 그러고는 이 이야기를 어디에서도 하지 말라 당부하고는 강당에서 대기하던 이덕주에게 전할 말을 일러주었다.

임정 청사를 뛰쳐나가는 이덕주를 그들 다섯은 지켜보고 있었다. 와타나베가 흘러내린 철테 안경을 코 위로 올렸다.

이덕주에게서 시작되어 몇몇 임정 사람을 거친 메시지는 한참 뒤 안공근에게 도착했다.

"말도 안 돼."

당연히, 안공근은 추원창의 밀고를 믿을 수 없어 했다.

확인이 필요했지만, 그들에게는 그럴 자원도 수단도 없었다. 황병립의 배반을 알아냈을 때와는 상황이 달랐다. 지금은 상해 어느 조계지건 군인과 경찰이 그득했고, 불심검문이 빈번했다.

"이보우, 동우. 내게 아무나 한 명 붙여주오."

청사에서 추원창은 턱을 내밀며 그리 요구했다.

"한정우가 배반자라는 물증이 될 장소를 아오."

그건 다나카가 미리 일러준 정보였다. 한정우와 접선이 이뤄지는 곳을 추원창에게 알려준 다나카는, 그걸 알려주어 조선 독립분자들의 신임을 얻으라 지시했었다.

고민하던 노종균은 이화림을 돌아보았다. 청사를 나온 추원창과 이화림을 그들 다섯이 포목점 건물 2층에서 내려다보았다. 따로따로 인력거를 탄 이화림과 추원창은 올드시티로, 반도제분 바로 옆 건물로 갔고, 그들 다섯은 청사 옆에 계속 머물렀다.

비가 흩뿌렸는데, 겨울비답지 않게 서늘한 기운이 없었다. 인력거 차양 아래로 들이치는 빗방울은 잘디잘았다. 검게 젖은 도로에, 인력거 바퀴가 매끄럽게 돌아갔다.

인력거에 앉아 모래주머니로 보강되고 기관총 진지가 세워진 올드 시티를 가로지르며, 이화림은 회의감에 젖었다. 이즈모를 폭파하겠다는 김구의 의지와 그걸 달성하려 했던 동지들의 열성을, 이화림은 존경했다. 하지만 언제까지 이런 독립운동을 해야 하나 싶었다. 가난한 임정은 인력과 자원의 끝 모를 부족에 시달렸고, 나아질 기미는 전혀 보이지 않았다. 국무령은 중화민국에 큰 기대를 걸고 계시지. 하지만 이화림은 공산주의자였다. 그녀는 결국 공산주의 혁명이 자본주의 체제를 몰락시킬 거라 여겼고, 대륙 농촌에 뿌리 뻗은 공산주의 세력이 장제스 정권을 무너뜨릴 거라고 생각했다. 세계가 공산주의 혁명으로 단결된다면, 국가와 민족은 부차적인 수준으로 떨어지고 말지 않겠나. 시장에 쪼그려 앉아 나물 장사를 하고, 한밤 내내 삯바느질을 하고, 공용 수도에서 빨래를 비벼 빨아 임정을 위한 푼돈을 모아온 이화림은, 더한 괴로움도 마다하지 않았다. 조국 독립을 향한 이화림의 마음은 그토록 뜨거웠다. 하지만 한 번 사는 삶이 아닌가. 임정의 방식에 회의를 느낀 이화림은, 임정에서의 자기 시간이 끝나간다고 여기고 있었다.

멀찍이 떨어진 곳에서 추원창이 인력거를 세웠다. 인력거꾼에게 거스름돈을 받은 이화림이 우산을 폈다. 기름 먹은 종이가 빗물로 차츰 젖었고, 그 위로 가로등 불빛이 노랗게 은은했다. 그녀 옆에 나란히 붙은 추원창이 반도제분 사장실 2층과, 그 위 옥상과, 건너편 건물과의 좁은 간격과, 불 꺼진 3층 공간을 순차적으로 가리켰다. 빗방울이 잘디잘아, 세상에 한 겹 얹으려 고요히 내려앉는 것처럼 보였다. 추원창을 따라 이화림은 반도제분과 맞붙은 건물로 들어갔다. 복도는 텅텅 울렸고 3층 복도는 어둑했으며 오가는 사람은 없었다. 길쭉한 주머니칼을 꺼낸 추원창이 얇은 철사를 함께 들이밀어 열쇠구멍을 쑤셨고, 한참 끙끙대다 간신히 문을 땄다.

추원창이 망을 보는 사이, 이화림은 거기에서 모든 걸 보았다. 책상 귀퉁이엔 서류철이 몇 개 놓여 있었다. 그것은 야자와가 작성한 한정우에 대한 서류였고, 일부러 거기 둔 것이었다. 추원창은 그걸 가져가는 걸 허락하지 않았다.

"안 돼. 내게 여길 알려준 끄나풀이 헌병대에 붙들려 갈지도 몰라."

존재하지 않는 끄나풀의 안전을 빌미로, 추원창은 그런 핑계를 댔다. 더 좀 살피고 싶다는 생각을 하기도 전에, 추원창은 이화림을 채근해 밖으로 데리고 나왔다.

이화림은 자신이 본 걸 안공근에게 보고했다.

"헌병대가 그 서류철을 일부러 거기 둔 건 아닐까?"

안공근이 그리 물었지만, 이화림은 답을 알지 못했다. 그녀가 확증할 수 있는 건 두 가지였다.

"서류들은 일본 헌병대에 제출된 보고서였고요. 한정우 사장 글씨체였습니다."

골똘히 생각하는 안공근의 시선이 칙칙한 담벼락에 못 박혀 있었다.

김구는 다른 일로 바빴다. 그는 고능선과 이룬 꿈의 대화를 예사로이 여기지 않았다. 스승님은 생전에 늘 결단을 강조하셨지. 아무리 명확하게 보고 잘 판단하였더라도 실행할 과단력이 없으면 쓸데없다는 게 고능선의 가르침이었다. 하지만 누구에게 죽음을 권한단 말인가. 김구는 괴로웠다.

안공근은 한정우에 대한 보고를 미처 올리지 못했다. 국무령의 머릿속은 다른 생각으로 꽉 차 있었다.

"상해 전쟁에서 중국이 반드시 승리해야만 하네."

김구는 상해이기에 임정의 목소리가 전 세계에 이만큼이나마 전달된다고 여겼다. 임정이 상해 아닌 곳으로 밀려나게 된다면, 세계를 향한 임정의 목소리도 줄어들 게 분명했다. 한편으로 임정은 해외 동포들의 도움에 매달려야만 했다. 상해 아닌 다른 곳에 자리한다면, 그들의 지원도 받기 어려워질 수밖에 없었다.

"김홍일을 만나야겠어."

김구는 전쟁 양상이 궁금했고, 그걸 제대로 알려주기에는 김홍일만 한 사람이 없었다. 한편으로 김구는 폭탄과 권총이 필요했다. 딱 하루 의기소침했던 김구는 활력을 되찾는 중이었다. 그는 꿈꾸는 사람이었고, 임시정부를 이끄는 자였다. 나부터 지치지 말아야 해. 그는 그리 믿었다.

김철이 김홍일과 안공근 사이를 오갔고, 김홍일은 자기 집에서 식사를 모시고 싶어 했다. 프랑스 조계지가 조용하고 한산해도 사람 많기는 다른 곳과 매한가지였고, 경로만 복잡하면 낮이어도 괜찮을 성싶었다. 동선을 복잡하게 꼬아 혹시 모를 밀정을 따돌린 김구 일행이 시멘루 226호 김홍일의 집에 다다랐다. 상차림이 조촐했지만 음식은 맛있었고, 대화는 식사 전후로 끝도 없이 이어졌다.

김홍일이 전해주는 전쟁 양상은 처참했다. 일본군의 3차 공세에, 중국군의 방어 라인은 밀려나는 중이었다.

"중국군 지도부의 뜻은 휴전으로 기운 것 같습니다."

장제스를 비롯한 중화민국 수뇌부는 일본의 요구를 들어주라는 열강의 압박에 시달리는 중이었다. 열강들은 중국군의 상해 철수를 받아들이고 전쟁을 그치라며 밤낮으로 중국 정부를 성토해댔다.

"권총과 폭탄을 수배할 수 있겠나?"

전쟁 중이었고, 남는 물자가 있기는 어려웠다. 김홍일은 난감한 표정이었다.

"애써보겠습니다."

그리 대답했지만, 김홍일은 내심 단기간엔 어려울 거라 여겼다.

점심 식사를 마치고 김구는 안공근의 집으로 돌아왔다. 노종균이 일대를 미리 둘러보았고, 김구를 대동한 안공근이 자기 집을 독특한 박자로 노크했다. 똑, 또도독, 똑. 그러자 안낙생이 문을 열어주었다.

몇 시간 지나지 않아, 놀라운 일이 벌어졌다. 이화림이 홀로 청사를 지키고 있는데, 이동녕이 현관을 두들겼다. 임정의 어른인 이동녕은 김구 이전에 국무령을 지냈던 사람이었다. 의경대는 해산되다시피 했고, 제복 차림으로 정문을 지키던 유상근은 활주로 공사에 가고 없었다. 정문을 연 이화림이 노인의 외투를 받아드는데, 이동녕이 깜짝 놀랄 말을 물었다.

"점심에 국무령이 김홍일의 집에서 식사를 했다면서?"

"어디서 들으셨어요?"

이동녕은 아까 오는 길에 만난 조선인들에게서 들었다고 대답했다. 인력거꾼 하나와 날품팔이 하는 중년 사내로, 이동녕이 평소 알고 지내던 자들이었다.

"그 사람들이 사실이냐고 내게 묻던걸."

"대답하셨어요?"

"모르는 일이니, 모른다고 대답할 밖에."

국무령이 김홍일의 집에서 식사를 했는지, 이화림은 알지 못했다. 하지만 국무령의 경로를 누군가 파악하고 있고, 그걸 이동녕에게 물어 확인을 하려 했다는 사실에 이화림은 경악했다. 몇 시간 전 동선마저 꼬박 확인되고 있구나. 하지만 이를 곧장 보고할 순 없었다. 차를 마신 이동녕이 돌아가려고 외투를 입는 즈음 누군가 청사 현관을 두들겼기 때문이었다.

한정우였다.

열쇠 구멍으로 손님을 확인한 이화림이 겁 먹은 얼굴로 몸을 돌렸다. 이동녕의 얼굴이 긴장으로 퍼뜩 굳었다. 청사엔 그들 둘 말고는 아무도 없었다. 그녀는 이동녕에게 일을 부탁할 수밖에 없었다.

"뒷방 노인네가 나설 때라 이거지?"

만족스러운 미소를 지은 이동녕이 이화림에게 끄덕였다. 올해

64세인 그는, 임정을 드나드는 독립운동가 중 고령에 들었다.

"안공근의 집은 김철이 알겠지."

이동녕은 몇몇 곳을 찾아볼 생각이었다.

"어르신께서 김철 선생님을 찾는다는 사실이 노출되면 안 됩니다."

근방에 득실거릴 밀정들을 떠올리며, 이화림이 후두둑 몸을 떨었다. 고개 끄덕이며 이화림의 손등을 톡톡 두들긴 이동녕이 제법 기운 찬 모습으로 몸을 돌렸다.

"이 노인네는 그만 가네."

옆으로 비켜선 한정우를 지난 이동녕이 큰길로 천천히 걸어나갔다. 문 당겨 연 이화림이 한정우를 들이려 벽에 바짝 붙어 섰다.

"안에 누가 계신가?"

회의장과 나무 계단 사이에 멈춰 선 한정우가 이화림을 돌아보며 물었다. 시간을 벌어야 해. 회의장에 걸린 태극기에 멍하니 시선을 빼앗긴 이화림이 퍼뜩 한정우를 돌아보았다.

"차 한 잔 하시겠어요?"

한정우의 청사 진입을 본 지켜본 사람은 야자와 마치다였다. 그들에겐 김구가 시멘루 인근에 출몰했다는 정보는 전해지지 않고 있었다. 한정우는 2월 27일 4시에 청사를 방문하기로 명령받은 상태였고, 가와시마 패거리의 준비는 이미 갖춰져 있었다.

다나카는 안공근이 한정우를 청사에서 죽이진 않을 거라 짐작했다. 정해진대로, 한정우는 청사에 머물다 나가, 명령받은 대로 걸어서 우쑤앤러우로 갈 것이다. 다나카는 안공근이 청사와 우쑤앤러우 사이에서 한정우를 죽이길 바랐다.

식탁을 사이에 두고, 이화림은 한정우와 마주 앉았다. 화덕에는 아까 이동녕을 위해 끓인 물이 남아 있었다. 찻잔을 정리하고 불을 새로 지피며, 이화림은 시간을 끌었다.

"차는 됐네."

손을 저은 한정우가 지나가듯 물었다.

"국무령 각하께서 어디 계신진 모르지?"

이화림은 자연스레 대꾸하느라 무진 애를 쓰는 중이었다.

"아무래도 동경 일이 있고 나서는……. 저도 뵌 지 한 달이 넘은 것 같은데요."

한정우가 그럴 테지 싶은 표정으로 끄덕였다.

"듣기로 국무령께서 아까 김홍일의 집에서 점심을 드셨다는데, 사실인가?"

눈을 깜빡이던 이화림이 믿기지 않는다는 투로 갸웃거렸다.

"전쟁통이라 삼엄한데 과연 나가서 식사하실까요?"

"김홍일의 집이 시멘루 어디였지?"

"시멘루에 사셨던가요? 저는 잘 모르는걸요."

기분 탓이었을까. 이화림은 한정우가 유독 눈치를 살핀다는 인상을 받았다.

그건 한정우 또한 마찬가지였다. 한정우는 그게 자기 기분 탓이라는 생각을 했다.

그런 생각 속에서, 그들은 마주 앉아 있었다. 애매함을 다독이려, 이화림과 한정우가 서로에게 멀건 웃음을 지어 보였다.

그 시각 이동녕은 샤페이루 끄트머리에서 두리번거리는 중이었다. 차가운 바람이, 늙어 연약해진 몸의 속을 숫제 훑으며 외투를 펄럭이게 만들었다. 도저히 더는 못 찾겠다 싶어질 무렵, 저 멀리서 김철 특유의 색이 바랜 푸른 납작모자가 보였다.

가와시마 일당은 각각 다르게 복장을 갖췄다. 야자와 소좌는 중국 중년 남성처럼 흰색 바지에 남색과 검정색의 창샨을 걸쳤고, 와타나베 소위는 사업하는 중국인이 입을 법한 양장에 넥타이를 바짝 맸고, 마치다는 값비싼 정장에 구두 커버를 두른 모던보이 차림이었다. 등허리나 코트 주머니에 장전된 권총을 쑤셔 넣은 그들은, 바싹 마른 혀로 갈라진 윗입술을 핥는 중이었다. 다나카는 사제 브라우닝 권총을 사들여 그들에게 지급했고, 두툼하니 묵직한 그 금속은 그들의 속에 매달린 납덩어리와도 같았다. 가와시마와 아오이는 부유한 중국 여성처럼 양장 드레스에 영국산 모직 외투를 입고 깃이 달린 우아한 모자를 썼는데, 언뜻 자매처럼 보였다. 와타나베가 거듭 주의를 주었다.

"기억해. 한정우를 죽이러 올 안공근을 미행해 배쿠존손을 체포하는 작전이라고!"

차는 식은 지 오래였고, 대화가 끊긴 지도 한참이었다. 먹먹하고 어색한 분위기 속에서 한정우는 일어서려 들었다. 이화림이 일어나며 붙들었다.

"좀 더 계시지 않구요."

"비워진 청사에 앉아봤자 허송세월이지. 가보겠네."

"아뇨."

급한 마음에, 이화림이 저도 모르게 한정우의 소매를 확 붙들었다. 놀라긴 이화림도 마찬가지였다.

"청사가 너무 적적해서. 동포 누구라도 계시면 덜 허전할까 봐요."

이화림이 얼버무렸지만, 누가 봐도 어색했다. 시선에 두려움을 그득 담은 한정우가 이화림을 냉랭히 쳐다보더니 나가버렸다.

이동녕에게 상황을 전달받은 김철은 서둘러 안공근의 집으로 갔다. 그건 평소의 보안 지침을 어기는 행동이었지만, 김철은 다급했다. 안공근이 집에 있을지 확실하지 않았지만, 가보는 수밖에 없었다.

청사 문이 열리고 한정우가 밖으로 나오는 걸 와타나베는 잠자코 지켜봤다. 저쪽 모퉁이에 쭉 늘어서 있던 인력거꾼들이 한정우를 불렀지만, 그는 천천히 걸어갔다. 10여 미터 뒤에서 한정우를 보던 가와시마는 미끼가 긴장했음을 곧장 알아차렸다.

야자와가 손목을 들고 시간을 봤다. 한정우가 임정 청사에 머문 시간은 30분 정도였다.

조선 독립분자들의 정보망이 30분이면 가동될 정도로 빠를까. 와타나베는 걱정스러웠다. 하지만 이 작전은 안공근이 한정우를 붙들 거라는 가정 아래에 진행되어야 했다.

미행은 가와시마와 아오이의 몫이었다. 산책하는 부유한 중국인 자매로 꾸민 그들은 한정우를 시야에 둔 채 따라갔다. 마치다와 와타나베는 한정우 길 건너편에서 담배를 피우며 터벅터벅 걸었다. 그들 각각은 숨죽인 채 움직였고, 미끼로 내몰린 한정우를 죽이러 안공근이 나타나기를 간절히 바랐다. 야자와는 인력거를 타고 우쑹앤러우로 갔다. 그는 일본 영사관 무관실로 상황을 전달해야 했다.

한정우가 나가자마자, 이화림은 2층 집무실로 달려 올라갔다. 창으로 밖을 내다보는데, 한정우는 벌써 저만치나 가버린 상태였다. 어쩌나 하고 있는데, 아래에서 현관문 열리는 소리가 들렸다. 이화림이 나무 계단을 다급히 내려갔다.

안공근의 맏아들 안우생은 26세로, 이화림보다 두 살 어렸다. 뛰어왔는지 그는 가쁜 숨을 몰아쉬고 있었다.

"아버지께서 보내서 왔습니다. 한정우 사장이······."

"큰길 북쪽으로 갔어."

"옷차림새는요?"

"검푸른 창샨에 회색 바지. 발목까지 올라오는 검은 가죽신! 그리고 혹시······."

"네?"

"혹시 국무령께서 아까 김홍일 선생 댁에서 식사하셨니?"

질문을 받은 안우생이 고개를 갸웃거렸다.

안공근은 멀지 않은 곳에서 맏아들을 기다리는 중이었다. 북쪽 큰길은 영국 조계지 방향이었다. 한정우를 미행하라며 안우생을 큰길로 보내려던 안공근은, 맏아들이 꺼낸 뒷말에 눈을 크게 떴다.

"이동녕 선생께 그리 묻는 놈들이 있단 말이냐?"

국무령의 동선이 노출되었구나. 아들을 미행에 보내려던 안공근은 생각을 바꿨다.

"당장 국무령께 가거라. 그분을 아스타호프 여사 집으로 모셔!"

아스타호프(Astahoff)는 프랑스 조계지에 사는 러시아 사람으로, 조선인들을 동정해 몰래 돕곤 했다.

"환롱루[環龍路] 알지? 거기 118의 19호가 아스타호프 여사 집이야. 국무령 각하를 거기로 모셔가라."

"당장요?"

손목시계를 들여다본 안공근이 명령했다.

"2시간 뒤에, 어두워지자마자."

설마 2시간 내로 왜놈들이 밀고 들어오진 않겠지. 그게 가냘픈 요행이란 건 안공근도 알았다. 하지만 대낮에 두 번이나 국무령을 이동시킬 순 없었다.

"아버지는요?"

"마쳐야 할 임무가 있다."

브라우닝 권총을 꺼내 장전을 확인한 안공근이 지저분한 골목길로 후다닥 뛰었다.

국무령에게 가려고 서두르던 안우생이 조선 청년들을 만난 건 순전히 우연이었다. 하루이틀 일본군 비행장 건설 노동을 쉬던 그들은 근방에서 모인 참이었다. 반가워하는 다섯 청년에게, 안우생이 현재의 사정을 다급히 말했다.

"지금 당장, 청사로 가!"

윤우의를 비롯한 조선 청년 다섯이 우르르 청사로 달려갔다. 이화림은 한정우가 북쪽 길로 걸어간 지 한참이라며 혼자 발을 동동 구르고 있었다. 청년들에게 안공근이 한정우를 척결하러 갔다는 걸 들은 이화림이 고개를 내저었다.

"그러다 밀정들에게 노출될 거야!"

안공근을 말려야 한다는 얘기를 들은 다섯 청년이 청사 밖으로 뛰어나갔다. 둘과 셋으로 나뉜 그들이 길을 나눠 한정우 혹은 그를 쫓을 안공근을 찾으러 북쪽으로 내달렸다.

한정우는 1시간을 내리 걸었고, 그를 따르는 가와시마 무리도 간격을 조정하며 그를 뒤따랐다. 저 멀리 영국 조계지로 넘어가는 지점에 설치된 검문소가 보였다. 전쟁 전엔 없던 곳이었다. 공민증을 내밀어 거길 통과한 한정우는 우쑤앤러우가 직선으로 보이는 번화가로 접어들었다. 가와시마 패거리는 안공근이 한정우를 골목에서 잡아당길 거라 여겼다. 그렇기에 한정우가 우쑤앤러우에 무사히 다다르자, 김이 팍 새고야 말았다.

우쑤앤러우에서 한정우를 붙들어두는 건 마치다의 몫이었다. 미끼를 우쑤앤러우로 잠시 들였다가 도로 프랑스 조계지에 보내라. 다나카는 그리 명령했다. 한정우가 오는 중에 처리되지 않으면, 가는 중에 붙들릴 거라고 다나카는 예측했다. 한정우를 시야 가장자리에 둔 채 와타나베와 나란히 걷던 마치다가 시끌벅적한 번화가에 다다르자 피우던 담배를 툭 내던졌다. 우쑤앤러우 넓은 계단 위에서 한정우는 아래쪽을 둘러보고 있었다. 그를 지나친 마치다와 와타나베가 우쑤앤러우로 들어갔다.

　한정우의 뒤를 밟던 두 여자는 중간에 택시를 잡아탔다. 우쑤앤러우에 도착한 가와시마와 아오이는 계단에 선 한정우를 보지 않으려 애쓰며 안으로 들어갔다. 다나카가 예약해 놓은 방은 우쑤앤러우 3층 4호실이었다. 계단을 올라간 가와시마가 발을 헤치며 그리 들어갔다. 가방에서 망원경을 꺼낸 그녀가 양 끝을 잡아당겨 그걸 길게 폈다. 뒤따라온 아오이가 안중근의 사진을 창턱에 꺼내 올렸다. 22년 전 사진이었지만, 안공근을 짐작할 유일한 방법이었다.

　과연 안공근이 한정우의 뒤를 밟았을까.

　바깥을 한창 살피던 가와시마가 먼 골목에 선 누군가에 망원경을 고정했다. 그러고는 창턱에 올려둔 사진과 멀리 선 그를 비교해 보았다. 가와시마 요시코의 입가에 미소가 번졌다.

　해가 저물고 있었다. 서늘한 기운이 많이 죽어 가까울 봄이 짐작되는 그런 밤이었다. 우쑤앤러우의 바깥은 붉고 노란 등 수십 개로 환했고, 안은 도박 열기로 뜨거웠다. 1층의 둥근 공간 중앙엔 화려한 룰렛에 금색 공이 도는 중이었고, 북쪽 공간엔 꽤 너른 무대가 설치되어 있었다. 그곳에서 무희들과 악단은 춤과 노래로 흥을 돋웠지만, 도박 행위에 미친 자들은 자기 패 들여다보기에 바빠 거길 돌아볼 줄 몰랐다. 서쪽에는 둥근 테이블 6개가 놓여 서양 카드로 하는 도박이 벌어졌고, 한구석에 설치된 야바위판에선 손과 눈이 재빠름을 견주고 있었다.

하지만 가장 큰 공간을 차지하는 건 동쪽과 남쪽에 마작을 위해 설치된 정사각형 테이블들이었다. 하얀 보가 씌워진 9개의 각진 테이블 주변은 빈자리에 들어가려고 대기 중인 사람과, 재미로 마작을 들여다보는 사람과, 죄다 잃고 어정쩡하게 떠나지 못하는 사람과, 그들 모두가 피워대는 담배 연기로 가득 차 있었다.

와타나베는 마작 테이블로 곧장 걸어 들어가 주변을 힐끔거리며 살폈다. 마치다는 눈이 마주친 우쑤앤러우의 지배인에게 살짝 목례를 보인 참이었다. 지난밤 마치다는 우쑤앤러우 지배인에게 돈뭉치를 건네고는 종업원용 치파오를 빌려달라는 등 여러 청탁을 해뒀다.

"서둘러!"

뒤돌아본 가와시마가 다그쳤고, 아오이가 문 바로 옆에서 옷을 갈아입었다. 우쑤앤러우 종업원들이 입는 빨간 바탕에 송화색이 강조된 비단 치파오가 허벅지 높은 곳에서 갈라져 펄럭였다.

남색 창산 차림의 야자와는 전화 부스로 걸어갔다. 부스는 총 5개였고, 그중 두 개가 비어 있었다. 야자와는 1층 전체가 더 잘 보이는 왼쪽 부스로 들어갔다. 그의 중국어 성조는 불안했지만, 알아들을 만했다.

"교환, 일본 영사관 부탁하오."

중국인 사업가처럼 셔츠에 넥타이를 맨 와타나베는 1층 화장실을 물끄러미 보고 있었다. 저기가 황병립이 죽은 곳이겠군. 전화 부스로 들어가는 야자와를 쳐다본 와타나베가 마작 테이블로 몸을 돌렸다.

계단에서는 아오이가 내려오고 있었다. 송화색이 강조된 붉은 치파오의 갈라진 자락으로 아오이의 흰 허벅지가 번뜩였다. 와타나베를 지나치며, 아오이가 속삭였다.

"저 밖에 목표가 왔어요."

안공근이 드디어!

와타나베가 전화 부스를 향해 크게 끄덕였고, 야자와가 다나카에게 보고했다.

"우쑤앤러우 바깥에 목표가 도착했답니다."

종업원 차림의 아오이가 사람들 사이를 지나 현관 건너편 주방으로 갔다. 두리번거리던 와타나베가 출입구가 더 잘 보이는 지점으로 이동하려 사람들 사이를 헤쳤다. 모던보이처럼 쭉 빼입은 마치다는 출입구 바깥으로 나갔다. 우쑤앤러우의 드넓은 계단은 여느 때처럼 행인들로 북적였다. 그 한가운데 서 있는 한정우가 보였다. 출입구 인근을 돌아보는 그는, 들어갈지 어떨지를 고민하는 것처럼 보였다. 한정우는 누군지 모르는 접선자를 기다리는 중이었다.

마치다는 안을 돌아보았다. 와타나베의 수신호를 알아본 그가 뒤돌아 한정우에게 갔다. 우쑤앤러우 출입객들로 계단은 복잡했고, 마치다는 종종 우뚝 서 성마른 중국인들이 지나가길 기다려야 했다. 마치다 료타가 건드리자, 한정우가 놀란 얼굴로 퍼뜩 돌아보았다. 마치다가 능숙한 중국어로 말했다.

"빈 테이블 찾나?"

"도박을 할 건 아니오."

그러자 마치다가 웃으며 나지막한 일본어로 말했다.

"인생 자체가 거대한 한판 아닌가."

한정우는 눈을 가늘게 떴다. 마치다가 우쑤앤러우 안을 돌아보았다. 가와시마는 우쑤앤러우로 왔던 양장 드레스 차림 그대로 2층 계단을 내려오는 중이었다. 가와시마가 바깥을 향해 손짓을 보였다. 알아들은 마치다가 한정우에게로 고개를 돌렸다.

"야자와 소좌께서 다시 청사로 가라 명하셨네."

"청사로?"

우쑤앤러우 안은 패 뒤섞는 소리와 룰렛판 돌아가는 소리와 손님들의 와자지껄한 웃음소리와 무대에 선 악단 연주로 시끄러웠다. 부스 안에 있던 야자와가 벨 소리에 퍼뜩 전화기를 귀에 댔다. 교환원은 셴[申] 선생이라고 저쪽 수신자를 알려왔고, 야자와는 다나카가 자기 이름을 중국식으로 바꿨다는 걸 알아차렸다. 저쪽 무관실로, 야자와가 보고를 올렸다.

"한정우가 도박장 안으로 들어왔습니다!"

"한정우가? 왜?"

뭐가 어찌 돌아가는 거야. 다나카의 미간이 찌푸려졌다.

"안공근은?"

"정황상 아직 바깥에 있는 것 같습니다."

부스를 향한 가와시마의 끄덕임을 본 야자와가 다나카에게 그리 보고했다.

안공근은 우쑤앤러우라는 장소가 불길했다.

나는 저곳에서 황병립을 척결했었지. 한정우가 저 계단에 서 있는 건 어떤 의미일까. 혹시, 한정우는 나를 위해 마련된 미끼일까. 하지만 일본 헌병대가 여길 고를 리 없었다. 그놈들은 내가 의심하지 않을 장소를 잡으려 할 텐데 말이야.

안공근은 황병립에 대한 단서가 적혔던 찢긴 종이를 떠올렸다. 너무도 꾸며낸 것처럼 보여서 오히려 진실이지 않을까 싶었던 그 단서를 떠올리며, 안공근은 일본 헌병대가 함정을 팠다면 자기들 밀정이 죽은 장소를 택하진 않았을 거란 생각을 했다.

그는 지금 혼자였다. 황병립 때하고는 상황이 완전히 달랐다. 한정우가 나오길 기다리는 게 낫지 않을까. 한정우는 안공근을 알아볼 게 분명했다. 한정우라면, 안공근이 왜 자기 앞에 불쑥 나타났는지를, 단번에 알아차릴 게 틀림없었.

그가 정말 일본 헌병대의 밀정이라면, 더더욱.

그런 생각을 하며 골목에 기대어 있는데, 이덕주와 유진만이 저리로 뛰어가는 광경이 보였다. 안공근이 저리 뛰어가는 청년들에게 소리쳤다.

"이보게들!"

가와시마는 다시 3층 방에 올라와 있었다. 그녀가 든 망원경 끝이 유리창에 탁탁 닿았다. 북적이는 거리 저쪽 구석 골목에 선 안공근에게, 젊은이 둘이 달려가는 게 보였다. 안공근이 한참 지시하자 한 청년이 골목 안쪽 저 너머로 뛰어갔다. 남은 청년과 안공근이 우쑤앤러우를 건너다보면서 이야기를 나누는 광경이 보였다. 망원경을 내린 가와시마가 갈팡질팡하는 표정을 지었다.

어두워서 춥게 느껴지는 골목 안에서, 안공근은 이덕주와 상의 중이었다.

"혼자서 어쩌시려고요?"

"한정우가 밀정인지 확인해야 해. 지금이 아니면, 다신 그리 못 해."

"우선 다른 셋을 기다리시지요."

이덕주가 안공근을 막아 세웠다. 안공근이 초조한 얼굴로 우쑤앤러우를 올려다보았다. 그 위치에선 계단 위쪽 출입구 근방에 마치다와 서 있는 한정우가 보이지 않았다. 이덕주를 돌아본 안공근이 뜻밖의 질문을 했다.

"돈 가진 것 좀 있나?"

눈을 끔뻑이는 이덕주의 손을, 미소를 머금은 안공근이 살짝 붙들었다.

"대한 임정에 잠입한 밀정을 잡고 민족반역자를 척결하는 게 내 임무일세."

"압니다, 선생님."

"임무라는 짐은, 모름지기 죽은 뒤에야 벗게 되는 법이라네!"

안공근의 눈동자를 마주 본 이덕주는 자기 심장이 빨갛게 달아오르는 기분이었다.

젊은 애가 지폐를 꺼내 안공근에게 건네주는 광경을, 가와시마는 지켜보고 있었다. 골목에서 나온 안공근이 우쑤앤러우 쪽으로 큰길을 건넜다. 망원경을 창턱에 내려놓은 가와시마가 1층으로 파다닥 내달렸다.

한정우와 마치다는 드나드는 인파에 치여 계단 난간 쪽으로 밀려나 있었다. 불안감이 엿보였지만, 마치다가 보기에 걱정할 정도는 아니었다. 한정우는 추원창이 흘린 접선처에 대한 일을 짐작조차 못 했다. 야자와와 접선했던 그 방에 이화림이 왔다는 걸 미리 알았더라면, 한정우는 상해를 떠나고 말았을 것이다. 안공근의 총알이나 노종균의 칼날이 무서워서가 아니라, 그 정도로 낯 두꺼운 사람이 아니었기 때문이다.

밀려 들어오고 밀려 나가는 중국인들의 흐름에 비켜나 있으면서, 한정우는 이런저런 생각을 했다. 그래, 당신들이 나를 청사로 보냈지. 일본 헌병대의 최우선 목표는 늘 김구였다. 이봉창을 사주한 그를 도쿄로 압송하고 싶을 게 분명했다. 그 순간 한정우는 깨달았다. 자신을 왜 청사에 보냈고 우쑤앤러우로 가라 했는지를.

한정우가 옆을 돌아보았다. 마치다가 눈썹을 찌푸리며 묻는 듯한 표정을 지었다. 마치다가 본 한정우의 시선은 텅 비어 보일 정도로 멍했다.

그리고 갑자기, 한정우가 우쑤앤러우로 들어갔다. 한정우를 다시 청사로 보내려 했던 마치다가 화들짝 놀라 붙들었지만, 한정우는 뿌리치고 안으로 들어가 버렸다. 어찌해야 할지 몰라 하던 마치다의 시선에, 안공근이 보였다.

죽은 안중근의 흔적은 거의 남아 있지 않았다. 하지만 마치다는 순전히 감각만으로 그를 알아보았다. 안공근에겐 탄의 흔적과 날의 냄새가 배어 있었고, 그것으로 그는 도드라졌다.

한정우를 따라 안공근이, 그들을 따라 마치다가, 우쑤앤러우로 들어갔다.

출입구에 우뚝 선 안공근은 우쑤앤러우를 찬찬히 돌아보았다. 상아로 만든 마작 패들이 아름답게 잘그락거렸고, 테이블마다 승부가 한창이었다. 덩치 큰 관리자들이 띄엄띄엄 서 있었고, 차 담은 포트와 찻잔 담긴 쟁반을 받쳐 든 붉은 치파오 차림의 종업원들이 수초 속 물고기처럼 사람들 사이를 오가는 중이었다. 패한 자의 구시렁대는 소리와 이긴 자의 웃음소리가 사방에서 터져나왔고, 그게 도박의 흥취를 돋우고 있었다. 실내는 빛으로 가득 차 있었다. 나는 이질적인 존재로구나. 그런 생각을 하던 안공근은, 저쪽에 선 한정우를 그제야 발견했다.

한정우는 안공근을 고요히 바라보는 중이었다.

눈길이 얽히자마자 한정우는 시선을 피했다. 저도 모르게 나온 행동이었다. 가와시마는 미끼를 밖으로 얼른 빼지 못한 마치다에게 욕을 중얼대는 중이었다. 고개 돌린 한정우가 사람들을 헤치며 안으로 들어갔다. 뒤따라오는 안공근을 보던 한정우가 빈 마작 테이블 자리에 털썩 앉았다.

전화 부스 안에 있던 야자와가 보고했다.

"미끼가 마작 테이블에 눌러앉았습니다."

놀란 다나카가 무관실 전화기를 다른 손으로 바꿔 쥐었다.

한정우의 지갑은 꽤 두툼했다. 거기에서 꺼낸 지폐를 테이블 서랍에 넣은 그가 맞은편에 앉은 사람에게 냉랭한 미소를 보냈다. 맞은편 중국인 노인의 값비싼 창샨이 지나치게 화려해 보였다.

마치다는 안공근의 눈치를 살필 틈이 없었다. 지인인 것처럼 행동을 꾸민 그가 한정우에게로 몸을 기울였다. 마치다가 낮게 을러댔다.

"뭐 하는 거야?"

"야자와 소좌가 임정에 가보라 했을 때 알아챘어야 했는데. 나를 미끼로 쓴 거잖아. 나로 안공근을 꾀어 국무령을 잡을 생각인가?"

한정우 건너편에 앉은 중국 노인은 귀가 잘 안 들리는 모양이었다. 그가 거친 중국어로 말했다.

"뭐야, 일본인인가? 응?"

"노인장. 저희는 중국인입니다. 여흥을 즐기러 온 것이죠."

노인에게 대답하는 마치다의 성조가 유려했다. 안공근은 사람들 사이에 둘러싸인 채 이쪽을 바라보고 있었다. 한정우에게 몸을 기울인 마치다가 이번엔 중국어로 을러댔다.

"그걸 알고도 여기 앉았단 말이야?"

"이놈의 노름 때문에 일제의 개가 되었고, 너희들이 주는 썩은 고기를 마작질 때문에 못 끊었지. 어차피 죽을 목숨 마지막 한 푼까지 밀어 넣고 가려고. 너희 꿍꿍이도 망칠 겸."

그 광경을 멀리서 보던 야자와가 보고했다.

"미끼가 통제를 벗어난 것 같습니다."

저 옆에 바짝 붙은 자는 누구일까. 안공근이 마치다를 날카롭게 살폈다. 한정우와 직업상 교류하는 중국 사업가라는 생각이 먼저 들었다. 안공근은 출입구를 돌아보았다. 그냥 나가버려도 그만이지. 주방 뒷문은 없는 거나 마찬가지고, 나가려면 들어왔던 문이 전부였다.

그러나 한정우는 그의 시선을 피했고, 그건 인정한 것이나 다름없었다. 그랬다. 지금 당장 나가버려도 그만이었다. 그런데 그럴 수가 없었다. 그는 한정우에게 물어보고 싶었다. 정말이냐고, 추원창을 통해 알게 된 그 공간에서 동포를 팔아온 게 사실이냐고 묻고 싶었다. 그것만이 안공근의 머릿속에 가득했다.

그건 어리석은 충동이었다. 하지만 거부할 수 없는 마음의 채찍질이었다. 그 충동으로, 안공근은 환호성과 한탄과 밝은 빛이 가득 찬 우쑤앤러우로 들어온 것이다. 그는 아주 오래전에 도박을 끊었다. 십여 년 전 임정 공금을 마작으로 날리고 김구 앞에 무릎 꿇었을 즈음의 일이었다. 네 이놈 사람 되라는 일갈과 함께 김구는 안공근이 도박을 끊으면, 자신은 담배를 끊겠다고 약속했다. 하루 두어 갑을 피우던 김구는 그날로 담배를 입에 물지 않았고, 안공근은 그 뒤로 상앗빛 패를 손에 대지 않았다. 마침 앉았던 중국 부인이 일어섰다. 안공근은 김구를 생각했다. 그러고는 사람들을 밀어내고 한정우의 왼쪽에 앉았다. 입안이 저절로 말라붙었다.

그 광경을 한정우는 침착한 표정으로 바라보았다.

"끼실 거요?"

가는귀먹은 중국 노인이 묻자, 안공근이 대꾸 없이 테이블 서랍을 열어 꾸깃꾸깃한 지폐 몇 장을 거기 넣었다. 지닌 전부와 이덕주의 지폐를 한데 모은, 푼돈이었다. 안공근의 푼돈을 확인한 건너편 중국인이 김빠진 듯 혀를 차며 자리에서 일어섰다. 중국인 노인과 한정우가 마주 앉은 가운데, 안공근의 맞은편 자리가 비었다. 안공근이 한정우에게 말을 걸었다.

"한 사장, 안녕하시오."

처음 만났을 때도 내게 저리 인사했었지. 하지만 그때완 사뭇 다른 냉랭한 말투였다.

"안공근 동지. 나를 확인하러 온 거요?"

한정우도 조선말로 물었다. 안공근이 갸웃거렸다.

"확인을 하려면 밑천이 풍족해야 할 텐데, 내 가진 돈이 많지가 않소. 하지만 어디 한번 붙어봅시다."

마치다는 조선말은 영 알아듣질 못했다. 다급해진 그가 뒤를 돌아보았다. 가와시마는 갈피를 못 잡고 있었다. 마치다가 고개 돌려 와타나베를 보았다. 와타나베가 턱짓을 했다. 빈자리를 가리키는 것 같았다. 마치다가 거기 앉았다. 중국 노인 맞은편에 한정우가, 한정우 왼쪽에 안공근이, 마치다가 안공근 건너편이었다.

"당신들, 조선말을 하는군. 그렇지? 내 젊을 땐 조선에서 크게 거래를 했었지."

푸른 핏줄이 도드라지는 허연 손등을 지닌 노인의 손이 상아로 만든 마작패를 뒤섞었다. 한정우와 마치다와 안공근이 아름답게 부서지는 차르륵 소리를 한동안 들었다.

골목길에 홀로 있던 이덕주는 유진만의 뒤를 따라온 최흥식과 유상근과 윤우의가 반가웠다. 안공근이 안에 홀로 들어갔다는 사실을,

이덕주는 숨을 헐떡이는 넷에게 전했다. 다섯 조선 청년들이 우쑤앤러우를 건너다보았다.

"뭐라도 해야 해."

부리부리한 눈매로 사방을 둘러보던 윤우의가 유상근을 툭, 쳤다.

"저기."

중국인 아이들이 뭔가를 한가득 가져오다가 자기들 앞을 가로막는 조선 젊은이에 눈이 휘둥그레졌다. 불안한 눈초리로 아이들이 물었다.

"왜 그래요?"

"도박은 밑천 많은 쪽이 유리하죠."

한정우를 향해 마치다가 중국어로 말을 붙였다. 말쑥한 그는 멋 부리길 좋아하는 중국인 한량처럼 보였다.

테이블에 앉은 마치다를 한정우가 힐끗거렸다. 한정우가 바짓자락을 쓱 잡아 올렸다. 양말에 꽂혔던 단도의 손잡이가 빼 들기 좋게 드러났지만, 테이블 덮개에 가려 보이진 않았다.

안경을 고쳐 쓰던 와타나베는, 가와시마의 손짓에 마치다 방향으로 몸을 틀었다. 구경꾼을 빙자한 그는 안공근의 뒤를 잡으려 슬금슬금 움직였다.

야자와의 보고에도, 다나카는 상황이 이해되지 않았다. 한창 설명하던 야자와의 말이 끊기고, 전화 부스 유리문이 벌컥 열리는 소리가 들렸다. 야자와에게서 전화기를 낚아챈 가와시마의 말은 휘두른 칼날 같았다.

"택해요. 원래 작전대로 할지, 안공근이라도 산 채로 잡아갈지."

그들 각자는 나란히 붙여놓은 마작패를 자기 앞에 나란히 세웠다. 한정우의 목소리는 착 가라앉아 있었다.

"여기까지 따라와 앉을지는 몰랐소, 안 동지."

"동지라니. 호칭이 불편하군."

패를 따와 내놓은 한정우가 자기 패를 정리했다.

"난 제분공장을 운영해 번 돈을 임정에, 군자금을 구하러 온 그대들에게 주었는데."

"당신한테 헌병대가 준 돈을 말하는 건가? 그렇다면 나 안공근은 국무령께 썩은 돈을 드린 셈인데, 한 사장."

게임은 점차 속도가 붙기 시작했다. 상앗빛 마작패를 받고 넘기고 내놓는 손가락들의 움직임이 현란했다.

"안공근 당신, 지금 위험해."

"위험, 그렇지. 하지만 내가 여기 나타난 게 어떤 의미인지 알잖소, 한 사장."

주변은 시끄러웠고 복작거리는 소음 속에서 둘의 나지막한 조선어는 잘 들리지 않았다. 답답해진 마치다가 히죽 웃으며 끼어들었다.

"판돈이 곧 실력이라던데. 틀린 말인가요?"

마치다를 향해 활짝 웃는 표정을 지으며 안공근이 능숙한 중국어로 말을 받았다.

"적은 돈으로도 오래도록 살아남을 수 있죠. 그리 살다 보면 좋은 패가 들어오기도 하고."

한정우 쪽으로 고개를 돌린 안공근이 말을 이었다.

"밑천 많은 쪽을 털어버릴 수 있는 아주 좋은 패가."

마침내 와타나베는 안공근의 뒤쪽 지근거리에 섰다. 와타나베가 전화 부스의 가와시마를 보았다. 그는 가와시마를 통해 나올 다나카의 명령을 기다렸다.

여기서 안공근을 잡아야 하나. 다나카는 아직 결정하지 못했다. 그는 안공근을 통해 김구로 가야 한다고 믿었다. 그는 김구라는 전리품을 포기할 수가 없었다.

하지만 가와시마는 생각이 달랐다. 안공근이 이리 들어온 것 자체가 붙들리지 않겠다는, 헌병대의 함정이어도 상관없다는 의지의 표현이었다. 와타나베가 주방에서 나온 아오이를 가리켰고, 가와시마가 상황을 확인했다. 종업원용 치파오를 입은 그녀의 손에 들린 포트에서는 김이 피어오르고 있었다.

한정우는 변명을 흘렸다.

"내가 그르쳐 나라가 망했소? 우린 새로 열린 세상에서 저마다의 방식대로 살아갈 뿐이오."

"하, 웃기는군."

짝을 맞춘 패 세 개를 한꺼번에 뒤로 뉘인 안공근이 그걸 중앙의 패 무더기로 밀어냈다.

"헛소리요. 죄 헛소리. 나 혼자 잘 살자고 나라 팔아먹는 사람들의 헛소리."

"내 소신을 밝히는 거요."

"민족배반자들은 늘 같은 소리를 늘어놓지."

한편으로 안공근은 한정우의 말을 이해했다. 임정에 들이려는 끄나풀들을 일제는 얼마나 강하게 옭아맸던가. 가족을 인질 삼는 건 기본이고, 수많은 허물과 허울로 사람을 겹겹이 감아 꼭두각시가 되지 않으면 살 수 없게 만들었다는 걸 안공근도 모르지는 않았다. 하지만 끝내 죽음을 택하는 사람도 있었다. 안공근의 머릿속에 조국을 지키려다 죽어간 수많은 사람의 얼굴이 전광석화처럼 지나갔다.

"날 죽일 거요?"

"내가 살인마요?"

아무 명분 없이 사람 죽이진 않는다는 표현을, 안공근을 그렇게 했다.

수화기를 가와시마에게 넘긴 야자와는 마작 테이블을 보는 중이었다. 내면에 막연하던 생각들을, 야자와는 그제야 정돈했다. 야자와가 전화 부스를 돌아보았다. 묘한 기분이었다. 그는 평생 자존심 따위는 뭣도 아니라 여겼다. 하지만 이 순간에 그게 종기처럼 도드라질 줄, 야자와는 상상조차 하지 못했다.

한정우는 전화 부스 바깥에 선 야자와 소좌를 그제야 보았다. 뭔가에 데인 듯 한정우가 화들짝 놀라며 눈 돌렸다. 지폐 몇 장을 안공근에게 넘긴 중국 노인은 다음 판을 벼르는 중이었다. 마츠다는 일부러 안공근을 쳐다보지 않고 있었다.

다나카는 여전히 주저하는 중이었다. 수화기 너머 가와시마의 질문은 매서웠다.

"어쩔 거예요, 미행했다가는 실패할 거예요. 안공근만 붙드는 건 가능하겠지만."

전화기를 귀에 댄 가와시마가 초조한 표정으로 결정을 기다렸다.

"들어간다!"

우쑤앤러우로 앞장선 청년은 이덕주였다. 다른 청년들에게 고개 끄덕인 최흥식이 간격을 두고 이덕주를 따라갔다. 꾀죄죄한 복장을 본 덩치 큰 관리자들이 출입을 막아 세우자 이덕주가 고래고래 중국말로 소리 질렀다.

"우리 형이 저기 있어! 집문서 들고 전당포 갔다가 이리 들어왔다구!"

"너희 집구석 일이 우리와 무슨 상관이야?"

"형만 조용히 데리고 나갈게. 들어갔다가 조용히 나가겠다고! 아니면 계속 소리 질러 몇 날 며칠이고 손님 다 떨어져 나가게 만들 거야!"

관리자들이 어쩌지 싶은 얼굴로 서로 돌아보았고, 이덕주에게로 관심이 쏠린 틈을 타 최흥식이 안으로 쑥 들어갔다. 체구가 작은 최흥식의 한쪽 어깨에는 커다란 쏘내가 들려 있었다.

가운데 쌓인 패 더미에 안공근은 자기 패 세 개를 묶어 툭 던졌다. 치, 펑, 7통, 깡. 마작 용어가 드문드문 쏟아지는, 눈이 돌아가게 재빨리 진행되는 판이었다. 한정우가 결국 이겼고, 지폐가 그에게로 갔다.

"안공근, 지금이라도 일어나시오."

"알잖소. 내게 달성하지 못한 임무란 없다오."

"일 복잡하게 만들지 말라는 거요! 난 사라지겠소. 조선이든 만주든 어디라도 가겠소. 그러니 우리 사이의 일은 잊읍시다."

"왜? 일본 헌병대가 이젠 한 사장을 내뱉겠다 하오?"

조선어를 모르는 마치다가 상황 파악을 하려 중국어로 끼어들었다.

"고향 친구 만나 반가운 건 알겠는데. 서로 알아듣는 얘길 합시다."

"그래요? 뭐로 할까요. 중국어? 일본어?"

"빌어먹을 일본어는, 무슨!"

중국 노인이 인상을 쓰며 면박을 주었다. 대꾸할 말을 쉬이 찾지 못하는 마치다를 향해, 안공근이 툭 던졌다.

"재미 있는 얘기해 드릴까? 십여 년 전에 일본 관동에 대지진이 났소. 조선인들이 우물에 독을 풀었다는 유언비어를 왜놈들이 퍼뜨리고는 학살을 자행했지."

"끔찍하군. 하지만 인간이란 그런 존재지."

중국 노인이 고개를 내저었다. 중국 노인을 바라보며 안공근이 말을 이었다.

"노인장. 왜놈들은 조선인에게 주우고 엔 고주쯔 셴(십오 엔 오십 전)을 말해보라고 시켰어요. 그 발음을 못하면 일본인이 아니라는 거죠."

결심을 굳힌 다나카가 입 떼기 직전, 부스 바깥에서 손을 뻗은 야자와가 전화기를 빼앗고 끊어버렸다. 놀라 돌아보는 가와시마에게, 야자와가 피식 웃었다.

"이젠, 늦었어."

다나카의 지시를 받기엔 너무 지체되었다는 의미인가. 가와시마가 갸웃거리는 사이, 야자와가 몸을 돌려 마작 테이블로 갔다.

안공근이 마치다를, 말쑥한 중국인으로 보이는 젊은이를 돌아보았다. 빙긋 웃으며 그가 농담조로 제안했다.

"어떻소, 젊은 중국인. 당신도 목숨 간수가 되나 봅시다. 주우고 엔 고주쯔 센, 따라해 보시오."

안공근의 눈을 한참 쳐다보던 마치다가 천천히 대답했다.

"주우고 엔 고주쯔 센."

중국 노인이 푸학 웃었고, 마치다를 보던 안공근도 미소를 지었다.

"잘하는시는데?"

중국어로 칭찬한 안공근이 한정우에게로 고개를 돌렸다.

"모르겠나. 새 세상의 주인들이 널 버렸다는 걸. 그놈들은 도로 다 빼앗아 갈 테지. 도로 걸어가려고 잠시 주었던 거니까. 그게 그놈들이야. 사람을 도구로 여기는 악랄한 왜놈들."

그 순간, 아까 마치다와 벽에 밀려 섰을 때 깨달았던 그걸, 한정우는 말해야겠다고 생각했다. 한정우가 고개 돌려 주변을 보았다. 야자와가 어디 갔을까. 그를 마지막으로 보면 좋겠다는 생각과 동시에, 한정우는 야자와가 보이지 않았음 좋겠다는 생각을 했다. 한정우가 안공근에게 나지막하게 말했다.

"날 팔아넘긴 놈은 아마 추원창일 거요."

한정우는 오래 전 야자와에게 추원창에 대해 들은 게 있었다.

안공근은 대꾸하지 않았다. 그게 한정우가 한 말에 대한 대답이었다.

"안 동지, 추원창을 파봐요. 재수가 좋아 여길 벗어나게 된다면."

중국 노인이 단호하게 손짓했다.

"왜 이리 손들이 느리냐! 엉?"

야자와는 와타나베에게로 성큼성큼 걸어오는 중이었다. 상관이 자기에게 똑바로 걸어오자, 와타나베는 당황하고 말았다. 작전 중이라는 사실로부터 초월한 것처럼 움직이는 야자와의 어깨는 기울임 없이 반듯했다. 야자와가 와타나베 옆에 나란히 섰다.

"일이 어디서부터 잘못되었는지를 알게 되면 어디서부터 바로잡아야 할지도 알게 되지."

숨을 고른 야자와가 말을 이었다.

"어제 알아냈지. 전에 대강 읽었던 자네 관련 서류가 문득 기억났어. 평양에서 훈련받은 자네가 어디를 거쳐 상해로 왔는지가."

나와 다나카 류키치의 연결 고리를 알았다고 해서, 당신이 뭘 어쩔 수 있는데. 와타나베는 야자와가 이러는 이유가 하나밖에 떠오르지 않았다.

"나를 올러대려 그리 짖는 겁니까?"

"늑대는 물 때에만 입을 벌리지."

그리고 홀로 죽는다네. 뒷말을 꿀꺽 삼킨 야자와가 다시 저리로 걸어가 버렸다.

"국무령 각하의 가명이 왜 백정선인지 아나?"

안공근이 불쑥 물었다. 조선어를 몰랐지만, 마치다는 백정선이라는 단어를 알아들었다. 마치다의 흠칫거리는 반응을 놓치지 않은 안공근이 몸을 후드득 떨었다. 그랬구나. 역시 호랑이 아가리 속이었어. 마치다의 눈동자가 자신과 한정우 사이를 바삐 오가는 걸 안공근은 넌지시 살폈다. 마치다의 오른쪽 어깨가 아래로 기우는 게 보였다. 의자 아래쪽으로 늘어진 코트 주머니로 손을 내리는 게 분명했다. 담배를 꺼내려는 건 아니겠지. 와타나베는 안공근의 뒤쪽 좌우로 슬금슬금 다가가며 전화 부스를 힐끗 보았다. 부스 옆에 있던 가와시마는 그들에게 수신호를 보내는 중이었다. 잡아, 안공근을!

"왜 그분 가명이 백정선이냐면…… 조선인만이 백정선이라는 단어를 정확히 발음하거든."

한정우와 마치다를 번갈아 보며 안공근이 말을 덧붙였다.

"중국인은 발음에서 성조를 못 버리고, 왜놈들은 받침을 발음 못 해."

안공근이 마치다에게 물었다.

"이보게, 젊은 중국인 친구. 불러보겠나, 백정선이라는 이름을."

와타나베는 가와시마의 수신호를 정확히 알아듣지 못했다. 원래 계획은 안공근을 미행해 김구의 은신처를 덮치는 것이었기에, 뼛속부터 일본인 관료였던 그는 틀어진 계획을 즉석에서 수정하는 데 너무도 서툴렀다. 패거리 중 아오이가 안공근에게 가장 가까웠다. 전화 부스에서 나온 가와시마는 아오이에게 소리를 지르려 들었다. 손에 든 뜨거운 거, 안공근에게 부어, 부어버려!

"자, 해봐요. 백정선."

안공근이 집요한 시선으로 마치다를 재촉했다. 마치다는 입을 오물거리기만 할 뿐 열지 못했다.

"해봐요, 백정선. 성조가 붙나 안 붙나 봅시다. 응?"

그제야 알아들은 와타나베가 안공근을 붙들려는데, 누군가 혼잡한 사람들 사이로 후다닥 튀어나왔다. 최흥식과 그를 쫓아온 덩치 큰 관리자들이었다. 메고 온 커다란 포대를 최흥식이 자기 발 앞에 툭 내려놓았다.

"큰형님."

마작 테이블에 앉은 네 사람이 꾀죄죄한 조선 청년을 올려다보았다. 차분하게 안공근을 쳐다본 최흥식이 포대를 발로 확 밀었다. 포대가 네 사람이 앉은 테이블 아래로 쑥 들어갔다. 덩치들이 최흥식을 확 붙들었다. 덜미를 잡힌 채, 최흥식이 수를 세었다.

"여섯, 다섯."

상황 파악을 못 한 안공근과 마치다와 한정우가 눈을 끔뻑였다.

"넷, 셋, 둘."

알아차린 안공근이 몸을 뒤로 냅다 뺐다. 그리고 아오이가 잘못 끼얹은 뜨거운 찻물을 지지리 복 없는 중국 노인이 뒤집어썼다.

"하나!"

테이블 아래 두었던 포대 안에서 폭죽이 미친 듯이 터져나갔다. 별안간의 폭음을 총소리로 알아들은 사람들이 놀라 비명을 지르며 사방팔방으로 튀어나갔다. 끼얹다 남은 찻물에 팔을 덴 아오이가 꺅 소리와 함께 포트를 떨어뜨렸다. 코트 주머니에서 권총을 꺼낸 마치다는 안공근을 겨누려 했고, 뒤로 물러난 안공근은 뒤춤에 꽂은 브라우닝 권총을 뽑아 들지 못했다. 그때 한정우가 양말에 꽂아둔 짧은 칼을 빼 마치다의 가슴에 박았다. 비명도 지르지 못한 채 마치다가 뒤로 나자빠졌다. 마치다의 손에 들렸던 권총이 마작패 위로 떨어졌고, 그걸 집어 든 한정우는 안공근이 아닌, 그 뒤의 선 자들을 겨눴다.

안공근은 한정우가 자신을 겨눈다고 생각했다. 그렇기에 한정우를 겨눠 쐈다. 한정우는 안공근에게 달려들던 와타나베를 쏘려 했으나, 그 전에 안공근의 총알이 그의 머리에 박혔다. 폭죽에 총질까지 한 탓에 균형을 잃은 안공근이 몸을 제대로 가누지 못했고, 그 뒤를 두 손 벌린 와타나베가 확 달려들었다.

와타나베와 안공근을 동시에 시야에 두었던 야자와는 총구를 조금 돌려 와타나베를 쐈다. 그의 총알이 와타나베의 목을 꿰뚫는 광경은, 놀라 달아나는 사람들로 인해 자연스레 가려졌다. 총성이 난 쪽을 돌아본 안공근이 총구를 돌리려는 야자와를 쐈고, 가슴인지 어깨인지 모를 곳을 붙든 야자와가 테이블에 우당탕 나자빠졌다.

가와시마가 권총을 뽑았지만, 사방으로 넘어지며 달려나가는 손님들에 가려 안공근은 보이지 않았다. 아직도 수십 발의 폭죽이 테이블 아래에서 미친 듯이 터져나가는 중이었다. 사람들은 비명을 지르며 출입구로 몰렸다. 테이블과 의자에 걸려 넘어진 사람들 위로 사람들이 포개어 쓰러졌다. 양손에 각각 안공근과 최흥식을 붙든 이덕주가 출입구로 그 둘을 잡아끌었다. 엉겼던 사람들이 출입구로 쏟아져 나왔고, 그들 사이에서 이덕주를 발견한 조선 청년들이 힘을 합해 길을 텄다. 우쑤앤러우를 등 진 그들 여섯이 거무튀튀한 상해 골목으로 전력을 다해 뛰었다. 인파에 갇힌 가와시마가 분을 못 이겨 소리를 질러댔다.

프랑스 조계지 뒷골목에서 청년들과 작별한 안공근은 미행을 걱정해 인근을 빙빙 돌다가 늦은 밤에야 환롱루 118의 19호의 초인종을 눌렀다. 국무령을 피신시킨 아스타호프 여사의 집이었다. 똑, 또도독, 똑. 안공근이 삐걱 열린 문으로 들어갔다.

김구는 2층에서 뜬눈으로 안공근을 기다리는 중이었다. 밤새 돌아다니느라 온몸이 퍼렇게 언 안공근이 김구에게 간신히 말했다.

"무슨 일이 있었는지 들으시면 놀라실 겁니다."

5

돌아온 건 가와시마 요시코와 아오이 다에코, 둘 뿐이었다.

한정우의 칼에 심장을 일격 당한 마치다 료타는 그 자리에서 죽었고, 와타나베 신조 소위는 혼란 중에 발사된 총에 목숨을 잃었으며, 야자와 게이스케 소좌는 안공근의 총에 어깨를 맞아 병원으로 보내졌다. 별문제 없겠지. 다나카는 야자와가 영국 경찰의 심문을 알아서 잘 넘길 거라 여겼다. 다나카는 와타나베를 전투 중 행방불명으로, 다른 죽은 자들은 행불자로 처리시켰다. 우쑤앤러우에서의 실패가 아니라, 다른 상황들이 다나카로 하여금 김구에 집중하게 내버려두지 않았다.

2월 20일에 일본은 세 번째 공세를 벌였지만, 중국군은 완강히 저항했다. 2월 24일에 일본은 11사단과 14사단 증파를 결정했고, 27일에는 우쑤앤러우에서 총격전이 벌어졌다. 증원된 부대는 상해 파견군이라 불렸고, 사령관은 시라카와 요시노리[白川義則] 대장이었다.

동시에 대본영은 상해 일본 영사관 무관실에 지령을 내렸다. 다나카는 중국군 고위층과의 접촉을 위해 가와시마 요시코를 다시 파견해야 했다. 가와시마는 중국 장군들에게 상해 파견군의 규모를 부풀려 알려주었다. 다나카는 일본군 작전계획서류를 위조해 건네주었고, 가와시마는 그걸 중국군 고위층에게 흔들어댔는데, 어찌나 제대로 만들었는지 나중에 이를 받아본 상해 파견군 참모들도 깜짝 놀랄 지경이었다.

중국군이 상해를 포기하도록 만들어라. 그게 만주 관동군의 지시였고, 다나카는 이 지령을 충실하게 이행했다. 2월 29일 상해 파견군이 상해 북부에 상륙하고 3월 1일 만주에서 만주국 건국이 선포되자, 다나카는 상해에서의 시간이 끝나감을 깨달았다. 만주국이 건국된 날, 일본군의 네 번째 공세가 시작되었다.

이 공세가 주효했는지, 중국군 고위층의 새로운 병력 배치가 엉망이어서였는지, 아니면 상해 파견군 규모를 말도 안 되게 부풀려 중국군을 지레 겁먹게 만든 가와시마의 활약 덕분인지, 중국군의 방어선은 돌파되고 말았다. 포위를 두려워한 중국군은 후퇴하기 시작했고, 그날 하루에만 상해 외곽 20킬로미터 밖으로 물러났다. 일본에 머무르던 푸이가 창춘에 도착해 만주국 황제가 된 건, 여드레 뒤인 3월 9일이었다. 관동군은 이제 상해에서의 불꽃이 필요치 않았다. 성공을 만끽할 때였다. 대단한 성과지 않은가. 만주를 집어삼키고, 상해에서 중국을 지워버렸다. 대일본 제국을 찬양하라! 네 번째 공세 이후 포성은 잦아들었다. 그러자 영국이 움직였다. 미국과 프랑스와 이탈리아도 중재를 거들었다. 정전 합의를 위한 회담이 진행되었지만, 상황은 밖으로 알려지지 않았다.

추운 날들이 끝나가고 있었다.

청사는 여느 때와 같이 이화림이 지키고 있었고, 김철이 잠깐 머무는 중이었다. 다섯 청년이 상해 임정 청사로 들어서자, 놀란 두 사람이 현관으로 나왔다. 3월 상순 무렵의 일이었다.

"너희가 어쩐 일이야?"

대답 없이 청년들이 청사 1층 부엌에 털썩 주저앉았다. 이화림이 잔과 물병을 내밀었다.

"공사 현장은 어찌하고 이리 오는 거니? 응?"

"다 끝났어요. 끝났어."

유진만이 맥 빠진 대답을 내놓았고, 윤우의가 덧붙였다.

"왜놈들이 오늘 새벽에 현장을 폐쇄했어요. 공사를 안 한답니다."

활주로 공사가 전면 중단되었다는 소식은 환롱루 118의 19호로 곧장 전해졌다. 러시아어도 곧잘 하는 엄항섭은 공무국 출근도 포기한 채 아스타호프 여사의 집 2층에 머물고 있었다. 김홍일은 노종균에게 사람을 보내 국무령 면담을 요청했다. 김구와 임정 사이를 오갔던 이는 김철의 조카 김덕근이었다. 김구는 오가는 사람이 일정해서는 의심을 산다 여겼고, 사람을 신중히 부렸다. 아스타호프 여사의 집 2층 좁은 공간에, 김구와 엄항섭과 김홍일이 모인 건 늦은 저녁이었다.

왜놈들 탄약고를 날려버렸으면 얼마나 좋았을까. 활주로에 전투기까지 망가뜨릴 수 있는 기회였다. 일들이 연이어 엎어지자 김구의 속은 썩어 들어갔다.

김홍일은 다른 소식도 지니고 있었다.

"정전이 논의되는 중입니다."

입이 말라 차마 말이 떨어지지 않는 김구 대신 엄항섭이 물었다.

"어찌 되어가는 건가?"

"열강들이 중국과 왜놈들 양측에 정전을 요구한다는군."

전세는 중국이 불리했다. 일본이 무리한 요구를 하면 전쟁이 재개되진 않을까. 모두의 억측을 테이블 위에서 치우기라도 하려는 것처럼, 김구가 팔을 휘저어 쓸어버리는 동작을 보였다.

"만주국이 세워졌다지 않는가. 일본은 상해에서 전쟁을 유지할 이유가 없어!"

김구는 상해 전쟁을 일으킨 관동군의 속내와 그걸 알고도 전쟁을 유지한 대본영의 꿍꿍이를 이미 꿰뚫고 있었다.

"왜놈들은 만주에서 시선을 떼게 만들려고 일부러 상해에 불을 지른 거야."

임정 사람들이 조각조각 가져온 정보를 갇힌 방 안에서 듣기만 했던 김구는, 놀라운 직관과 통찰력으로 진상을 훤히 내다보고 있었다.

"왜놈들이 배상금이나 영토 할양을 요구하진 않는답니다."

김홍일이 입을 떼자, 모두가 시선을 그리 옮겼다. 김홍일이 이마를 찌푸렸다.

"일본은 올드시티와 자베이의 중국 통치를 인정하되, 군대는 상해 바깥으로 물리라고 합니다. 중국군은 이를 받아들일 예정입니다. 군대 없는 중국 땅이 되는 셈이지요."

김구가 생각에 잠겼다. 전투기 활주로와 탄약 창고 공사를 중지했다는 건 휴전협상에 진척이 있다는 뜻이었다. 상해 임정 청사가 지금껏 버텼던 건, 이봉창 이전엔 프랑스 정부의 비호 덕이었고, 이봉창 이후로는 중국 정부의 도움 덕분이었다. 이제 올드시티와 자베이엔 중국 경찰 약간만 남을 테고, 프랑스 정부의 방관을 틈타 왜놈들이 상해 임정 청사를 직접 때릴 테지. 아찔함을 느낀 김구가 두 눈을 질끈 감았다.

기어코…… 상해 임정 최후의 날이 오는구나!

제4장

오직

1

  김구는 아스타호프 여사의 집 2층에 홀로 누워 있었다. 옆으로 누운 채 억지로 잠을 청하던 김구가 천장을 돌아보았다. 그의 눈동자엔 짙은 고독이 머물고 있었다. 깊은 잠을 도통 이루지 못했던 그는 잠 같지 않은 잠과 몽롱한 꿈 사이에서 오락가락하는 중이었다. 그 어렴풋한 사이에서, 김구는 죽은 스승과 대화했다.

  – 선생님. 이 공간이 왜 이리 힘든지, 그러면서도 왜 그리 아늑했는지, 이제 알았습니다.

  – 무엇 때문이냐.

  – 이 좁은 공간은 꼭 관 속 같거든요.

여전히 스승은 묻고 있었다.

버려야 할 목숨이 누구인가?

다음 날이 되자마자 김구는 회합을 지시했다. 거기에서 김구는 몇 가지 결정과 지시를 내렸다.

상해 임정이 무너지더라도 독립의 깃발을 내릴 순 없었다. 민족 독립은 하늘이 내린 사명이었고, 죽은 이후라도 이뤄야 할 과업이었다. 임시정부는 이동녕을 항저우[杭州]로 보내 새 임시정부 청사를 수배하게 했다. 올해로 64세인 이동녕은 고개 숙여 임무를 받았다.

이대로 순순히 물러설 순 없었고, 그래서도 안 되었다. 싸울 의지가 부족하진 않았다. 다만 힘이 부족했고, 그게 그들을 괴롭게 만들었다.

김구가 청년들을 나누어 불렀다.

환롱루 리룽 사이엔 잡화점이 하나 있었다. 주인은 조선인들을 딱하게 여겼고, 임정 사람들의 부탁을 몇 번 들어주기도 했다. 오전에 미리 간 안우생은 밤에 들락거릴 수 있게끔 빈지문 두 장을 채 닫지 않고 문도 잠그지 않겠다는 약속을 받아냈다. 11시가 다 될 즈음에 안낙생은 최흥식과 유상근을 잡화점으로 데려왔다.

똑, 또도독, 똑. 노크한 안낙생이 둘을 들여보내고 뒤에 홀로 남았다.

2층으로 향하는 내부 계단은 막혀 있었고, 안쪽엔 등갓 씌운 램프가 켜져 있었다. 별안간의 소음에, 최흥식과 유상근이 뒤돌아보았다.

잡화점 유리문을 닫은 안낙생이 남은 빈지문 두 장을 틀에 끼워 닫고 있었다.

램프 곁에 앉은 김철과 안공근과 김구에게로 두 청년은 나아갔다. 의자를 든 김구가 최홍식과 유상근 곁으로 바짝 가 앉았다.

"자네들은 수년 동안 임정의 일을 감당해왔네. 처음 왔을 때, 그대들 각각은 내게 독립과 건국을 위해 죽겠다고 말했지."

잠시 마음을 가라앉힌 김구가 간곡하게 말을 이었다.

"아직도 대한의 독립과 건국을 위해 죽을 마음을 지녔는가?"

"당연합니다. 상해에서 지내기가 고생스러우나 제가 택한 길입니다."

"홍식이 형 말이 맞습니다. 조선에서는 노예였으나, 가난하더라도 여기에선 제가 저의 주인입니다."

김구가 양손을 뻗어 최홍식과 유상근의 손을 붙들었다. 그는 두 청년이 보인 헌신을 잘 알고 있었다.

"임정 안에 숨어든 민족반역자들을 색출해 제거하는 괴로운 일을 감당했지."

조선 청년들이 사는 팅쯔젠을 김구가 모를 리 없었다. 궁상맞도록 좁고 누추한 공간에서 조선 젊은이들은 노곤하고 초췌한 얼굴로 함께 잠들고 깨었다.

"내가 가라 하면 어떤 길이라도 아무 말 없이 갔어. 칼이 필요한 피 묻은 길이든, 몸이 고생스러울 막노동판이든, 군말 않고 갔어."

김구가 울자 손 맞잡은 다른 둘도 울었고, 뒤에 선 김철과 안공근도 뺨을 적셨다. 김구가 턱을 부들부들 떨며 망설이던 말을 겨우 냈다.

"이제 나 대한민국 국무령 김구는 자네들에게, 지금껏 아무 말 없이 기꺼이 괴로움을 감당해 준 젊은 그대들에게, 명령을 내리려 하네."

임정 청사에서 그리 멀지 않았지만, 김철은 청사 가까운 곳이 밀정을 속이기에 더 좋다 여겼다. 김구가 간혹 드나든 표구점이었고, 역시나 주인이 빈지문을 다 닫지 않고 나온 한밤이었다.

불 꺼진 청사에서 대기 중이던 이덕주와 유진만은 역시나 안우생에게 길 안내를 받았다. 똑, 또도독, 똑. 문이 열렸다. 김철과 엄항섭이 손짓해 두 사람을 자리에 앉혔고, 램프를 들어 아직 거기 걸린 자기 그림을 보던 김구가 돌아보며 미소 지었다.

이덕주와 유진만을 격동시키려 김구가 말의 온도를 끌어올린 건 아니었다. 그는 그저 자기 마음을 드러낼 뿐이었다. 그는 푸른 관복 차림으로 임정 청사를 지키고 섰던 이덕주를 기억했다.

"국무령께서도 말씀하셨지요. 임정 문지기 하려고 상해에 넘어오셨다고요."

"그랬지, 그랬어."

그건 김구의 본심이었다. 국무령이라는 지위를 감당할 작정은, 단 한 번도 해본 적이 없었다. 김구가 소망했던 직위는 소박했다. 상해 임정 청사 문지기.

김구는 이덕주가 모자 공장에서 일했다는 사실을, 유진만이 포구에서 등짐을 져 나르며 임정 활동비를 내왔다는 걸, 잘 알았다. 눈물겨운 삶이었다. 사명감 하나로 집을 떠나 타국으로 와 온갖 고생을 다한 젊은이들이었다.

"온갖 허드렛일을 하면서 번 돈을 임정 살림에 보탰어."

김구의 말을 행여 놓칠세라 이덕주와 유진만은 마음을 바짝 세웠다. 어젯밤 최흥식과 유상근에게 했던 말을 김구가 다시 냈다.

"그대들의 목숨을, 조국 광복을 위해 바쳐주게!"

새벽, 김구는 창밖으로 뿌예지는 하늘을 보고 있었다. 어제 최흥식과 유상근을 만나고, 방금 이덕주와 유진만을 만난 그는, 동이 터오는 아직까지 잠을 이루지 못하는 중이었다. 김철과 안공근 또한 김구와 마찬가지였다. 김구가 창을 바라보자, 다른 두 사람이 부스스 일어났다.

"지금은 이 일에 전력을 다해야 해."

아까 내린 지시의 엄중함을 김구는 다시금 일깨우는 중이었다.

"김홍일과 접촉해서 권총과 폭탄을 얼른 확보하라 하게."

"반입은 지난번 이봉창 때처럼……."

"아마 안 될 겁니다."

안공근이 끼어들어 여러 경로로 들은 말을 전했다.

"이봉창에 놀란 왜놈들이 검문검색을 지독히 강화했답니다."

"사람과 도구를 따로 보내면 나을 거야."

김철에게 김구가 명령했다.

"김홍일에게 총과 폭탄을 다롄과 경성에 밀반입시킬 방안을 찾으라 이르게."

저쪽 벽을 가리킨 김구가 안공근에게 일렀다.

"태극기를 걸게. 낙생에게 카메라를 가져오라 시키고 젊은이들을 불러주게나."

그들은 벽에 걸린 커다란 태극기를 올려다보는 중이었다. 최흥식과 유상근이, 이덕주와 유진만이 함께 불려왔고, 한 사람씩 카메라 앞에 섰다. 스물다섯 살에서 스물한 살까지의 젊은이인 그들은, 비장하면서도 감격스러운 얼굴이었고 그러면서도 두려움과 걱정이 간혹 비쳤다. 안낙생이 카메라를 점검하는 사이 키가 큰 유상근이 체구가 작은 최흥식에게 몸을 구부렸다.

"형, 나 왜 이리 떨리지."

늘 차분한 최흥식이라고 아무렇지 않을 순 없었다.

"맞는 거야. 떨리는 게 맞는 거야."

선언문이 적힌 패를 목에 걸고 최흥식과 유상근은 카메라 앞에 나란히 섰다. 권총과 폭탄을 들고 선 젊은 얼굴이 결의에 찬 비장함으로 단단했다. 그들이 아스타호프 여사의 집을 떠나기 전, 김구가 간곡히 당부했다.

"그대들이 어디로 파견될지는 나중에 알려주겠네. 자네들이 떠날 거란 사실을 누구에게도 말하지 말게. 명령이네."

최흥식과 유상근이 고개를 끄덕였다. 김구는 이봉창과 그랬던 것처럼, 밤낮을 함께 보내며 결의를 북돋아주고 계획을 점검해 어떻게 실행할 것인지를 깊게 논의할 작정이었다.

둘을 내려보낸 김구를 김철이 쳐다보았다. 김구는 김철이 뭘 궁금해하는지 알고 있었다.

"최흥식과 유상근은 만주 다롄에 보낼 걸세. 국제연맹에서 상황을 조사할 대표단을 보내면, 일본 고위층이 영접을 나올 테지."

"고위층이라면……?"

"일본 관동군 사령관 혼조 시게루, 남만철도 총재 우치다 고사이[內田康哉], 관동청장관 야마오카 만노스케[山岡萬之助]까지. 아시아를 전쟁의 불바다에 밀어 넣은 그들을 대한민국 임시정부의 이름으로 처단할 걸세!"

한참 지나 불려온 이덕주와 유진만 또한 선언문 적힌 패를 목에 걸고 카메라 앞에 섰다. 권총과 폭탄을 든 그들이 멋쩍은 얼굴로 카메라를 보았다. 얼결에 빙긋 웃는 그대로 이덕주와 유진만은 카메라에 찍혔다.

바닥에 앉아 둘의 손을 꼭 잡은 김구가 간곡히 명령했다. 최흥식과 유상근에게 했던 것과 같은 내용이었다. 그들은 떠난다는 사실을 누구에게도 말해선 안 되었다.

기력이 다 빠졌는지 김구가 침상에 털썩 앉았다. 김철이 급히 물 한 잔을 떠왔다. 물을 삼킨 김구가 긴 숨을 내쉬었다.

"저 둘을 위한 총과 폭탄을 경성으로 밀반입시켜야 하네."

"조선에서 누굴 쏩니까."

물잔을 쥔 김구의 눈동자가 결단으로 붉었다.

"조선 총독 우가키 가즈시게[宇垣一成]를 암살할 걸세!"

그날 밤, 김구는 꿈속에서 재판정에 앉아 있었다. 땅, 하는 나무망치 소리가 났는데, 고개 들어보니 눈앞 높은 자리에 검은 법복을 입은 판사가 앉아 있었다. 둘러보니 온 방청석에 김구 혼자뿐이었다. 그리고 저쪽에서 문 열리는 소리가 들렸다.

용수는 죄수들을 호송할 때 사용되는 덮개였다. 머리 전체를 가리려 짚으로 만든 그걸, 이봉창은 재판정에 들어서는 순간에 쓰고 있었다. 마침내 간수들이 용수를 벗겼고, 이봉창의 얼굴이 드러났다. 지독한 고문을 받은 이봉창의 얼굴은 끔찍하게 부풀어 있었다. 누추한 몰골로 김구를 돌아본 이봉창이, 놀랍도록 활짝 웃었다.

"걱정 마시오. 내 영원한 기쁨을 누리러 가는 길이니!"

잘게 몸을 떨던 김구가 여느 때와 같이 꿈에서 간신히 깼다.

어어…… 하는 사이에 그의 뺨으로 눈물 한 줄기가 흘러내렸다.

그토록 사무쳤건만, 그는 조금도 꿈을 기억해 내지 못했다.

청년들의 출발을 위한 여비를 마련하고 공민증을 위조하는 일로, 다들 며칠간 바빴다. 그간 시간이 비게 된 청년들을 안공근은 따로 불러 모았다. 그가 알아내려 한 건 한정우의 마지막 말이었다.

안 동지, 추원창을 파봐요. 재수가 좋아 여길 벗어나게 된다면.

안공근은 청년들을 허름한 인력거꾼과 구두닦이와 길에서 채소를 파는 자들로 위장시키고, 추원창의 행적을 며칠에 걸쳐 추적했다. 프랑스 조계지 너머는 그가 닿을 수 없는 곳이었다.

안공근은 김구가 상해 임정 이후를 준비하고 있다는 걸 알고 있었다. 하지만 안공근은 자신이 이 거대한 도시에 지독히 얽혀 있음 또한 잘 알았다. 난 여기를 떠날 수 없어. 국무령의 말대로, 그들은 세상 어디에서든 일본 제국주의와 싸워나갈 것이었다. 하지만 안공근은 지저분한 뒷골목과 찬란한 환락가와 갖가지 유럽풍 건물이 우뚝 선 여기를 떠날 수 없었다. 많은 사람처럼, 그 또한 상해에 중독되어 있었다. 청년들이 소식을 가져오길 기다리며, 안공근은 자신이 줄 흔들리길 기다리는 고독한 거미 같다는 생각을 했다. 나는 죽음으로 죽음을 씻는다네.

아버지 안태훈과 어머니 조마리아를 비롯해 안공근의 집안 전체는 천주교를 믿었다. 죽음의 현장에서, 때때로 안공근은 잊었던 기도를 올렸다. 죽어 사라진 옛 동지들을 위한 기도는 아니었다. 그가 죽인 이의 영혼을 위한 기도는 더더욱 아니었다. 고독 속에서 칼과 총으로 민족배반자를 척결해 온 안공근은 간혹 마리아를 찾곤 했다. 은총이 가득하신 마리아여, 기뻐하소서. 방향 모를 기도를 저도 모르게 읊조렸건만, 그게 죽은 예수를 끌어안던 여인이었는지, 그들 형제를 낳고 기른 몇 년 전 놀아가신 어머니였는지, 웅얼거린 그조차 알지 못했다.

2

한낮 임정 청사 현관을 두드리는 사람이 있었다. 1층에서 집무실로 올라가던 엄항섭이 그 소리를 들었다. 이화림과 김철은 2층 집무실에서 짐을 꾸리는 중이었고, 당연히 분주하고 혼잡했다.

"저는 어찌합니까?"

엄항섭에게 상해 임정 짐을 빼는 중이라는 설명을 들은 윤우의는 얼굴을 붉히며 화를 냈다. 김철이 2층에 있다는 얘기를 듣고 두 계단씩 올라온 윤우의가 매섭게 따졌다.

"다른 넷은 어디 있습니까?"

국무령의 명령이기에 김철은 밝힐 수 없었다. 하지만 밝힐 수 없다는 발언 자체가 최흥식과 유진만과 이덕주와 유상근의 행방에 대한 실마리가 될 수도 있었다. 그렇기에 김철은 침묵했고, 윤우의는 침묵에서 대답을 읽어냈다.

"다들 며칠째 안 보입니다."

"곧 오겠지."

"저랑 팅쯔젠에서 몇 달을 같이 먹고 자고 살았던 사람들입니다. 무슨 일이 있지 않고는 그리 사라질 사람들이 아니라 이겁니다."

김철이 윤우의에게 딱하다는 표정을 지었다. 윤우의는 물러서지 않았다.

"일을 받은 거지요? 국무령께서 특별 임무를 준 거지요?"

"그게 아니라……."

"왜 저만 따돌리십니까. 저도 그들만큼 임정 일을 해왔는데요!"

한참 쳐다보던 김철이 고개를 돌리며 난감해했다.

그날 밤, 윤우의는 김구가 머무는 아스타호프 여사의 집 2층으로 안내받았다. 윤우의의 요구는 간단했다. 제게도 임무를 주십시오! 김구는 윤우의에게 몇 가지 일본어를 시켜보았다. 일본인들이 타국 사람을 구분하기 위해 시키는 까다로운 발음들이었다. 윤우의는 어려움 없이 그걸 해보였다. 일본인과 구별되지 않을 정도로 발음이 유려했다.

윤우의는 놀라운 지점을 짚어냈다.

"활주로 공사를 하면서, 제가 발견한 게요. 왜놈들이 매일 검문하면서도 딱 두 개는 신경 안 쓰더라 이겁니다."

"그게 뭔가?"

"도시락과 물통입니다."

다나카 소좌는 회상에 젖어 있었다.

상해에서 사고를 쳐야 했었지. 그렇게 피운 거대한 불꽃이었어. 이제 대일본 제국군은 상해에서 중국군을 몰아내고 대륙 진출의 남쪽 교두보를 마련했다. 이 위대한 성과엔 내 기여가 지대하지. 대본영이 이를 어떻게 보상할까.

상해, 즐거운 놀이터였다고 다나카는 생각했다. 짙게 즐긴 여흥은 만족스러울 정도로 풍족했고, 이젠 훈장과 더 높은 지위라는 보상이 그를 기다리고 있었다.

하늘은 잿빛으로 뿌옜다. 전쟁이 휩쓸고 간 자리는 처참했다. 자베이가 폭격을 맞았고, 건물들은 허물어졌으며, 죽고 다친 중국인들이 잔해에서 꺼내졌다. 다나카는 거기를 가와시마 요시코와 함께 걸었다. 비대한 상체를 지닌 다나카와 남자처럼 입은 비쩍 마른 가와시마에게서, 주변 사람들은 묘한 배덕(背德)을 맡았다.

총알 박힌 벽은 곰보의 뺨 같았고, 폭탄이 만든 구덩이에는 간밤에 내린 비가 고여 있었다. 이리저리 오가는 군용트럭과 통행을 관장하는 병사의 호루라기 소리가 요란했다. 으깨진 거리를 다나카와 가와시마는 가로질렀다.

"배쿠존손을 잡았음 좋았을걸요."

"현상금 때문에?"

"당신은 돈 때문에 해요, 이 짓을?"

"아니지, 돈은."

큭큭 웃으며 다나카가 인정했다.

가와시마가 남서쪽을 바라보았다. 프랑스 조계지, 임정 청사가 자리하고, 그들이 일을 벌였던 우쑤앤러우가 있을 저 너머였다. 가와시마가 길게 손 뻗었다.

"배쿠존손은 이제 저기 없겠죠?"

모를 일이었다.

"중국군이 물러난 이상 더는 못 버티겠지."

"어디로 갔을까요?"

다나카는 그 질문이 공허하다고 생각했다.

손짓해 영사관 차량을 부른 다나카가 가와시마를 거기에 태웠다. 그녀는 일본군 지휘부가 모였다는 이즈모로 가야 했다. 거기에서 가와시마는 중성적인 아름다움과 현란한 사교술로 장군들을 매혹시키고, 침대에 늘어진 그들의 머리맡에 다나카의 공로를 속살거려줄 것이다. 그녀는 이 너저분한 일을 다나카를 위해 감당한다고 생각했고, 그랬기에 자발적으로 자신을 더럽혔다. 놀라운 일이었다. 그렇게도 깊은 모략과 술수의 세계에 몸담고 있는 여인이, 자신을 그저 도구로 여기는 자의 감정을 사랑이라고 착각하다니. 가와시마를 딱하게 생각하면서도, 다나카는 그녀를 멍청하고 한심하게 여겼다.

배우 중에는 아오이 다에코만이 약속받은 금액을 받아갔다.

"어디에 쓸 건가?"

지급받은 2,000엔은 적지 않은 금액이었다. 지폐 뭉치를 든 그녀가 벽돌을 살피듯 그걸 이리저리 돌려보았다. 상해에서의 일을 하나하나 곱씹으며 아오이는 우쑤앤러우 이후의 사나흘을 보냈다. 그리 시간을 들였건만 머릿속 혼란은 가라앉지 않았다.

"전시체제에서 모든 국민은 모두 군인이다. 맞나요?"

"전쟁은 천황 폐하와 대일본 제국을 영화롭게 하는 수단이야."

"국민은 수단을 위해 동원되는 도구인가요?"

"제국이 영화로워지면, 제국민 또한 영화로워지는 셈이지."

"우리 모두는 각기 다른 얼굴을 지니고 있어요."

아오이는 그 말밖에 할 수 없었다. 우리 모두는 각기 다른 얼굴을 지니고 있어. 휘몰아치는 상념 중에, 그녀가 말로 바꿔낼 수 있는 건 그것뿐이었다. 그녀는 배우였고, 다른 얼굴들로 살며, 그 재주로 남을 속이는 일에 동원되었다. 하지만 그것만이 아오이 다에코의 전부는 아니었다.

"난 내 진짜 얼굴을 찾는 일에 이걸 쓸 거예요."

아오이가 말을 남겼지만, 다나카는 의미를 알아듣지 못했다.

붕대로 단단히 동인 듯 야자와 게이스케 소좌의 왼쪽 군복 어깨는 불룩하니 두툼했다. 창백한 야자와는 다나카가 가리킨 의자에 앉기를 거부했다.

"병원에 누워 생각을 해봤는데 말입니다."

"요양은 사람을 깊어지게 만들지."

"나는 와타나베 소위를 죽이고 싶었습니다."

와타나베만이 아니었다. 그는 함께 움직인 가와시마 패거리도 싫었다. 하지만 가장 역겨운 작자는 바로 다나카 류키치였다.

"그렇다고 자네가 뭘 어쩔 순 없잖아."

"일을 되게 만들 능력은 없지요."

하지만 되지 않게 만들 순 있었다.

다나카는 야자와가 밉지 않았다. 다만 한심할 뿐이었다.

"네가 배쿠존손을 놓치게 만든 거야."

조선가정부 청사 앞에서 김구를 보았던 날에 오무라가 쐈다는 총의 진실을, 다나카는 짐작하고 있었다. 야자와가 어깨를 으쓱거리다 상처가 쑤셨는지 얼굴을 찡그렸다.

"네 사사로운 욕망 때문에 커다란 대의를 그르친 거야."

"대의는 사사로운 욕구들로 이뤄진 겁니다."

"아니. 대의는 그 사사로운 욕구들의 정반대에 놓인 거다."

"대의가 모든 사람이 쫓아야만 하는 가치라면, 이 전쟁에서 중국의 대의와 일본의 대의는 각각 어떻습니까?"

다나카는 대답하지 않았고, 기다리던 야자와는 몸 돌려 무관실을 나갔다.

사흘 뒤, 다나카는 야자와 게이스케 소좌가 전역 신청서를 제출했다는 얘기를 들었다. 형편없이 쪼그라들어 늙어버릴 게 분명해. 다나카는 확신했다. 모략의 환희로 스스로를 채워왔던 야자와가 다른 어디에서 그런 쾌락을 얻겠는가. 하지만 이제 상해는 예전의 상해가 아니었고, 모략으로 일을 벌이던 시대는 차차 종말을 고하는 중이었다. 이젠 대포와 기관총의 시대가 비명과 악다구니 속에서 떨쳐 일어날 것이었다. 거기에도 모략은 있을 것인가. 다나카는 야자와 몫으로 떼어놨던 사례금을 자기 주머니에 넣었다.

일들이 그리 정돈될 즈음, 상해 일본 영사관 무관실로 전문이 도착했다.

전승기념식 초청장이었다.

김홍일은 윤우의의 말이 그럴듯하다고 생각했다.
"도시락보다 물통이 낫겠는데?"
김홍일은 청년들이 쓰던 물통과 도시락통을 가져갔고, 병기창 주임 왕바이슈[王佰修]와 이 일을 상의했다. 임정은 이 계획을 중국과 공유했고, 중국은 정보와 폭탄을 제공하는 방식으로 화답했다. 중국군이 철수했기에 상해병기창은 폐쇄된 상태였다. 하지만 닫힌 문 안에서는 김홍일과 왕바이슈가 머리를 맞대고 있었다.
물통은 긴 기둥 모양에 바닥이 손바닥보다 좁았다. 병마개 부위엔 가죽끈이 달려 있었는데, 왕바이슈는 병마개를 손으로 돌려 열고 끈을 잡아당긴 뒤 던지면 터지게끔 만들었다.

도시락은 무쇠로 만든, 어디서든 살 수 있는 물건이었다. 왕바이슈는 내부에 균제유황(均制硫黃)과 다갈약(茶碣藥)의 합성물인 폭약 270g을 넣고 작은 구멍으로 점화 장치를 연결시켰다. 연결된 끈은 밖으로 길게 뺐다. 점화장치는 톱니 모양의 쇳조각으로, 끈을 당기면 톱니가 도화선에 불을 붙여서 일정 시간 뒤 폭발하는 방식이었다.

김홍일은 도시락통을 일부러 우쑹루 일본인 상점에서 여섯 개나 샀다. 그러고는 김구가 보는 앞에서 물통 폭탄과 도시락통 폭탄을 윤우의가 시험 삼아 던져보게끔 시켰다.

"자네 말대로 물통처럼 만들었네. 끈을 잡아당기면 안에서 심지가 타는 거야."

폭탄은 놀라운 살상력을 보이며 장렬하게 터져나갔다. 그 연기를 보며 윤우의가 벙긋 웃었다.

전승기념회를 노린 건 아니었다. 천황의 생일인 천장절이 4월 29일이었기에 그때쯤 노릴만한 목표가 나오겠거니 생각하고만 있었다. 4월 20일자 〈상해일일신문〉을 김구는 당일 오후에 받아보았다. 그는 즉시 윤우의를 아스타호프 여사의 집으로 불렀다. 신문을 펴서 건네며 김구가 말했다.

"홍커우 공원에서 천장절 겸 상해 점령 축하식이 있다고 하네."

"일본인이면 누구나 참석할 수 있다는군."

김철이 옆에서 설명을 거들었다. 신문 기사를 읽으며 윤우의가 고개를 끄덕였다.

"거기 길가에서 채소를 팔았지요."

윤우의는 홍커우 공원 지리를 상세히 알고 있었다.

"재미있는 게, 여길 보게."

김철이 기사 한 대목을 짚었다. 윤우의가 그 부분을 소리 내어 읽었다.

"질서유지를 위해 장내에 매점을 설치하지 않았으며, 참석자는 도시락 한 개와 물통을 휴대할 수 있다."

윤우의의 눈동자에서, 김구는 일렁이는 불을 보았다.

은신처에 갇혔기에, 김구는 윤우의와 함께 자며 긴 밤 내내 계획을 다듬고 결의를 북돋아 줄 수 없었다. 아스타호프 여사의 집에 중국인 잡부로 꾸며 들어온 윤우의를 맞아 2층에서 얘기를 나누는 게 전부였다. 4월 26일에 안공근의 집으로 간 윤우의는 선서문을 직접 썼다. 거기까지 가기엔 너무도 위험했지만, 김구는 이 중요한 순간을 지켜봐야만 한다고 고집했다. 카메라가 대기하고 있었지만, 날씨가 좋지 않아 윤우의는 다음 날 다시 안공근의 집에 와야 했다. 이봉창과 이덕주와 유진만과 최흥식과 유상근의 뒤에 자리했던 태극기가 윤우의의 뒤에도 내걸렸다. 윤우의가 권총과 폭탄을 들었다. 정장에 넥타이를 맨 그는 양복 차림의 독사진을 한 장, 가슴에 선서문을 붙이고 왼손에 폭탄을 오른손에 권총을 들고 태극기를 배후로 한 사진을 한 장, 김구가 뒤에 선 사진 한 장을 찍었다.

촬영 중 잠깐 앉은 사이, 김구는 윤우의에게 다른 네 청년들이 받은 임무에 대해 말해주었다.

"이미 떠났겠군요."

김구는 대답하지 않았다. 조선 총독 암살 명령을 받은 이덕주와 유진만이 파견된 건, 한 달 전 일이었다. 그리고 며칠 전 그들이 체포당했다는 소식이 상해 임정에 전해졌다. 몇 남지 않은 국내 연락망으로부터의 마지막 전갈이었다. 김구는 그 소식을 윤우의에게 굳이 전하지 않았다. 그는 윤우의의 결의가 꺾일까 두려웠다.

최흥식과 유상근은 며칠 전 다롄으로 파견되었다. 그들은 이화림과 가까웠고, 떠나기 전 마지막으로 보았다. 그들은 아무것도 일러줄 수 없었고, 이화림은 아무것도 묻지 않았다. 마주 앉은 셋은 오랫동안 숨죽여 함께 눈물 흘릴 뿐이었다. 떠나면서 두 사람은 다롄으로 간다는 말만 남겼다. 이후로 이화림에게 다롄은 속을 아프게 만드는 단어가 되었다.

"답사를 해야겠습니다."

며칠 뒤 윤우의가 찾아와 뜻을 밝혔다. 김구는 그날 아침 임정 국무위원회를 열어 상해 홍커우 공원에서 의거를 벌일 계획을 보고하고 승인받았다. 공석이 많은 국무위원회였지만, 김구는 국무령으로서 이 일을 상해 임정의 공식적인 무력투쟁으로 상정하고자 했다.

한편으로 김구는 후폭풍을 걱정했다. 윤우의가 의거에 성공한다면, 왜놈들이 길길이 날뛸 게 분명했다. 도쿄에서 그랬고, 조선에선 불발되었지만, 이제 다롄과 상해에서 일본 제국에 대한 대한민국 임시정부의 공격이 있을 것이었다. 상해에 사는 조선인은 1,000명이 넘었다. 그들 모두가 보복 대상이 될 거라는 생각이 김구를 두렵게 만들었다.

숙소로 돌아가려는 윤우의를 김구는 배웅하려 했다. 붙드는 안공근을 타이르며 김구는 전차가 지나는 곳까지 가자고 고집을 부렸다. 거기 채 못 미쳐 김구와 헤어진 윤우의는 우쑹루 일본인 상점에서 보자기 한 장을 사고는 숙소를 동방공우(東邦公寓)로 옮겼다. 상자처럼 생겨 한 사람씩 들어가 겨우 누워 자는 몹시 나쁜 숙소였으나, 미리 김구와 상의가 다 된 행동이었다. 오후 7시쯤 김구가 찾아오자, 윤우의는 동방공우 문가에서 그를 만났다.

"자네 목표는 상해 파견군 우두머리 시라카와 대장과 우에다 겐키치 중장일세. 끈을 잡아당기면 물통 안에서 소리가 날 거고 4초 안에 터질 걸세."

"폭탄은 언제 받게 됩니까."

"거사일 아침에 내가 직접 주겠네."

김구는 다음 날 중국 YMCA 청년회관에서 만나기로 약속하곤 동방공우를 떠났다. 문밖에서 대기하던 노종균과 안공근이 윤우의에게 눈인사를 보냈다.

스스로 놀랄 정도로 윤우의는 달게 잤다.

4월 27일의 일이었다.

"모레, 거사를 일으킬 걸세."

함께 은신처인 아스타호프 여사의 집으로 돌아오며, 김구는 안공근에게 당부했다.

"그 전에 알리면 누설될 거야. 그러니 거사가 벌어지자마자 연락망을 총동원하게."

 눈 뒤집힌 일본 헌병대에게 붙들려 가 고초를 당할 조선인이 없어야 했다. 김구는 당일 아침에 동포들에게 상해를 빠져나가라는 연락을 돌리라고 지시했다.

 다음 날인 4월 28일, 중국 YMCA 청년회관에서 만난 김구와 윤우의는 함께 밥을 먹었다. 그들은 끊임없이 계획을 논의하고 뜻을 다졌다. 식사를 마친 김구는 프랑스 공원을 산책하는 외국인들 너머 사라졌고, 윤우의는 임정 청사로 갔다. 거기에서는 이화림이 기다리고 있었다. 며칠 전 카메라 앞에 섰던 그대로 윤우의는 넥타이에 양복 차림이었고, 이화림은 전에 이즈모를 보러 갔을 때의 복장이었다. 말쑥하게 차려입은 그들은 일본인 부부처럼 보였다.

 정오의 홍커우 공원 저쪽 끝에는 기다란 단상과 거기와 연결될 계단이 제작되어 있었다. 계단은 모두 아홉 단이었고, 단상 높이는 1미터가 넘어 보였으며, 계단 손잡이는 일장기를 본떠 흰색과 붉은색을 교차해 칠해놓았다. 사방에 일장기가 매달릴 깃대가 세워져 있었고, 한쪽에선 군악대가 도열해 기미가요 연주를 연습하는 중이었다. 그 앞을 윤우의와 이화림은 팔짱을 끼고 나란히 걸었다.

 얼마나 모일까, 이 공원이 꽉 차진 않으려나. 윤우의는 사람들이 가득 들어찰 이곳으로 어찌 들어갈지 상상해 보았다.

 "개새끼들, 잔칫상 열렸구나."

 "일본어를 써."

 "일본어로 욕을 하면 곧장 알아들을 거 아니요, 누님. 그리고 나 이름

바꿨대두. 아직도 옛날 이름을 부르시네."

"이름 뭐랬지?"

"봉길입니다. 윤봉길."

물건을 다 뺀 임정 청사는 휑했다. 김철이 이화림에게서 태극기를 받았다. 임정 청사 강당에 늘 걸려 있던 대형 태극기가 두껍게 접혀 있었다. 이화림은 김철에게 애원하는 중이었다.

"제게도 기회를 주세요."

"국무령께서 이미 결정하셨네. 조금이라도 틀어질 부분이 자리해선 안 돼."

"뭐가 문제인 거죠?"

"자넨 일본인처럼 말할 수 없잖나. 행사장에 들일 일본인에게 왜놈들이 그놈의 주우고 엔 고주쯔 센을 시키면……?"

분한 마음에 이화림이 아랫입술을 깨물었다.

거사 전날 밤, 동방공우로 김구는 다시 찾아왔다.

"최후를 앞두고 경력과 감상 등을 써주게."

김구의 청에 윤우의였던 윤봉길이 걸어둔 옷에서 뭔가를 꺼냈다. 평소 갖고 다니던 중국제 수첩이었다. 엎드린 윤봉길이 자신의 이력과 유촉시(遺囑詩)* 4편을 써서 김구에게 건넸다.

---

* 죽은 뒤의 일을 부탁하는 시.

1932년 4월 29일 아침에 윤봉길이 지닌 물건은 도장과 안경집과 중국 돈이 든 지갑과 손수건이었다. 프랑스 조계지 내 헝가리 사람이 운영하는 식당에서 김구는 윤봉길과 마지막으로 식사했다. 자기 그릇을 다 비운 윤봉길이 만족스레 웃었다.

홍커우 공원까지 윤봉길은 피치 목사의 차로 이동할 예정이었다. 길가에 나란히 서서 그들은 피치 목사의 검은색 시트로엥을 기다렸다. 여느 때와 마찬가지로, 안공근과 노종균은 사방을 둘러보며 경계를 섰다. 윤봉길과 눈이 마주치자, 안공근과 노종균이 목례를 보냈다. 감격한 윤봉길이 마주 목례를 올렸다. 평소보다 더 깊고 천천히, 그들은 오랫동안 눈을 마주쳤다.

윤봉길이 김구의 손목을 보더니, 자기 손목시계를 풀었다.

"선생님 시계는 2위안짜리고, 제 것은 6위안짜리인데 바꾸시지요. 저는 이제 한 시간만 쓰면 그만이니까요."

내민 손목시계를 멍하니 보던 김구가 눈물 맺힌 얼굴로 끄덕였다.

"그럽시다. 내가 그걸 차고 살겠소."

피치 목사는 약속 시간을 정확하게 지켰다. 정차한 검정 시트로엥에 윤봉길이 탔다. 차창 밖으로 뺀 손을 김구가 맞잡았다. 윤봉길이 김구의 손을 저 밖에서 놓았고, 피치 목사가 가속 페달을 밟았다.

폭탄을 던져서 왜놈 100명을 죽이려면, 내 곁에 선 젊은이 얼마를 잃어야 할까. 저 왜놈들 다 죽을 때까지, 이 죽은 땅에 젊은 피를 더 뿌려야 하나. 썩어버려서 무엇 하나 피어나지 않을 것 같은 이 땅에, 저 뜨겁고 진한 피를 울면서 뿌리면, 땅은 살아나겠는가. 도로 살아난 그

땅이, 젊은 생명을 다시 피워 올리려나.

멀어지는 차에서, 윤봉길이 몸을 내밀어 고개를 깊이 숙였다. 뺨이 다 젖었음에도 끝내 나지 않던 김구의 울음이, 그제야 터져나왔다.

"이보게, 윤봉길이! 가게, 잘 가게. 지하에서…… 지하에서 만나세!"

검문검색은 빼곡하게 이뤄졌다. 위조된 공민증이 아니라 유려한 일본어 덕에 윤봉길은 헌병대와 일본 경찰을 지나 식장에 들어올 수 있었다.

어제 깃대만 있던 자리에는 수많은 일장기가 걸려 있었다. 기념회를 즐기러 온 일본인들 모두가 작은 일장기를 들고 간혹 기쁘게 흔들었다.

왜놈들에겐 막 돋은 감나무잎처럼 빛나는 나날이겠구나.

윤봉길은 그런 생각을 했다.

윤봉길은 오른쪽 군중에 섞여 있다가 조금씩 앞으로 나아갔다. 어쩌면 이봉창도 이랬을까. 단상에 늘어선 사람들이 헤쳐나가야 할 거대한 파도처럼 보였다.

꼭 이즈모를 배치해놨던 것처럼, 일본 헌병대는 단상 근방에 여섯 명의 기마병을 감시탑처럼 세워두었고, 거기부터 5~6미터가량은 황푸쨩 물결처럼 비워두었다. 군중 인근엔 헌병과 보조 헌병이 쭉 늘어서 있었다.

11시가 되자 시라카와 요시노리 대장을 비롯해 상해 각국 외교관들과 내빈들이 단상에 올랐다. 군악대가 연주를 시작했고, 열병식이 이어졌다. 천장절 행사가 시작되었다.

행사 내내 윤봉길은 조금씩 앞으로 나아갔다. 그러면서 그는 군중을 쏘아보던 헌병들 중 하나가 자꾸 앞으로 밀고 나가는 자신에게 시선을 두는 것 같아 두려웠다.

천장절 행사가 끝나자 각국 외교관과 내빈은 퇴장했다. 상해 일본 교민회가 준비한 전승기념회는 11시 50분에 시작되었다. 식순에 따라, 기미가요를 제창하고 묵념을 하겠다는 안내가 스피커를 통해 알려졌다. 거리는 충분했고 더 다가갈 필요는 없었다.

눈 감은 모두가 고개를 떨어뜨리기 직전, 윤봉길은 보자기에 쌌던 도시락통 폭탄을 땅에 놓았다. 그걸 들고서는 물통 폭탄을 제대로 던질 수 없을 것 같았다. 묵념의 순간에, 윤봉길은 앞으로 뛰쳐나갔다. 끈이 잡아 당겨진 물통 모양 폭탄은 윤봉길의 오른손에 들려 있었다. 경계 중인 기마병 바로 앞에서, 윤봉길은 그걸 단상에 던졌다.

거대한 폭발이 단상에서 일어났고, 거기 서 있던 자들이 사방으로 튕겨 나갔다. 명중을 확인한 윤봉길이 자폭하기 위해 도시락 폭탄의 기폭장치를 작동시켰다. 그러나 도시락 폭탄은 터지지 않았다. 불발된 순간에 일본 헌병들이 곤봉을 휘두르며 윤봉길에게로 달려들었다. 자신에게 쏟아지는 매들을 똑바로 응시하며 윤봉길은 거세게 고함질렀다.

"일본 제국주의를 타도하자!"

단상 뒤쪽에 넘어져 있던 다나카는 간신히 고개를 들었다. 파편과 흙먼지로, 둥근 그의 얼굴이 너저분해져 있었다. 쓰러진 장군들과 외교관들과 그들이 잔해 속에 흘린 피가 도무지 믿어지지 않았다. 다나카 류키치 소좌의 전공을 대본영에 전달해 주기로 약속한 자들이, 거기 그리 널부러져 있었다. 짙은 화약 냄새 속에서 꿈들은 희미해져 갔고, 다나카는 자신이 요 며칠 꾸었던 아름다운 내일이 물거품처럼 사라지는 걸 느꼈다.

상해는 발칵 뒤집혔다. 처음에는 중국인 소행으로 여기는 보도도 있었지만, 곧 조선인 윤봉길로 호외가 나오기 시작했다. 같은 날인 4월 29일, 동아일보가 호외를 발행했다. 조선 사람들도 상해에서 윤봉길과 임시정부가 벌인 의거를 알게 되었다. 죽어버린 조국을 되살리려는 사람들이 거기 있음을, 갇힌 땅의 백성들도 들어 알게 되었다.

다치고 죽은 자들이 누군지도 즉각 밝혀졌다. 상해 파견군 총사령관 시라카와 요시노리, 상해 일본거류민단장 가와바타 사다지[河端貞次] 등이 죽었다. 상해 일본 총영사 무라이 구라마츠[村井倉松]는 중상을 입었고, 제3함대 사령관 노무라 기치사부로[野村吉三郎] 중장은 오른쪽 눈을 잃었으며, 제9사단장 우에다 겐키치 중장은 왼쪽 다리를, 상해 일본공사 시게미쓰 마모루는 오른쪽 다리를 절단해야 했다.

그것은 중국과 조선을 깨우는 상해 임정의 외침이었다. 중국군은 상해에서 물러나야 했지만 홍커우 의거로 인해 지지 않은 모양새가 되었고, 승리한 일본은 이기지 못한 꼴이 되었다.

일본은 조선 독립분자를 숙청해 이 분을 풀으려 들었다.

아스타호프 여사의 집에서 피치 목사의 집으로 한밤에 옮겨 간 김구는 밀정이 온 사방에 그득하다는 사실을 알아차렸다. 홍커우 의거가 일어나자마자 광분한 일본 헌병대는 프랑스 공무국의 동의를 받아내 닥치는 대로 조선인을 잡아들였다. 헌병대도 헌병대였지만, 일본청년동지회를 비롯한 민간인들이 제멋대로 조직을 만들어 상해에 거주하는 조선인들을 공격해댔다.

일본 헌병대에 체포된 직후 초기 11시간 동안 윤봉길은 입 열지 않았다. 혹독한 고문이 시작되었다. 지독한 고통 속에서, 윤봉길은 자기 배후에 아무도 없다고 대답했다.

"스스로의 정의감으로 감행했으니 구차하게 더 묻지 말라!"

고문이 지속되자, 윤봉길은 자신의 배후를 이춘산이라는 가명을 쓰는 이유필이라고 진술했다. 하지만 일본 헌병대는 그게 사실이 아니라는 걸 이미 알고 있었다. 천황의 빼어난 사냥개인 그들은 홍커우 공원에 던져진 폭탄에서 김구와 대한민국 임정의 냄새를 맡았다. 온갖 고문에도 윤봉길은 끝내 부러지지 않았는데, 이는 자백을 늦춰 김구를 비롯한 사람들에게 달아날 시간을 벌어주려 했던 것이다.

5월 10일 김구는 한인애국단 명의로 〈홍구공원 작탄(炸彈) 진상〉이라는 글을 중국 신문에 발표했다. 신문에 그 글이 실렸다는 애길 전해 들은 뒤에야, 윤봉길은 자기 뒤에 한인애국단이, 즉 대한민국 임시정부가 자리했다는 사실을 털어놓았다.

체포되고 고문받은 지 13일 만의 일이었다.

"당장 달아나야 합니다."

피치 목사는 강경했다. 프랑스 조계지 내부로 들어온 일본 헌병이 오가며 검문을 벌였고, 제대로 된 대답이 나오지 않으면 곤봉을 휘둘러댔다. 받아들일 수밖에 없었다. 상해 임정 최후의 날이 왔음을, 받아들여야만 했다.

피치 목사는 아내 제랄딘을 보조석에 앉히고, 자신은 김철과 엄항섭과 함께 뒷자리에 앉았다. 김구는 중국인 운전사로 위장해 직접 운전을 했다. 김구는 상해에 안공근을 남겼다. 김구는 안공근이 돌보고 있는 안중근의 가족들을 상해 밖으로 빼돌리라 명령했지만, 안공근에게는 그 외에도 상해에 남은 일이 많았다.

검정 시트로엥이 검문소를 지난 뒤에야 그들은 편히 숨을 내쉬었다. 저 뒤로 검문소 통행 차단막이 내려가고 있었다. 속도를 줄인 김구가 뒤를 돌아보았다. 그는 룸미러를 통해서가 아니라 직접 상해를 보고 싶었다.

"난 이 작별이 마지막이 아니라고 생각합니다."

손을 내밀며 피지 목사는 웃었지만, 뺨에는 눈물이 흐르고 있었다. 그들은 악수하고 헤어졌다. 언제 다시 보겠는가.

모를 일이었다. 정말 모를 일이었다.

"일본이 상해를 먹었다고 기뻐 소리 지르는 판에 폭탄을 던졌으니, 그놈들 기세를 완전히 죽여놓은 셈입니다!"

적적했는지, 김철이 말을 냈다. 대답을 내기 직전, 김구가 큰 숨을 들이쉬었다.

"아직 끝나지 않았어. 어쩌면 시작이야."

"무슨 말씀이십니까, 국무령 각하?"

"시련이, 괴로움이, 시작될 거야."

걱정이 커진 김구가 얼굴을 붉혔다.

"하지만 우리는 달아나는 게 아니잖습니까."

김철이 과장스레 팔을 흔들었고, 엄항섭이 하하 웃었다. 김구가 다시 상해를 돌아보았다. 어둠 속에서, 아름다운 도시는 희미해져 있었다.

"우린 우리가 지닌 모든 걸 걸고, 저 싸움을 해왔어. 빈약하고 가난한 싸움이었지만, 일본 제국주의에 맞서 우리가 지닌 모든 걸 다 퍼부었네. 저 상해에서."

"그리 싸웠다는 사실을 사람들이 알아줄까요? 그림자 밑에서 이뤄진 비루한 싸움인데."

김구가 상해를 돌아보는 시선을 떼지 않으며 굳세게 말했다.

"그렇기 때문에, 항섭이. 우리는 이겨야만 하는 거라네. 독립한 내 나라에 우리의 싸움을 알리기 위해서라도 말일세."

3

다나카 류키치 소좌는 이후 만주 관동군과 일본 참모부를 오가며 대일본 제국을 위해 음모를 꾸미고 전쟁을 지속했다. 전쟁 말기, 우울증을 앓던 그는 군직을 떠났고, 곧 패망을 맞았다. 이후 이뤄진 극동국제군사재판에서 다나카는 다섯 차례 증언하며, 고위층을 비난하고 자신을 전쟁 영웅이자 평화의 사도로 포장했다. 다나카는 1949년 9월에 자살을 시도했지만 살아남았다. 인생 말년에 니치렌 불교에 귀의한 그는 1972년 대장암으로 죽었다.

방탕해진 가와시마 요시코는 관동군의 골칫거리가 되었고, 점차 버려졌다. 전 세계가 전쟁을 벌이자, 가와시마의 피를 끓게 만드는 첩보 현장은 전쟁으로 인해 죄다 파괴되고 말았다. 일본이 패망한 뒤 가와시마는 중국 국민정부에 체포되어 재판에 넘겨졌다. 1945년 10월의 일이었다. 재판부는 상해 전쟁이 일어날 즈음 그녀의 행적을 문제 삼았고, 가와시마는 적을 이롭게 한 죄로 1948년 3월 25일 베이핑 제1감옥에서 뒤통수에 총알을 맞는 방식으로 사형되었다. 죽을 때 겨우 마흔 살이었지만, 그간의 고생으로 머리카락이 백발이 된 가와시마의 시체는 화장된 뒤 친오빠에 의해 수거되어 일본의 쇼린지[正麟寺]에 묻혔다.

야자와는 고국으로 돌아갔지만, 끝내 구원받지 못했다. 적적한 삶을 고되게 여긴 그는 두 해도 못 가 죽었는데, 진창이 된 길에 엎어진 채 발견된 그가 사고를 당한 건지, 그에게 원망을 지닌 누가 일을 벌인 건지, 아니면 스스로 그리 종결지은 건지는 누구도 몰랐다.

아오이 다에코에 대해선 정확히 아는 사람이 없었다. 미국으로 망명했다는 얘기가 있었고, 일본에서 은둔 생활을 한다는 보고서도 있지만, 행적은 분명치 않았다. 아오이 다에코가 자기 얼굴을 찾았는지에 대해 말할 수 있는 자는 아무도 없었다.

김철은 이후로도 임정에서 여러 일을 돌보았다. 항저우로 옮겨간 임정은 난징까지 가는데, 그 피난길 속에서 급성폐렴에 걸린 김철은 1934년 6월에 숨졌다.

이봉창 의거와 윤봉길 의거의 배후 중 하나가 왕상이라는 중국 군인임을 일제는 마침내 파악해 냈다. 주변 중국인들에게 자기 이름을 왕상 외에도 왕이슈[王逸曙]라고 말하고 다녔던 김홍일은 추적을 피해 난징으로 갔고, 난징공병학교 부관처장에 임명되었다. 이후 벌어진 중일전쟁에서 그는 중국군사위원회 군정부 군수설계위원으로 재직하며 중국군 전체의 군수품을 관리했다. 1945년 5월, 김구의 요청으로 한국광복군 사령부 한인 참모장에 취임한 김홍일은 1948년 8월 28일에 귀국했고, 대통령 이승만의 특별 지시로 육군 준장 계급을 수여받아 대한민국 국군 최초의 장군이 되었다.

한인애국단 명의로 발표된 〈홍구공원 작탄 진상〉은 임정을 위해 여러 외교 사무를 보았던 엄항섭이 쓴 글이었다. 프랑스 공무국을 사직하고 임정과 함께 피난을 떠난 엄항섭은 1944년 주중 미국 대사관에서 신설한 한국인 공작반에 안우생 등과 함께 파견되었고, 미국 첩보기관이자 특수작전부인 OSS와 연합해 조선진공작전을 추진했다. 훗날 김구가 조국에 돌아와 미군정사령관 존 하지(John Hodge) 중장과 회담할 때 엄항섭은 통역을 맡았다. 한국전쟁 직후 납북된 그는 김일성 독재 체제를 반대하다 반혁명분자라는 죄목으로 연행되었으며,

1962년 7월 30일 화병으로 숨졌다.

윤우의에서 윤봉길로 이름을 고쳤던 그는, 1932년 5월 25일 상해 파견 육군 군법회의에서 사형을 선고받았다. 11월 18일 일본으로 호송되어 오사카 육군위수형무소에 수감된 윤봉길은 12월 18일에 카나자와 육군 구금소로 이감됐다. 다음 날인 12월 19일 육군 9사단 주둔지였던 이시카와현 가나자와시 육군형무소 공병작업장에서 윤봉길은 총살되었다.

"마지막으로 남길 말은 없는가?"

"사형은 이미 각오했으므로, 하등 말할 바 없다."

그들은 윤봉길의 눈을 흰 천으로 넓게 가리고는 미간에 총을 쏘았다. 그러고는 일장기 모양으로 피가 번진 윤봉길의 시신을 카메라로 찍었다. 시신은 계단 바로 밑에 묻혔는데, 모두 지나가며 죽은 자를 밟으라는 뜻이었다.

조선에 파견되었다가 밀정에게 발각된 이덕주와 유진만은 고문을 받았다. 해주형무소에 수감된 이덕주는 1935년 2월에 죽었고, 무리 중 막내였던 유진만은 6년 징역을 마치고 나와 조선에서 살다가 홀로 해방을 보았다.

다롄에 갔던 최흥식과 유상근은 전보를 단서로 추적한 관동군에게 의거 직전 붙들렸다. 여순감옥에서 복역하던 최흥식은 지독한 고문을 받았고, 그 후유증으로 얼마 못 가 죽었다. 같은 감옥에 갇혀 고문받았던 유상근은 깊이 앓다가 1945년 8월 14일에 죽었다. 많은 임정 사람이 가슴 아파했고, 그들을 아꼈던 이화림이 특히 그랬다.

김동우로 활동했던 노종균은 항일 특무활동 공작원 양성에 힘을 쓰다가 1936년 1월에 김구와 결별했다. 1936년 7월, 비밀결사 맹혈단(猛血團)을 조직한 노종균은 상해를 근거로 군자금 모집을 결의했고, 1938년 1월에 상해에서 조선인민회 회장인 친일파 이갑녕을 쏘아 다치게 했다. 그 후 상해 일본 영사관 헌병대에 체포된 노종균은 조선으로 압송되어 황해도 해주형무소에서 미결수 신분으로 고문을 당하다가 1939년 6월에 죽었다. 일제는 노종균의 시신을 다른 죽은 자들과 함께 함부로 묻었고, 가족들은 끝내 염을 하지 못했다.

  동해라 불렸던 이화림은 훙커우 의거 직후, 의열 활동의 한계를 절감했다. 임정이 상해에서 물러났을 때, 이화림은 김구와 작별했다. 그녀는 공산혁명의 기지라 불리던 광저우로 가 대학에서 간호학을 공부했다. 그렇게 가버린 이화림에 대해 김구는 아무 기록도 남기지 않았고, 해방 뒤에 낸 『백범일지』에도 한 줄 언급하지 않았다. 일본에 대항하기 위해 중국 총통 장제스의 도움이 절실했던 김구는, 중국 내부에 들끓는 공산주의자들을 매우 싫어했다. 혁명보다 민족이 먼저라는 신념을 지녔던 김구는, 공산주의자들이 애민애족 정신을 혁명의 도구로 여긴다고 생각했다. 상해에서 임정이 물러난 지 4년 지난 1936년 1월, 이화림은 조선민족혁명당에 가입해 부녀국 의료담당자가 되었고, 7월에는 난징조선부녀회를 조직했으며, 1937년 중일전쟁이 일어나자 충칭 조선의용대에 합류했다.

  1938년 봄, 이화림은 김구를 만났다.

  "동해야. 너 아직도 공산주의자냐? 공산주의를 믿느냐?"

"네, 저는 공산주의를 믿습니다. 저는 공산주의자입니다."

김구가 고개를 끄덕였다.

"그럼, 우리 앞으로 다시는 만나지 말자꾸나."

충칭에 그리 오래 머무르면서도, 두 사람은 서로를 찾지 않았다.

조선의용군 소속으로 중국 공산 혁명을 위해 싸우던 이화림은 해방 직전 의대에 입학해 의사가 되었고, 한국전쟁에 조선인민군 제6군단 위생소 소장으로 참전했다가 미군의 폭격에 다리를 다쳐 중국 선양[沈阳]으로 돌아갔다. 이후 조국으로 돌아오지 못한 이화림은 1984년 은퇴했고, 1999년 2월 10일에 죽었다. 향년 95세였다.

그녀의 유언은 이러했다.

내 전 재산을 다롄시 조선족 학교에 기부해 주세요.

어두운 골목길. 꾀죄죄한 꼴로 비에 젖은 상해 뒷골목을 비틀비틀 걷는 남자가 있었다.

추원창이었다.

그는 잔뜩 취한 상태였다. 상해에서 임정이 사라진 뒤 헌병대로부터 놓였건만, 추원창의 자책은 점점 심해져만 갔다. 스스로를 향한 혐오는 날로 더해졌고, 음주는 점차 잦아졌다.

만취한 추원창은 비틀거리는 세계를 견디려 벽을 짚었다. 저쪽 구석 수풀에서, 누군가가 일어서는 게 보였다. 추원창의 취한 눈엔 그게 어둠이 솟구친 것처럼 보였다. 축축한 추원창의 눈에 총을 쥔 안공근의 얼굴은 한참 후에야 또렷해졌다.

"한 사장이 죽기 전에 패를 맞춰주더군."

추원창은 체념했다.

"거기, 진실이 있습디까."

"대의는 큰길이 없다네. 진실한 길은 칼날만큼이나 좁은 법이지."

타앙. 격렬한 총소리에, 어둠이 뒤흔들렸다.

작가의 말

　1123년, 고려에 사신으로 온 서긍은 당시 린안[臨安]이라 불렸던 항저우를 출발해 뱃길로 고려 개경에 왔다. 그는 『고려도경』에 이 뱃길에 대해 상세하게 적어두었다. 협계산에 도착해 흑산과 죽도를 거쳐 군산도에 다다랐던 서긍은, 당인도와 대청서와 자연도를 지나 급수문과 합굴에 이르렀다. 전남 흑산도에 도착해 북으로 서해안 여러 섬을 훑고 올라오다가 한강 하류 물살이 빨라지는 합굴에 도착한 것이다.
　항저우에서 상해는 지척이다. 그러나 돛으로 움직이는 서긍의 배와 달리, 굴뚝을 지닌 배는 바람을 의지하지 않으므로, 상해에서 제물포 오는 길은 먼바다를 가로지르는 직선이었다. 서긍에게 고려는 공무로 다녀가는 이웃 나라였고, 김구에게 대한은 속을 끓어오르게 만드는 벅찬 존재였다. 서긍의 행로는 김구가 마음으로 짚던 경로와 같을 수 없었다.

글을 쓰는 내내 흑산도에 머물렀다. 서긍이 남송과 고려의 경계라고 했던 협계산이 흑산도에서 지척이었다. 이쪽 경계에 서서, 나는 저쪽에 우뚝 서 있을 상해를 떠올렸다. 해가 지면 나는, 빛 한 점 없는 바닷가에서 늦도록 서 있곤 했다. 거기 밤의 해변에서, 큰 물소리는 우렁우렁했고 사방 어둠은 지독하게 짙었다. 상해가 아련했건만, 거기 살았던 이들을 붙들었던 어둠은 그리도 가까웠다.

닿지 못할 곳으로 손 뻗어야 할 운명은 가련하다. 해묵은 약속 같던 글감은 더디 풀렸고, 내 안에 오래 모시던 그걸 써 내리는 건 힘겨웠다. 몇 번이고 찾아간 푸칭리 4호 임정 청사 주변은 너무도 달라져, 내가 알아야 할 상해와 도무지 같지 않았다.

김구와 정정화와 김자동의 책을 읽으며 오랜 시간 소설을 벼렸다. 특히 배경식의 책을 통해 여러 사학자들의 논문과 당시 공판조서에 쉽게 접근할 수 있었다. 윤우의는 상해에서 '윤봉길'이라는 이름으로 지냈을 게 분명하다. 하지만 나는 소설적 흥미를 높이려는 생각에, 그 이름을 나중에 고치게끔 사실을 비틀었다. 당시 김구의 곁엔 소설보다 훨씬 더 많은 사람이 함께했다. 하지만 소설은 현실의 일부만을 겨우 담을 뿐이니, 나는 실존했던 분들 가운데 몇몇을 가려 써야만 했다. 충분치 못하게 담긴 건 전적으로 내가 부족하기 때문이다.

장아이링[張愛玲]과 리어우판[李歐梵]의 글과 갖가지 옛 사진이, 내 상해의 근간이다. 그리 더듬어 지어 올린 상해를 들여다보며, 불 들어 어둠 살았던 임정의 거인들에 대해 온전히 쓰려 했다. 그러나 미욱한 자의 무딘 솜씨는 좀처럼 나아지지 않으니, 알량한 언어로 지은 집의

온당치 못한 부분은 온연히 내 책임이다.

  너무 오래 머물렀다. 갈빛 모래톱과 날 때리는 물소리로부터 떠나야 한다. 익숙함과 새롭게 작별할 때이다. 나아감은 고되기에 복되다. 다른 짙은 어둠으로, 글자의 먹 속으로, 내 탁한 검은 방으로, 다시 가자.

  오직 더할 뿐이다.

2025년 7월 28일에 쓰다

상해 임정, 최후의 날

초판 1쇄 인쇄 2025년 7월 30일
초판 1쇄 발행 2025년 8월 8일

지은이 이중세
펴낸이 신의연
책임편집 이호빈
펴낸곳 마이디어북스
등록 2022년 4월 25일 (제2025-000015호)
전화 070-8064-6056
팩스 031-8056-9406
전자우편 mydearbooks@naver.com
인스타그램 @mydear__b

ⓒ 이중세 2025
ISBN 979-11-93289-52-5 (03810)

- 이 책은 저작권법에 따라 보호받는 저작물이므로 무단전재와 복제를 금합니다.
- 도서 내용의 전부 또는 일부를 재사용하려면 반드시 저작권자와 출판사의 서면 동의를 받아야 합니다.
- 책값은 뒤표지에 표시되어 있으며, 잘못된 책은 구입하신 곳에서 바꿔드립니다.